國色芳華

卷一

意千重 著

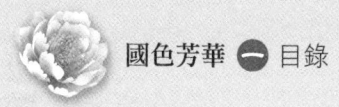

第一章 牡丹

夏初，飛絮流花，暖風襲人。

劉家少夫人何牡丹坐在廊下，微瞇了一雙嫵媚的鳳眼，用細長的銀勺盛了葵花子，逗著架上的綠鸚鵡甩甩說話。

每當甩甩說一句「牡丹最可愛」，她便獎勵牠一粒葵花子，語氣溫和地道：「甩甩真聰明。」

甩甩熟練的將瓜子殼吐出，嚥下瓜子仁，用爪子刨了刨腳下的橫桿，踱了兩步，自得地道：「甩甩真聰明。」

牡丹笑出聲來，「是，甩甩真聰明。」

「少夫人，您該午睡了。」

一個穿著粉綠色半臂，束銀紅高腰裙，圓臉大眼的丫鬟走過來，笑嘻嘻地對著甩甩做了個鬼臉，作勢要去打牠。

已經十多歲，成了精的甩甩根本不懼，怪腔怪調地叫了一聲，「死荷花！」

那語調與牡丹身邊的另一個丫鬟雨桐簡直一模一樣，嬌嗲軟糯，一個音彷彿轉了好幾個彎似的。

只是配上鸚鵡特有的嘶啞嗓音，怎麼聽怎麼好笑。

雨荷沒有如同往常一般放聲大笑，悄悄地瞟了牡丹一眼。

牡丹面無表情，站起身來，將手裡的銀勺遞給一旁的小丫鬟恕兒，撫了撫石榴紅八幅羅裙，轉身往裡走。

雨荷瞪了甩甩一眼，低聲罵道：「笨鳥，以後不許再學那不要臉的雨桐，不然不給你稻穀吃！」

也不管甩甩聽懂沒有，提了裙子，飛快地朝牡丹離去的方向追了過去。

「少夫人……」雨荷剛喊一聲，就被走廊盡頭那個高挑的身影嚇得閉了嘴，用最快的速度立定站好，手貼著兩腿，以牡丹鐵定能聽到的聲音響亮地喊了一聲，「公子爺！」

劉暢撣撣身上那件精工細作的墨紫色團花圓領錦袍，淡淡地「嗯」了一聲，背著手仰著頭，慢吞吞地踱到牡丹的房前。

雨荷趕緊上前，將精緻的湘妃竹簾打起，請男主人進去。

劉暢一雙略顯陰鷙的眼睛在靜悄悄的屋子裡掃了一圈，「少夫人又在午睡？」

雨荷殷勤地送上茶，點頭哈腰，略帶諂媚地道：「是，少夫人早上起來就覺得頭有些暈。」

劉暢濃眉微微一挑，「請大夫了嗎？」

邊說邊偷看劉暢的表情。

大抵是今日他的脾氣好得出奇，雨荷有些不安，「少夫人說是老毛病了，多躺躺就好，用不著麻煩大夫。」

劉暢不置可否，突然抬腳往裡走，「妳退下吧！」

雨荷看見他的動作，嚇得一抖，臉上的笑容越發諂媚，「公子爺，奴婢替您打簾子。」

劉暢冷冷地掃了她一眼，從兩片薄唇裡硬邦邦地吐出兩個字，「下去！」

雨荷臉上的笑容倏忽不見，垂著頭倒退了出去。

劉暢立在簾外，透過水晶珠簾，把目光落在那張寬大的紫檀木床上。

十二扇銀平托花鳥屏風大開著，帳架上垂下的櫻桃色羅帳早已半舊，黃金鑲碧的鳳首帳鉤閃爍其中，粉色的錦被鋪得整整齊齊，並不見有人睡在上面。

劉暢皺了皺眉，把目光落到窗邊那張被春日的陽光籠罩的美人榻上，果見石榴紅羅裙從榻上垂下，旖旎委地。

牡丹斜倚在榻上，用素白的紈扇蓋了臉以擋住日光。

象牙扇柄上濃豔的紫色流蘇傾瀉而下，將她纖長的脖子遮了大半，越發襯得那脖子猶如凝脂一般雪白細膩，讓人忍不住想輕輕摸上一摸。

劉暢的喉結微不可見地動了動，情不自禁地將目光下移，落在牡丹上身的豆青色繡白牡丹的小襖上。

素白的牡丹，偏生有著金黃豔麗的蕊，繡在前襟上，一邊一朵，花蕊在日光下灼灼生光，妖異地吸引人。

劉暢立在簾外低咳一聲，牡丹紋絲不動，只好掀簾，大步走進去。

水晶珠簾在他身後發出叮叮噹噹的脆響，煞是好聽。

「牡丹！」劉暢低喚一聲，卻久久聽不到牡丹回應，眼裡湧起一絲怒氣，勉強壓了聲音，

「身子不好，為何這樣隨意躺著？快起來到床上去，當心病加重了又鬧騰得闔府不安。」

牡丹濃密捲長的睫毛在紈扇下輕輕顫了顫，唇角勾起一絲諷刺的笑。

萬手纖纖，取下覆在臉上的紈扇，她慢吞吞地坐起身來，臉上已是一派溫婉，「夫君可是有什麼事？」

她背對著光，微瞇了眼，嘴唇鮮紅欲滴，還帶著剛剛睡醒的茫然，神態慵懶迷人。

劉暢的心跳不受控制地快了一拍，張口便道：「沒事我就不能過來了？」

他的語氣前所未有的柔和，牡丹有些訝異，隨即垂下眼，起身走到窗邊，望著窗外那一大盆開得正豔的魏紫，淡淡地道：「讓人來抬去吧，只要莫折給人戴，借三天三夜也無所謂。」

劉暢被她一眼看穿，有些惱羞成怒，剛剛平靜下來的情緒立時又被點著，冷笑著看她，「雨桐懷孕了。」

牡丹眼睛眨也不眨，「哦，那是大喜事啊！待我稟過夫人，給她增加月例，多撥一個人伺候，夠了嗎？」

劉暢死死盯著她，企圖在她精緻美麗的面容上找到一絲裂縫，看透她偽裝下的慌亂與痛苦，失望和悲苦。

但牡丹只是隨意地撫了撫臉，微笑看向他，「我臉上有花？還是覺得我額頭這翠鈿新穎別致？哦，是了，前日玉兒瞧見了，說是要讓你給她買呢！就在東正街的福鑫坊，二兩銀子一片，只不過我這花色肯定是沒了。」

她舉止隨意，語氣平淡如同和一個交好的閨閣姐妹閒話一般，並不見任何的慌亂與難過，劉暢突然洩了氣。

他不明白，為什麼她病過那場，好起來之後，突然就變了一個人。不爭不搶，不妒不恨，就連他要了她最倚重的雨桐，也不見她有任何失態，非常平靜地接受了，倒叫他有些沒臉。

劉暢的神色變了變，學著她勾起一絲微笑，「不是妳臉上有花，也不是翠鈿別致，而是妳本身就是一朵牡丹花。」

他大步走過去，溫柔地撫上牡丹的臉，手指冰涼，帶著一股濃濃的熏香味。

牡丹嫵媚的鳳眼裡閃過一絲厭惡，人卻是沒有動，「我本來就叫牡丹，夫君看錯了眼，也沒什麼稀罕的。」

牡丹只是小名，實際上她大名叫何惟芳，但還是一個意思——絕代只西子，眾芳惟牡丹。

何家老爺子將她看做寶貝，覺得什麼名字都配不上，只有這花中之王的牡丹才能配得上。

但又覺著牡丹這名直接做大名不夠雅致大氣，於是便取了惟芳做大名，私下一家人還是叫她的乳名牡丹。

牛嚼牡丹，聽牡丹這樣說，劉暢的腦海裡突然冒出她諷刺過自己的這個詞來，收回手，沉默片刻，仍然下了決心，「妳最近深得我意，今夜我就歇在這裡了。」

深得他意？他以為他是帝王臨幸？

牡丹垂下眼掩去眼裡的不屑與慌亂，「只怕是不行呢！」

不肯要是一回事，被拒絕又是另一回事。

「不行？」劉暢冷笑起來，「妳嫁過來三年，始終無出，現在又拒絕與我同房，妳不是想要我劉家斷子絕孫吧？」

牡丹委屈地眨眨眼，「夫君息怒，妾身是身子不便，不是不想服侍你。」

劉暢瞪著她，她平靜地與他對視，繼續扮可憐，「夫君怎麼說得那麼嚴重，什麼斷子絕孫？琪兒不是你兒子嗎？要是碧梧知道，又要哭鬧了。」

庶子算什麼？劉暢把這句話嚥下去，冷哼一聲，拂袖就走，扔下一句話，「明日我在家中辦賞花宴，妳打扮得漂亮點，早點起床。」

牡丹沒有回答他。

他撩簾而出，卻忍不住回頭張望一眼，只見牡丹已經轉身背對著他，纖長苗條的身子伏在窗邊，探手去觸那盆魏紫上最大的那朵花。

盆離窗子有些遠，她便翹了一隻腳，盡力往外，小巧精緻的軟底繡鞋有些大，在她晃了幾晃之後，終於啪嗒一聲落了地。白緞鞋面上繡著大紅的牡丹，鞋尖墜著的明珠流光溢彩。

劉暢的心突然軟了，那珠子還是她嫁過來的第二年，十五歲及笄，他隨手扔給她的禮物。沒想到她還留著，並將它綴在鞋尖上。

他顧不上生氣，再度走到她身後，低聲道：「妳要做什麼？我幫妳。」

這一刻他想就算是她惡意地想摘了那朵最大的花，和他作對，讓他明日無花可賞，壞了客人的興致，他也認了。

牡丹吃驚地回頭望著他，一雙流光溢彩的眼睛瞪得老大，「你還要借什麼？」

劉暢再度黑了臉，好不容易湧上的柔情蜜意盡數傾瀉乾淨，轉而化作滔天的怒火，「借？就連妳都是我的，我用得著和妳借？給妳留臉面，妳就不知天高地厚了？稍後我就叫人來抬花，不僅要這盆，還有那姚黃、玉樓點翠、紫袍金帶、瑤臺玉露都要！」

牡丹不說話，靜靜地看著劉暢。

何牡丹十分喜愛牡丹花，所以何家陪嫁陪了二十四盆名貴牡丹，如今都在她院子裡由專人養著，倒成了劉家春日待客之時，必然要出示的道具之一。特別是這幾盆名字吉祥如意的，幾乎是每年必點之花。

牡丹的這種眼神，又叫劉暢想起了從前，以及他為什麼會娶她，憤怒地舉起手來。

牡丹這回算是真的慌了，迅速觀察了一下地形，計算出最佳逃跑路徑，往後縮了縮，有些結巴地道：「你，你……你想做什麼？你要是敢動我一根手指，我，我就……」

「妳就怎樣？倒是說來我聽聽。」劉暢的手終究是放了下來，鄙視地看著牡丹因為害怕和生氣而漲紅的臉，再看看她因為驚慌而四處亂轉的眼珠子，突然有些想笑。

門口傳來雨荷怯生生的聲音，「少，少夫人？公，公子爺？」

得，主僕倆一起結巴了！劉暢的心情前所未有的好起來，揮揮袖子，轉身就走。

「恭送公子爺！」雨荷俐落地給他打起簾子，嘴巴也利索了。

劉暢冷冷地掃了她一眼，「妳信不信，哪天本公子也將妳收了！」

雨荷的大眼睛裡頓時湧出淚花來，接著鼻子裡淌出了清亮的鼻涕，她也不擦，使勁吸了吸，可憐巴巴地看著劉暢，想哭又不敢哭，揪著衣角，語無倫次，「我，我娘會打死我的。」

誰都知道，雨荷的娘是何夫人的陪房，是個會耍劍的粗暴女人，力大無窮，犯起橫來就是何夫人也罵不住，屢教不改，偏何夫人又離不得。

雨荷陪嫁過來時，何夫人有言在先，不叫她做通房或是做姨娘，到了年齡就放出去的。要是自己真碰了雨荷，那渾人只怕真的會打上門來，為了一個相貌平平的小丫頭鬧得滿城風雨，不值得。

劉暢正暗自思忖間，雨荷又響亮地吸溜了一下鼻涕，噁心得要死，幾乎是落荒而逃。

雨荷立刻收起眼淚，弄乾淨臉，皺著眉頭進了裡屋。

牡丹還在繼續先前的動作，翹著腳，伸長手臂去勾那窗外的魏紫。

「少夫人，您這是何苦來哉！」雨荷蹲下去將地上的繡鞋拾起，給她穿上。

以前少夫人病著時，巴不得公子常來看她。病好後，就天天盼著公子來她房裡，與她圓房。公子偏偏不肯來，她哭過求過，不過是自取其辱。

如今不用哭，不用求，公子反而肯來了，她卻把人給推開，這是什麼道理？

終於勾到了，牡丹輕出了一口氣，一手輕輕抓著魏紫的枝葉，一手取了頭上的銀簪子，將藏在花心裡的那隻小蟲子給挑走。

蟲子吐了絲，纏著不肯走，牡丹非常小心地挑著，只恐傷了花。

雨荷等不到她回答，便道：「既然少夫人如此愛惜，為何不繞出去挑，偏在這裡拉了來挑，同樣會傷花梗。」

「不會，我很小心的。我這樣順便也活動活動，拉拉筋。」

這個身子很柔弱，不鍛鍊一下是不行的。

雨荷見她笑容恬淡，忍不住又道：「您到底在想什麼？如今您身子大好了，不能再叫別人踩在頭上了，得趕緊生個小公子才是。」

牡丹不置可否，那種賤男人也配？我呸！

她在這具死去的身體活過來，也繼承了這具身體原有的記憶。

一個把深深愛戀著他的妻子當草，逼死柔弱妻子的人，憑什麼要她給他生孩子？圓房？他還以為是恩賜，殊不知她根本就沒打算要和他過這一輩子，自然不肯多流一滴血。

他把她當草，她也不會把他當寶。

沒有機會那是無奈，既然她有幸重生在這個富足奢靡，民風開放的異界，她要不抓住所有的機會解放自己，那就是對不起自己了。

雨荷見牡丹臉上淡淡的神色，便知自己是勸不動她了，又急又氣，「少夫人，您到底是怎麼打算的？您倒是說說看，這樣過著實在憋屈！」

牡丹挑挑眉，「雨荷，依妳看，我能怎樣打算？」

這丫頭不比那勾搭了劉暢，不管不顧，踩著她一心往上爬的雨桐，是個絕對死忠的。

雨荷指指自己，睜圓了眼睛，「您問奴婢？」

「對，就是問妳。我也覺得憋屈，他們家看我不順眼，無論我怎麼做都是錯。」

就算是僥倖生了兒子，他不喜歡，又不是長子，倒叫孩子平白受氣，過得也不爽快。

「他們不稀罕我，我又何必賴在這裡？我又不要靠著誰活。」

少夫人這是想和離呀！雨荷聽明白她的意思，吃驚過後，飛快地盤算開來。

這世間女子當得了家，做得了主，從公主到村姑，和離再嫁的多得很。雖然和離過的婦人是不如未嫁的女子那般矜貴，可就憑自家少夫人的容貌家世，再嫁根本不難。縱然找不到劉家這樣的人家，卻定然不會再受這種烏氣，她也不用提心吊膽，平白裝樣子噁心人。

雨荷盤算過後，有些遲疑地開口，「可是他們會同意嗎？」

雨荷指的這個他們，包含了劉家的老爺、夫人，以及何牡丹的雙親等人。兩家當初結親，可是有協議的，沒有他們的首肯和支持，怎麼和離？特別是如今何家深信少夫人這病就是和公子成親才好的，又如何肯輕易丟了這個保命符？

不用說，那是難上加難。

牡丹調皮地眨眨眼，「他們總會同意的。」

等時機到了，條件成熟，不由得他們不同意。

雨荷嘆了口氣，「明日的賞花宴，聽說那不要臉的清華郡主也會來。還有那幾位也得了吩咐，盛裝出席，大爺還請了芳韻齋的幾個清倌來表演。您要是不喜歡，還是老法子……」

「不，我很喜歡。」經過半年多的準備，她有信心可以應付外界的紛紛擾擾了。況且她不可能永遠窩在這一方小小的天地裡，遲早是要走出去的，擇日不如撞日，就明天吧！

以前少夫人一遇到這種事，通常都是裝病了事，這回可算是願意出去露一回臉了。

雨荷的眼裡閃過一絲喜意，興高采烈地道：「那奴婢把箱籠打開，少夫人看穿哪套衣裙合適，奴婢好熨平再熏上香。」

裝滿了華麗春裳的四只樟木箱子，在牡丹面前一字排開。

五彩的綺羅、粉嫩的綾錦、奪目的綢緞、柔媚的絲絹，猶如窗外燦爛的春花，以它們各自特有的方式靜靜綻放。

無一例外的，每件衫裙上都繡有嬌豔的牡丹，這是何家父母疼愛女兒的表現之一。

何牡丹，和牡丹一樣珍貴美麗，倍受嬌寵。

牡丹挑出一件粉色的紗羅短襦，指了一條繡葛巾紫牡丹的八幅粉紫綺羅高腰長裙，「就這個吧！」

「這個好看呀！」雨荷的圓眼睛笑成彎月，在箱子裡翻找了好一會兒，才找出一條煙紫色的薄紗披帛，請牡丹看搭配效果，「少夫人看配這個行嗎？」

「行。」牡丹點點頭，然後看了眼天色，打了個呵欠，「時辰還早，我睡會兒。」

雨荷歡天喜地的去收拾衣服，卻發現裙角某處脫了線，屋裡尋不到粉紫色的絲線，只得去針線房裡找，臨行前吩咐恕兒，「少夫人在睡覺，妳在這兒看著，別讓閒雜人等擾了少夫人。等一下林媽媽回來，妳把雨桐有了身孕的事告訴她，千萬別忘了。」

「我記住了，雨荷姐姐。」

恕兒不過十一、二歲，小巧的瓜子臉，一雙杏核眼，長長的睫毛，飽滿紅潤的唇，正是公子最喜歡的類型。

再過幾年，待這小丫頭長開，一準又要被公子給收了。

雨荷嘆了口氣，摸摸恕兒的臉，轉身走開。

見雨荷走遠，恕兒便端了把小杌子，取了針線，認真地守在房門外，不時往院門口瞟一眼，時刻準備著驅趕不受歡迎的閒雜人等。

約莫過了一刻鐘，門口響起一陣嘈雜聲。

劉暢的貼身小廝惜夏，領著八個拿著麻繩和扁擔的家丁到了門口。

「就是這裡，這是少夫人的院子，進去後不許東張西望，更不許亂走，不然家法伺候，記住了嗎？」

惜夏不過十三、四歲，偏生扮了老成的樣子，還學著劉暢背手挺胸，看上去頗有些滑稽。

有個人響亮無比地應了一聲，「知道了，這點規矩大家都知道的，是不是？」

一群人哈哈大笑起來，七嘴八舌地道：「當然知道。」

惜夏沉了臉，「你們小心些，若是傷了那些寶貝疙瘩，把你們全數賣了也抵不過一朵花的。」

太過分了，竟然敢跑到少夫人的院子門口來喧鬧！恕兒把針線一丟，提著裙子跑到院門口，漲紅了一張小臉瞪著惜夏，「惜夏，你怎麼敢帶了一群粗人到少夫人這裡來喧鬧？你就不怕家法嗎？」

見一個玉雪可愛的小丫頭生氣地跑出來指責惜夏，眾人都靜了下來，就看平時又蹺又惡的惜夏會怎麼辦？

惜夏不耐煩地皺了皺眉，「明日公子爺要辦賞花宴，我是奉了公子爺之命，來這裡抬花到院子裡去佈置的。這些人就是這個樣子，妳沒看見我正在約束他們嗎？」

這倒也是事實，只是恕兒忒討厭這群不尊重少夫人的粗人，便揚了揚下巴，「抬花？我怎麼不知道？誰不知道這些花是少夫人的寶貝？是你想抬就能抬的？弄壞了，賣了你一個也不夠賠一片葉子的。」

好呀，這小丫頭還牙尖嘴利的！

惜夏怒目橫眉，「主子要做什麼事，還要先支會妳一聲不成？別忘了自己的身分！識相的，趕緊讓開，不然別怪我稟了公子爺，把妳給賣了！」

恕兒不甘示弱，叉腰道：「你又是什麼人？別忘了自己的身分！識相的，趕緊滾，不然別怪我稟了夫人，把你給賣了！」

家丁們又是一陣哄笑，惜夏的臉由紅轉青，死死瞪著恕兒。

恕兒見嗆住他了，得意地抬起下巴丟了個鄙視的眼神過去。

他今日若是收拾不了這個黃毛丫頭，以後還怎麼混？

「別理她，給我進去，誰擋道一律給我推開！」一聲令下，惜夏退開一步，兩個膀大腰粗的家丁就上前。

恕兒聞到他們身上熏人的汗臭味，又見他們來真的，不由有些著慌，轉身抓起又長又粗的門閂當門一站，中氣不足地道：「誰敢？」

正當此時，廊下傳來一道懶洋洋的聲音。

「惜夏是吧？你帶了一群人不經通傳就往我院子裡闖，不懼驚擾了我，還要賣了我的丫鬟，我沒聽錯吧？」

這聲音又軟又滑，聽著特別好聽，明明是質問的話，聽上去倒像是在閒話家常一樣。

眾人都睜大了眼睛往廊下看去，只見一個身量高挑纖細的女子立在廊下，雪膚花貌，石榴紅裙分外耀眼。

一時之間，立在惜夏身後的家丁們竟然看得呆了。

這位久病不出院門的少夫人，原來是生得如此美麗！

為什麼先前大家都傳說，她是個病得見不得人的黃臉婆？

惜夏天天跟在劉暢身邊，倒是見過何牡丹幾次，只是自去年秋天重病一場之後，她便不再管家裡的閒事。

他還記得有一次生了庶長子的碧姨娘仗著公子的寵愛，借酒裝瘋，鬧到她面前來，她也不過就是命人關了房門，不予理睬。

公子收了芳韻齋最紅的清倌纖素姑娘，纖素姑娘誇她的裙子漂亮，卻故意裝作不小心將茶水潑灑在她的裙上，她不氣不惱，轉手就將那裙子送給纖素。

她這番作為倒叫從前不甚喜她的夫人憐惜起她來，背地裡還說了公子幾次，說是嫡庶尊卑不容混亂。

安靜了這許久，她今日是要發威了嗎？

自己可比不得那幾個得寵的姨娘們，若是惹她生氣，鬧到夫人那裡去，少不得要吃點苦頭。

思及此，惜夏上前行禮賠罪，「惜夏見過少夫人，請少夫人恕罪，小的是聽從公子爺的吩咐，前來抬花去佈置的，恕兒適才是誤會了。小的也是嘴欠，只是玩笑話，不然就是借小的十個膽子，小的也不敢如此膽大妄為。」

牡丹不置可否，只問，「公子爺可否與你說過，要抬哪幾盆？」

「魏紫、姚黃、玉樓點翠、紫袍金帶、瑤臺玉露。」惜夏一一報上。

牡丹點了點頭，「恕兒，妳指給惜夏看是哪幾盆。小心些，可別碰壞了枝葉花芽。」

就這樣放過這狂悖無禮的惡奴了？恕兒心裡一萬個不高興，噘著嘴不情不願地領了惜夏入內，卻把那群早就不敢吱聲的家丁擋在了院外，「一盆一盆的抬，別全都湧進來，小心熏著了少夫人。」

眾人卻也沒人敢再如同先前一般胡言亂語，都屏了聲息，偷看牡丹。

牡丹無動於衷，不疾不徐地搖著素白的紈扇囑咐，「最要緊的是那盆魏紫，當心別碰著了。」

惜夏心裡有數，明日的主角就是那盆魏紫和公子花了大力氣弄來的那株玉版白，可說是重中之重，不容半點閃失。

那盆魏紫據說有三十年了，株高近六尺，冠徑達四尺，十分罕有珍貴。

這樣的老牡丹，一般都直接種在地上，唯獨這一株，當初何家為了方便陪嫁，提前幾年就弄了個超大的花盆，高價請了花匠精心養護，才有今日之光景。

惜夏數了數，今年魏紫正逢大年，開得極好，共有十二朵花，每朵約有海碗口大小，另有三、四個花苞。

恕兒在一旁看著，鄙視地道：「這麼美的花，落在某些人眼裡，也就和那錢串子差不多，只會數花數枝葉，半點不懂欣賞的。」

惜夏白了她一眼，走向那株姚黃。

姚黃是花王，魏紫是花后，若論排名，姚黃還在魏紫之前。只可惜這盆姚黃年份不長，又是盆栽，雖然也開了六朵，光彩奪目，但遠不能和那高達六尺的魏紫相比。

再看玉樓點翠，層層疊疊的玉白花瓣堆砌，花心正中幾片翠綠的花瓣，顯得很是清新典雅。

瑤臺玉露，花瓣花蕊皆為白色，難怪俗名為一捧雪了。

紫袍金帶，花瓣猶如紫色上佳綢緞，在陽光下折射出柔潤的光芒，花蕊金黃，豔麗多姿。

幾種牡丹競相開放，爭奇鬥豔，無一不是稀罕之物。

惜夏清點完畢，偷偷瞟了立在廊下的少夫人一眼。

這幾款花兒，任一種的一個接穗就要值五百錢以上，少夫人卻這樣任由它自生自滅，只供她一人觀賞，平白浪費，真是可惜。

正想著，忽聽牡丹道：「惜夏，我聽說這魏紫的接穗去年秋天賣到了一千錢？不知是真還是假？」

真是想什麼來什麼，惜夏嚇了一跳，忙彎腰作答，「是真的，少夫人。」

「我聽說城北曹家有個牡丹園，世人進去觀賞便要出五十錢，每日最少可達上百人，多時曾達五、六百人？」

「是這樣的沒錯。」

牡丹搖著紈扇慢慢朝惜夏走去，「你可曾去過？」

牡丹的身形不同於時下眾多的胖美人那般豐腴，長腿細腰，胸部豐滿，走路步子邁得一般大小，挺胸抬頭，有種說不出的好看，特別是前襟所繡的那兩朵牡丹花，嬌媚閃爍，叫人看了還想看。

惜夏不敢再看，紅了臉道：「小的不曾去過，公子爺不許我們家的人去看。」

「這樣啊。」牡丹很是遺憾，往他身旁站定，「也不知誰去過？裡面是什麼光景呢？」

少夫人身上的熏香不同於其他姨娘那般濃豔，卻是十分罕有的牡丹香，幽幽繞繞，總不經意地往人鼻腔裡鑽，也不知製這香要花了多少錢？

惜夏鬼迷心竅一般，諂媚笑道：「小的的妹妹曾經去過，她說曹家的牡丹種在一個大湖邊，另外亭旁橋邊及湖心奇石下也有。遊人進去後，乘了船沿著湖慢遊一圈，便可將諸般美色盡收眼底。只不過都是些平常品種，只是數量多一點而已。要論牡丹種類稀罕貴重，遠遠不能和少夫人的這些牡丹相比。若是少夫人也建這樣一個園子，休要說五十錢，就是一百錢也會有很多人來。」

牡丹嫵媚一笑，「胡說，公子爺若是知道你給我出了這麼個餿主意，不得亂棍打死你！」

惜夏瞬間白了臉，牡丹這話一點都不誇張，劉暢其人，身為二代簪纓之家的唯一繼承人，從小錦衣玉食，不知錢財為何物，只知享受消遣。

冬來梅前吹笛，雪水烹茶；秋來放鷹逐犬，縱馬圍獵。夏至泛舟湖上，觀美人歌舞；春日擊球走馬，賞花宴客。過得風流快活，好不肆意。

直到前幾年，劉老爺犯了糊塗，貪墨數額巨大，險些被查，急需有人援手。早就看上劉暢八字的何家便趁此機會替他補上缺款，也替女兒換得了一次沖喜的機會。

從此之後，劉暢愛上了錢，卻也恨上了錢。

他蒙祖蔭做了從六品的散官奉議郎後，不但熱衷於結交權貴，更是熱衷於賺錢。家裡的大小管事幾十個，個個都在想法子賺錢，每年替劉府搬回許多錢來。他卻從不談錢，更不喜有人在他面前說錢，只愛附庸風雅。

這樣一號人，若是叫他得知，他的貼身小廝竟然攛掇他出身商戶的妻子開辦這樣一個園子，公開用牡丹花賺錢，他鐵定不會輕饒了惜夏。

牡丹立在一旁，看惜夏的鼻尖上沁出細汗來，惶惶不知所措，不由輕輕一笑，漫不經心地道：「看你這孩子，一句玩笑話就被嚇成這樣，怪可憐的。公子爺不會知道的，你且安心辦差吧！若是你妹妹喜歡牡丹，今年秋天我送她幾枝接穗玩玩。」

「多謝少夫人。」惜夏鬆了一大口氣，卻不敢再多話，低著頭默默指揮其他人抬花，絲毫沒了剛才張狂的模樣。

「小心點。」牡丹滿意一笑，逕自朝廊下走去，心中暗自盤算，若是真能建起這樣個園子，每年就賣接穗和花季觀光遊覽，就夠她好好生活了。要是再培植出幾種稀罕的品種來，更能高枕無憂了。

恕兒盡職盡責地監督著家丁們，誰要是手腳稍微粗魯些，都要得到她幾句斥罵，間或還指桑罵槐地嘲諷惜夏幾句。

惜夏也一改先前的張狂，對她惡劣的態度視而不見，只專心做事。

好不容易眾人小心翼翼地合力將幾盆花依次抬了出去，恕兒立時跑去關門。門正要合攏，一隻肥壯的手緊緊抵住了門，塗滿了脂粉的肥臉咧著鮮紅的嘴唇嬌笑，「恕兒，別關門，雨桐姑娘來給少夫人請安了。」

第二章 婆媳

乍聽到這個名字，恕兒全身的寒毛都豎了起來，彷彿數九天的寒風順著她的袖口、裙腳倒灌了進去，陰冷得刺骨。

她本想不管不顧地將那門給關上，轉念一想，「呼」地拉開了門，冷眼打量著怯生生躲在胖婆子身後那個身姿豐腴，肌膚如雪，穿著時下最流行的輕薄紗衣，衣下石榴紅肚兜露出寸許的美人，嗤笑道：「難得雨桐姐姐還記得這道門……哦，不對，恕兒應該稱妳雨桐姑娘才對，真是對不住呀，一時給忘了。」

美人抬起微垂的頭來，又長又彎的蛾眉下，一雙黑白分明的眸子裡噙滿了晶瑩的淚水，顫抖著紅潤的嘴唇道：「恕兒，妳怎麼也這樣說？」

恕兒圍著她轉了一圈，輕蔑地在她肚腹之上掃了幾眼，「我不這樣說該怎樣說？難道該喊妳一聲姨娘？但妳還沒抬成姨娘，我怕我喊了挨打呢！」

美人捂住臉小聲地啜泣起來，「恕兒，她們不知道實情，妳也不知道嗎？我真不是故意的，難道少夫人還是不肯原諒我嗎？」

「呸！」恕兒啐了她一口，「妳也配少夫人記著？狼心狗肺的東西，莫要討人嫌了，快滾吧！」

美人擦了淚水，「我是來拜謝少夫人的。」

是來示威的吧！恕兒冷笑，「別在這裡噁心人了，趁著雨荷姐姐和林媽媽不在，趕緊滾，不然等她們回來，妳又要說有人眼紅嫉妒妳，和妳過不去了。」

胖婆子笑道：「恕兒姑娘，好歹都是一處出來的，雨桐姑娘有了出息，妳們也光彩，彼此拉拔著大家都好過，何必這樣針鋒相對呢？傳出去人家還說少夫人容不得人。那麼多的姨娘侍妾，也不缺雨桐姑娘一人，多了一個雨桐姑娘，還是少夫人的助力呢！」

「妳再說一遍？」一個身材枯瘦，穿著青金色衣衫的老婦人滿臉凶相地立在胖婆子身後，不懷好意地打量著雨桐，伸手去揪那胖婆子，「少夫人容不得人？少夫人打她還是罵她了？走，咱們請夫人評理去！」

雨桐緊張地看著那老婦人，害怕地護住小腹往後退了幾步，委委屈屈地道：「林媽媽，您別這樣！」

「林媽媽、恕兒，少夫人問妳們為何吵得這般厲害？越發沒有規矩了呢！」卻是牡丹院子裡的另一個小丫鬟寬兒立在廊下招呼二人。

林媽媽想了想，笑道：「的確沒規矩。」隨後甩開那胖婆子，「小心扶著妳們雨桐姑娘，別跌了摔了後悔都來不及。」話落，一把將恕兒扯進院子，將院門給關緊了。

恕兒貼在門上，聽到那胖婆子勸雨桐，「姑娘還是回去吧？當心中了暑，可就稱了其他人的意了。也莫哭了，好生將小公子生下來，討了公子爺的歡心，到時候想要什麼沒有？」

雨桐抽噎道：「我真的不是故意的。」

那胖婆子不耐地道：「行啦，門也關了，左右進不去，妳是不是故意的也沒人聽了。走吧，出了事公子爺還要拿我是問呢！」

「魏大嫂，妳怎麼也這樣說！」雨桐哭得越發傷心，卻也不得不轉身離去。哭聲漸漸遠去，恕兒氣得扭頭對著林媽媽道：「媽媽，這人不僅不要臉，還用心歹毒。她這般大聲哭著回去，落到旁人眼裡，只怕又要生出閒話來。」

鸚鵡甩甩聽到，「嘎」地叫了一聲，怪腔怪調地學道：「閒話！閒話！」

「小東西，你知道什麼閒話！」牡丹走出來，用扇柄親昵地戳了戳甩甩，然後數落恕兒，「所以咱們就別惹她，她要哭她自哭去，旁人問起來，怎麼都落不到咱們身上。妳這脾氣，越發的像炮仗一樣，這樣不好，以後見著她躲遠些，莫叫她攀咬上妳。」

「怕什麼？反正咱們這裡的閒話也不少，多她這一哭原也算不得什麼。」林媽媽的臉比鍋底還黑，生氣地看著牡丹，一臉的恨鐵不成鋼。

牡丹靠過去挨在她身邊，撒嬌道：「媽媽這是怎麼了？誰惹妳不高興啦？妳今日又聽了些什麼閒話，說給我聽聽？」

林媽媽是何牡丹的奶娘，無兒無女，一心就只撲到牡丹身上。她跟著牡丹嫁過來，本想替何夫人守著牡丹，護著牡丹病癒，再過上好日子。怎奈牡丹軟弱又固執，被劉暢傷害了卻始終無法自拔。本人不爭氣，任她怎麼想方設法也無法改變牡丹的境遇。

好不容易牡丹大病一場之後，似乎明白了些，劉家人對牡丹也有所改觀，境遇也好了些。

偏偏近來她發現，牡丹想得太明白了，把什麼都看淡了，連看著劉暢也似沒看見一般。

今日她在半途遇到雨荷，聽雨荷說了牡丹拒絕了劉暢，又遇到雨桐來示威，氣得她不知該怎麼說牡丹。

牡丹見林媽媽沉著臉不說話，便小狗似的在她肩上蹭了蹭，拖長聲音連喊了幾聲「媽媽」。

林媽媽不由得嘆了口氣，就想起牡丹小時候總喜歡靠在自己身邊，嬌滴滴的左一聲「媽媽」右一聲「媽媽」，叫得人心一軟，什麼都不忍拒絕。

如今人大了，她還是捨不得不理她，但又想到不能任由牡丹這樣下去，便硬著心腸冷聲道：「丹娘，妳若心裡還把我當妳的奶娘看，就聽我說幾句。」

牡丹討好地笑道：「妳說呀，我聽著。」

林媽媽的固執她不是第一次領教，那時她穿越到這裡，大病初癒，正值懵頭懵腦，不肯接受現狀，躲在被窩裡裝鴕鳥的階段，是林媽媽硬生生將她拖下床，又押著到了劉夫人的面前，逼她討好劉夫人，逼她面對劉暢的妾室。

之後又有好幾次類似的事，都叫她深深體會到林媽媽的固執己見。

林媽媽叫恕兒在一旁注意不叫閒雜人等靠過來，沉著臉道：「從前媽媽勸妳，莫要太當真，別苦了自個兒，妳不聽，每日自尋煩惱，生了那場大病，將媽媽和老爺、夫人俱都嚇個半死。好不容易病好了，以為妳明白了，偏生妳又太不當回事了，送上門來的機會都要趕走，這不是白白便宜旁人嗎？知道妳想通了，但要在這裡立足下去，要想護住身邊的人，不叫像雨桐那樣的小賤人都敢尋上門來，妳就得拿出手段來。這個樣子算什麼？別丟了何家的臉啊！」

牡丹深知，林媽媽同何老爺、何夫人一般，都迷信自己這病是和劉暢成親後才好的。這紙婚約就是她的保命符，即便日子不好過，也不會同意她與劉暢和離，故而從來也不敢告訴林媽媽自己想和離的想法。

「媽媽，妳說的我都知道，我只是氣憤他當時不把我當回事的樣子罷了，以後我會注意的。」

「委屈我的小丹娘了，如果不是妳這病，老爺和夫人也不會讓妳嫁進劉家，讓他家覺得咱們高攀，又強迫了他家。若是配個門當戶對的，何至於受這種氣！可嫁都嫁了，日子還得過下去，妳就算不為自己著想，也要為心疼妳的老爺、夫人想想才是。」

「我曉得，所以明日我會盛裝出席，不叫她們小瞧了。媽媽幫我想想，明日梳個什麼髮髻才配得上這身衣服？」

三言兩語便將林媽媽的注意力給引開了，林媽媽興致勃勃地和她商量起髮型首飾來。少頃，雨荷尋了絲線回來，便將衣裙抱出來，主僕幾人認認真真地商量起來。

待到申正，牡丹算著婆母劉夫人應該有空了，便叫雨荷將手裡未完成的活計交給林媽媽，重新整理了衣裙髮髻，二人撐著絹布竹傘往劉夫人的院子走去。

劉夫人住的主院離牡丹的院子有些遠，走路怎麼也得一刻鐘。

雖是初夏，日光卻很強烈，熱浪一陣接一陣，就是傘也擋不住那熱氣。不多時，牡丹和雨荷的額頭、鼻翼就沁出細汗來，就是腋窩裡也覺得有些潮了，讓人怪不舒服的。

雨荷指指不遠處的紫藤架，「少夫人若是累了，不如先去那裡躲躲日頭？待清爽些咱們再走，反正夫人那裡也沒什麼急事。」

牡丹搖頭，「不必，曬一曬出出汗也挺好的。」

這種天氣走十多分鐘的路算什麼，想當初她穿著七公分的高跟鞋，頂著三伏天正午的太陽健步如飛和男人們追公車，也從來沒見輸給誰過。

現下不過是好日子過多了，越發顯得嬌貴了而已。但嬌貴這個東西，若是你不把自己當做嬌貴之人，狠一狠心，自然也就嬌貴不起來了。

「奴婢記得您從前最怕曬太陽，最怕出汗。」

牡丹指了前面通向另一個院子的青石路口，「妳看，也不只是咱們不怕曬。」

青石路口走出一行人來，正中一個豐滿的少婦，穿著柳綠雞心領羅紋紗衫，束鵝黃高腰百褶裙，百褶裙上還繡了一對閃閃發光的金鷓鴣。梳半翻髻，一對含煙眉，一張飽滿的菱角嘴塗得紅豔豔的，正是劉暢那個生下庶長子的寵妾碧梧。

碧梧一眼看到牡丹頭上那把傘，便搖著扇子走過來，虛虛朝牡丹行了個禮，嬌笑道：「少夫人身子不好，禁不得曬，就不該在這個時候出來，免得中了暑氣。」

「可不是嘛，但早間公子爺去了我那裡，說是雨桐有了身孕，讓我多關照她一下。趁著此刻夫人有空，我抓緊時間稟了，多調個人給她使喚，調高月例，也好叫她安心養胎，為劉家開枝散葉。」

碧梧早就知道了這個讓人不喜的消息，眼裡閃過一絲不快，臉上卻擺出一副不在意的樣子，「少夫人真是賢慧大度，雨桐做了那種事，您不但不生氣，還牽掛著她，一心一意的為她打算，實在是公子爺的福分。」

牡丹拿紈扇掩了半邊臉，故作柔弱地嘆息，「我身子弱，本就對不起公子爺，若是這點小事還不能妥善處置好，那我簡直就沒顏面見他了。」

公子爺最不喜歡的就是少夫人這種身無二兩肉的身材，碧梧不屑地掃了牡丹纖長苗條的身形一眼，翹起嘴角，微帶憐憫地故意道：「瞧您瘦的，您要多休息，好好看看大夫，好好吃藥，養好身子才是。前幾日婢妾還聽夫人感嘆，不知您什麼時候才能給公子爺添個嫡子呢！」

牡丹受傷似的嘆了口氣，「其實這幾日我都在想，這樣下去不是辦法，不能耽擱劉家的子嗣，不如……唉，還是算了，我再想想。」

碧梧聽聲辨意，覺得這句話裡面暗含的內容太多，笑容都僵硬了，飛快地道：「哎呀，少夫人，您別難過。您還這麼年輕，才十七歲吧？日子還長著呢，有的是機會。」

牡丹只是搖頭嘆氣，轉了話題，「琪兒呢？我好幾日沒看見他了，妳怎麼不帶他出來？」

熱浪襲來，熱得碧梧差點兒窒息，她拼命地搧著扇子，「早上帶過去給夫人請安，夫人便留下了，這會兒婢妾便是去接他的。」

「琪兒聰明伶俐，乖巧可愛，漂亮聽話，我很是喜歡他。」

碧梧緊張了，「夫人也是這麼說，那天還說琪兒瘦了，嫌婢妾帶不好，不如讓她老人家親自來帶呢！」

正室無出，將妾室的孩兒奪過去養到自己身邊的多了，但想要她兒子，也得看看妳何牡丹敢不敢和夫人搶！

「哦，這樣子啊！」

碧梧見牡丹失望的樣子，暗忖果然被自己猜中，這個病丫頭果然有這種心思！只可惜，她是無論如何也不會讓牡丹得到琪兒的。琪兒目前是劉家唯一的男孫，也是她一輩子的依靠，她怎麼都得把他緊緊握在手裡才是。

一直不說話的雨荷突然道：「少夫人也別擔憂，雨桐不是有了嗎？待她生下來，要是喜歡，抱過來養也是一樣的。」

豈能讓那賤人的賤種騎到自己兒子頭上去？

碧梧更是不滿，狠狠地瞪了雨荷一眼，尖聲道：「雨荷，不是我說妳，就算妳和雨桐關係好，妳也應該勸少夫人好好養身子，正正經經地生個嫡子出來才是。」

雨荷目的達到，淡淡一笑，並不作答。

被這件事一打岔，碧梧就沒了心思找牡丹的麻煩，拼命搧著扇子，整個人呈焦躁暴走狀態。

牡丹朝她的腋下看過去，只見她兩腋的衣服已經被汗水浸濕了一大片，看著狼狽得很，不由心情大好，眉開眼笑的當先往劉夫人的院子而去。

進了主院，劉夫人跟前的大丫鬟念奴笑嘻嘻地迎上來，朝牡丹行了禮，「少夫人今日過來得早些了，夫人此刻還在佛堂裡念經呢！」

「念奴姑娘，琪兒今日給妳添麻煩了吧？」碧梧一副客氣討好的模樣。

她是府裡唯一的小公子的生母，又得公子爺寵愛，這府裡從來沒有人敢小瞧她，但她到底是聰明的，知道夫人身邊的人一定不可以得罪，自然要小意討好念奴。特別是這關鍵時刻，更要低調謙卑。

「姨娘太過客氣，都是奴婢應該做的。」念奴不卑不亢地淡淡一笑，「小公子此刻還在碧紗廚裡睡著未醒，奶娘在一旁守著，姨娘要不要進去看看？」

碧梧趕緊搖手，「不了，不了，我就跟著少夫人一起等夫人好了。」

小小的佛堂內香煙繚繞，穿著烏金紗衫，繫著珊瑚紅團花綢裙的劉夫人戚氏跪在供養的觀音像前一動不動。若不是手裡握著的伽南木念珠間或轉動，一旁伺候的陪房兼劉暢的奶娘朱嬤嬤幾乎以為她是睡著了。

聽到外間牡丹、碧梧和念奴的對話聲，劉夫人並不理睬，專心致志地將佛經念完，才睜開眼睛，伸出一隻手來。

朱嬤嬤忙快步上前，彎腰小心將她扶起。

「什麼時辰了？怎麼一個個就都來了？」

「申正剛過了一刻，早間不是說雨桐有了身孕嘛！」

得她提醒，劉夫人心裡有了數，不悅地道：「都是些不省心的，這個子舒，生下來就只會給我添麻煩。到了現在還叫我替他的這群姬妾操心，他倒是快活。」

她今年四十有二，但保養得宜，看上去不過三十五、六。貌美善妒，娘家又強勢，丈夫劉承彩雖是堂堂三品工部尚書，也不敢和她對著幹，故而多年以來，膝下不過一子一女罷了。

劉暢便是那唯一的兒子，從小萬千寵愛於一身，少不得調皮搗蛋，真是讓她操夠了心。如今他成了親做了官，做事也出息，但就是女人這方面實在難纏。

當初迫不得已娶了門不當戶不對的何家女兒，卻也是委屈了他。她便縱著他一些，由著他一個接一個地往屋裡拉，誰知到最後這爛攤子竟是全由她來收拾。

朱嬤嬤覷著她的神情，笑道：「若是少夫人沒這麼柔弱，夫人也不必這般操心了。要老奴說，公子爺的確也是委屈了些，以咱們公子爺的家世人品相貌，就是配郡主娘娘也配得上的。」

劉夫人聞言，疾言厲色地道：「既成事實，就不要再提了，難不成還能休妻？」又凶狠地盯著朱嬤嬤，「別以為我不知道妳們打的什麼主意，我是斷斷不會要一個寡婦進門的！」

夫人不是不想休妻，不過無可奈何罷了，至於這寡婦嘛……朱嬤嬤的眸光閃了閃，恭敬地彎腰退了一步，取了一杯涼茶遞上，「是，老奴知錯了。」

劉夫人接過茶來優雅地啜了兩口，平息了情緒，「走吧，看看她們怎麼說。」

朱嬤嬤趕緊上前一步，搶在簾下立著的小丫鬟之前把簾子打起來，「夫人您請。」

劉夫人的腳才一踏出門檻，臉上的笑容便自然而然地露了出來，語氣溫和地道：「丹娘，天這麼熱，為何不等日頭落下再過來？妳身子弱，自個兒更要注意些才是。」

「有勞母親掛懷。」牡丹笑咪咪地給劉夫人行了禮，上前扶了她的胳膊，「兒媳如今身子好多了，一個人也悶得慌，想出來走走透透氣。」

劉夫人慈愛的笑道：「早晚出來走走就好。」

牡丹順著劉夫人的話頭，輕聲細語地與她一同說了許多沒有營養的閒話。

待進了正屋，劉夫人坐下後，一直就沒機會上前獻殷勤的碧梧趕緊將一盤金黃個大的枇杷遞過去，邊洗手邊笑，「這枇杷又鮮又甜，婢妾伺候夫人用點。」

牡丹見狀，也忙著起身捲了袖子，洗手接過念奴遞過的小白玉盤子並銀籤子，準備　道伺候劉夫人用果子。

劉夫人見她二人忙個不休，緩緩道：「都不用忙了，我現在不想吃。丹娘，妳身子弱，過來坐在我身邊歇歇。」

牡丹推辭不掉，只好在劉夫人跟前的月牙凳上側身坐下。

「念奴，給少夫人上茶，別取涼茶，重新泡熱茶來。」

碧梧見劉夫人對牡丹這般上心，不由有些訕訕的，停了動作站在一旁，微側著臉打量牡丹。

劉夫人看得分明，笑道：「碧梧，琪兒睡得有些久了，妳進去看看，哄他起來，清醒清醒，便該用晚飯了。」

碧梧這才歡喜起來，高興地跟著劉夫人屋裡的另一個大丫鬟念嬌去了碧紗廚。

劉夫人這才問牡丹，「聽說今日惜夏對妳不敬？」

這家裡，原本就沒有什麼事能瞞得過劉夫人，牡丹也不吃驚，微微一笑，「沒有的事，是我院子裡的小丫鬟恕兒不懂事。」

劉夫人轉動著手裡的伽南木念珠，正色道：「妳是家中的少夫人，便該拿出點氣勢來才是，不要一味軟性，縱著下人不知天高地厚，傳出去別人要笑我劉家沒規矩。」

牡丹忙起身應下，暗自腹誹，若是她真拿出氣勢來，只怕劉夫人又容不下她了。在她目的未達成之前，總得安生地活下去吧？

劉夫人見她謹小慎微的模樣，又換了笑臉，握住她的手，「妳別怪我對妳嚴厲，我這是為了妳好。我們家的情形和妳娘家不一樣，將來妳遲早都要當家的，那時候妳才知道有多難！」

若是從前的牡丹，聽到什麼劉家和何家不一樣，臉色鐵定極難看，偏偏此刻的她彷彿不曾聽明白，只低眉垂首地道：「都是兒媳不好，叫母親操勞了。」

「這都是命，有什麼辦法。」劉夫人嘆了一嘆，方道：「聽說雨桐有了身孕，妳要想開些才是。」

她也聽下人說了，雨桐午間哭哭啼啼地從牡丹的院子裡離去，雖不知緣由，但前後一想，約莫是受了牡丹的氣，才會哭成那個樣子的。

「媳婦正是為了此事而來。想求母親給她添個侍候的人，調高月例，以免她心情鬱悶，不利養胎。」

劉夫人也無心去管她二人到底誰是誰非，只要不出大亂子就行，「這也是應該的，妳看派誰去伺候她比較好呢？她是從妳那裡出來的，和妳身邊的人約莫是要親近些。」

按說劉夫人不會放心自己的人去伺候雨桐才對，故意這麼說是什麼意思？

牡丹皺著眉頭道：「媳婦身邊伺候的人不多，林媽媽和雨荷是離不開的。另外兩個小丫鬟，一個性情暴躁，一個懵懂不知事，都不適合，還請母親另行安排吧！」

劉夫人拿眼看去，只見牡丹長長的睫毛微微抖著，怎麼看都是楚楚可憐的樣子。

這個兒媳，出身商賈之家，又病歪歪的，從前行事也不大度，不要說劉暢不喜歡，就是她看著也不喜歡，現在卻是比從前懂事許多。只可惜，草雞就是草雞，飛上枝頭也做不了鳳凰。

牡丹久久等不到她答話，探詢地喊了聲，「母親？」

劉夫人飲了一口涼茶，慨慨地嘆了口氣，「也罷，我另外給她指個穩重的丫鬟，再有她身邊那個魏大嫂跟著，差不多了。月例錢呢，她以前跟著妳是二兩銀子，如今調成三兩銀子吧，別的待生下孩子後再說，妳看如何？」

牡丹只要能應付過去就好，哪裡會有什麼意見，當下便起身道：「兒媳哪裡懂得這些，母親做主就好。」

她的小心恭敬讓劉夫人心裡好過了些，「自家人莫這般累，謝來謝去的。妳快些調養好身子，趕緊給我生個嫡孫出來就是對我最大的感謝了。」

嫡孫，嫡個頭！牡丹煩躁得很，好不容易才忍住了，擠出個乾巴巴的笑來。

碧梧抱著剛醒過來的琪兒走了進來，春風滿面地笑道：「夫人，您勸勸少夫人，先前婢妾和她一道過來時她正為此難過不已呢！」

這話彷彿坐實了牡丹午間因嫉妒弄哭了雨桐的傳聞。

劉夫人挑了挑眉，看向牡丹。

牡丹也不反駁，只垂著眼看著青石地磚。反正除去劉暢和她身邊的雨荷、雨桐、林媽媽，劉夫人等人可不知道劉暢與她尚未圓房，只知道劉暢甚少去她房裡，每次去了也是匆匆就走，如此怎能生出孩子來？

身為劉家少夫人，她難過實屬正常，不難過才不正常。

劉夫人沉默片刻，道：「知道急了就好，明日我讓老爺下帖子去請祝太醫過來給妳開個方子。調養好了身子，自然該有的都會有。」

這話就說得很明白了，不管劉暢喜不喜歡，她都會助牡丹生下嫡子。

牡丹驚悚萬分，面上卻不敢露出半分，僵硬地笑道：「母親安排就好，只是明日夫君要辦賞花宴，讓媳婦去招待女眷。太醫若是來了，還煩請母親派人過去提前和媳婦說一聲，媳婦趕緊過來。」

「既然如此，便換個時候吧！來的都是客，妳要好生招待才是，不要失了體統。」

劉夫人意有所指，牡丹恭敬地應下。

碧梧在一旁聽得心裡發酸，抓心撓肺的難受，忙低頭問懷裡兩歲的琪兒，「琪兒剛才不是和姨娘說想替祖母捶腿嗎？」

琪兒外貌肖似劉暢，被碧梧調教得很是乖覺，聞言立刻從碧梧懷裡下去，張著兩隻手朝戚氏走過去，小臉上堆滿了笑容，甜糯地道：「祖母，琪兒想您了。」

「這麼小的孩子捶什麼腿呀？」劉夫人笑咪咪地將琪兒抱入懷裡，吩咐念奴剝了枇杷來餵他。

琪兒並不要念奴餵，而是自己拿了，也不往自家嘴裡塞，高高舉著去餵劉夫人。

劉夫人眉開眼笑接了，同牡丹誇讚，「難為這麼小的孩子，真是乖巧懂事。」

牡丹看著一旁得意洋洋的碧梧笑道：「小孩子最是知道誰對他好，母親這般疼他，他自然願意孝順母親。碧梧不但將他生得好，也教導得極好。」

見牡丹當著劉夫人的面誇讚自己，碧梧雖然狐疑，卻還是很高興，「婢妾愚鈍，平時都是按著夫人教的規矩去做。」

劉夫人掃了她二人一眼，「沒有規矩不能成方圓，一家人想要繁榮昌盛，必須守禮知禮。少夫人寬厚大度，妳們也要把該守的規矩都守起來，從明日起，每日領了琪兒過去給少大人請安吧！」

碧梧臉色大變，不明白為何突然要興起這個規矩來。

牡丹也頗不明白，自何牡丹進了劉家門，劉家從來都是要求她尊禮守禮，可從沒要求過旁人對她守禮。加上又經常病著的，不要說旁人來給她請安，就是她向劉夫人請安也是三天打魚兩天曬網，直到最近晨昏定省才算是固定下來。

這突然間這樣弄，到底是怎麼了？

牡丹直覺有些不妙，便笑道：「母親，媳婦的院子離得遠，孩子們還小早上起不來。再說媳婦也怕吵，他們若是去，可沒得清靜了。」

劉夫人不高興地皺起眉頭，「妳身子不好，就更該由她們伺候著才是。喜歡清靜就讓她們不要吵鬧即可。這事就這麼定了，她們每日早上先過去給妳請安，然後妳們再一道到我這裡來。」一錘定音後，又吩咐念奴，「把我的話傳下去，誰都不許違背。」

如此一來，牡丹與碧梧都不敢再多說，俱都沉默下來。

這時小丫鬟在簾外道：「夫人，玉姨娘過來了。」

劉夫人仍未收了臉上的厲色，沉聲道：「讓她進來。」

小丫鬟打起簾子，走進一個穿蔥白小襖配銀紅半臂，繫碧綠撒花裙，瓜子臉，小山眉，梳驚鵠髻的美人來。

美人懷裡抱著個一歲多的女嬰，婀娜多姿地給劉夫人行禮問安，又和牡丹見禮。

正是劉暢另一個得寵的妾室玉兒和劉暢一歲半的庶長女姣娘。

劉夫人淡淡地看著玉兒母女，「我剛才說了，從明日起，孩子們都要過去給他們的嫡母請安，妳們也要趕早過去伺候。」

玉兒同樣有些驚訝，隨即很快掩飾過去，溫順地道：「婢妾早有這種想法，只恐吵著少夫人，故而不敢多去。」

碧梧譏諷地掃了玉兒一眼，不屑地把臉別開。

玉兒並不理睬她，認真地問候起牡丹的身體來。

在劉暢所有的姬妾中，唯有她與碧梧是正式抬了姨娘的，又各有寵愛，都生了兒女。要說她什麼地方不如碧梧，不過就是運氣不好，生的是女兒罷了。

不多時，外間有人來報，說是劉家父子倆都有事不回來用飯。

於是牡丹起頭，幾個女人恭敬地伺候劉夫人用過晚飯，各自告辭回房。

牡丹前腳才走到門口，劉夫人又發了話，「丹娘等等，剛才被她們打了岔，我話還未說完。妳房裡伺候的人太少了，我另外給妳指派一個媽媽和一個一等丫鬟如何？」

牡丹不由暗自叫苦，她躲清閒的好日子一去不復返了。

而另一頭，林媽媽眼看著太陽落了山，牡丹仍然未歸，不由有些著急，便叫寬兒出去打聽消息，看牡丹是否在劉夫人那裡留飯。

寬兒出去不多會兒，便跑回來，「媽媽，少夫人回來了。」

林媽媽忙招呼恕兒擺飯打水，「趕緊的，飯菜都要涼了。」

飯菜剛擺好，廊下便響起甩甩討好的聲音，「牡丹最可愛，牡丹最可愛。」

牡丹有氣無力地道：「甩甩也可愛。」進了屋，懶懶地往榻上一躺。

「等會兒媽媽著人去收拾一間屋子出來，夫人今日賞了我兩個人，一個是李媽媽，一個是蘭芝。」

林媽媽停下手上的動作，詫異地道：「夫人怎會突然賞人過來？」

牡丹病了那許久，劉家只知道找藉口將何家給的人不斷打發出去，雨桐被劉暢收了，這裡缺人手，也不曾給過人。如今突然給了這兩個人，怎麼看都像不懷好意。

牡丹嘆道：「那有什麼法子？總不能拒絕。」

牡丹見自己這話一出，屋子裡頓時靜悄悄的，幾人都一臉難過地看著自己，心想不就是多兩個伺候的人，有什麼大不了的，她們總不能騎到自己頭上？

只是這麼多人都看著自己，她也不能不表態，遂打起精神，起身淨手拿起筷子吃飯，「身正不怕影子斜，多兩個人幫妳們做事豈不是更好？」

林媽媽佝僂著背只是嘆息，「雖是這樣說，可是……」

牡丹見她眉頭深鎖，臉上的皺紋越發的密，看上去極是愁苦，心中不忍。

因知道她最喜歡聽什麼，便朝雨荷使眼色，「今日也有好事，雨荷說給媽媽聽聽。」

雨荷得令，忙笑道：「媽媽，今日夫人發了話，從明兒早上起，兩位姨娘都要帶著小公子、小小姐過來給咱們少夫人請安。夫人還說了，要請太醫來給少夫人調養身子呢！」

林媽媽頓時眼睛一亮，臉上的愁色一掃而光，「那便是了，從前夫人不曾將您放在心上，如今重視了，自然要放人到您屋裡來。這府裡，誰院子裡沒幾個夫人給的人？少夫人，您要翻身了，您一定要好好把握這個機會，早日誕下嫡子才是。」

牡丹差點兒被嘴裡的湯嗆著，胡亂把話扯開，「突然這樣看重我，我心裡很是不安，也不知到底為何，總覺得怪怪的。」

林媽媽哈哈一笑，絲毫不把牡丹的擔憂放在心上，「管她呢，總之對咱們有利就是了。」

見牡丹在那裡數飯粒，上前夾了一箸爆炒羊肉到她碗裡，「天色不早，少夫人趕緊用了飯，沐浴之後早點休息，覺睡好了明日才有精神。」

身體是革命的本錢，我一定要有一個強健的身體！

牡丹咬牙將碗裡的飯菜吃了個乾淨，看得林媽媽與雨荷等人好一陣歡喜。

而劉夫人做完晚課，朱嬤嬤手腳利索地指揮丫鬟們伺候她梳洗完畢，扶了坐在廊下納涼。因劉承彩尚未歸來，朱嬤嬤便端了針線笸籮陪著劉夫人邊說閒話邊等候。

在朱嬤嬤有意識的引導下，話題從十幾年前的陳年往事扯到了牡丹的身上，「先前夫人說要請太醫過來，後來又吩咐兩位姨娘和小公子、小小姐去給少夫人請安，老奴瞧著少夫人感激得不得了呢！」

劉夫人掃了她一眼，淡淡地道：「妳一定很奇怪我今日為何要管她的事，為她撐腰，又賞她人吧？」

「老奴是不明白，看著少夫人也不明白。」

「我這可都是為了家裡好，雖然家門不幸，遇到這種事情，但木已成舟。若是多事反悔，任由子舒和那清華郡主繼續胡作非為下去，逼死了人，得罪了何家，將那事洩露出去，不但老爺的官聲和子舒的前途都要受損，我劉家還要留下一個薄情寡義，忘恩負義的名聲，想要在這京中上層人家裡立足就千難萬難了。子舒荒唐也荒唐過了，該收心了。」

「夫人一向極有遠見，但老奴瞧著，少夫人看似柔弱，實則韌性強得很，哪裡那麼容易就想不開了？」

劉夫人突然發作，猛地一拍桌子，冷笑道：「去歲秋天她那場病是怎麼來的，以為我真的不知道嗎？妳是真聽不懂還是假聽不懂？」

她積威甚重，這一發作嚇得朱嬤嬤心慌意亂，雙膝一軟就跪了下去，「夫人息怒，老奴知錯了。請夫人明鑒，老奴自七歲跟在您身邊，如今已近四十年，從無二心。」

說起這近四十年的經歷，劉夫人有些動容，嘆道：「我知道妳是子舒的奶娘，打小就疼他，總愛依著他的性子來。但這事非同兒戲，不能由著他胡來。他心裡念著清華郡主，清華郡主如今也是自由身，兩人心裡存了那個念頭也不奇怪。但他就沒想過，我們這一房兩代單傳，只得他一人，我和老爺還指望著他傳宗接代，兒孫滿堂呢！丹娘還好，到底軟善，心裡再難過也不過是躲起來哭一場罷了，斷不會做那烏七八糟的事，可若是換了那人，這家裡只怕就要不太平了。她身分高貴，就算是我她也未必放在眼裡，又如何會讓其他人有好日子過？咱們家無福消受。」

「老奴記住了，以後會勸著公子爺的。」朱嬤嬤鬆了一大口氣，還好，夫人只想著自己是偏頗公子，沒有疑心到其他方面去。

看來夫人主意堅定得很，以後不能再提這話了。明日還是找空子告訴清華郡主，讓她另外想法子的好。

劉夫人揉揉額頭，「真是讓人不省心，殺千刀的劉承彩，顧前不顧後，做了醜事還要妻兒來替他受罪！」

朱嬤嬤不敢答話，只是賠笑。

第三章 渣男

翌日，天剛濛濛亮，牡丹就被一陣嘈雜聲吵醒。

碧梧罵婢女的聲音，小孩子哭鬧的聲音，玉兒勸解的聲音響成一片。

這才什麼時辰就過來請安？請安有這麼吵鬧的嗎？是特意來挑釁的吧？這群女人真煩！

牡丹煩躁地捶了枕頭幾下，忍了忍，到底沒忍住，翻身坐起大聲吼道：「雨荷，誰這般沒規矩，一大清早就在外面喧譁？」

外間的吵鬧聲略靜了一靜，雨荷清甜的聲音響起，「回少夫人的話，兩位姨娘帶了小公子和小小姐按著夫人的吩咐來給您請安了，您可是忘了？」

牡丹下床，隨手在床頭取了件薄絲袍披上，披散著長長的頭髮，漫步走至外間，目光淡淡掃了精心裝扮過碧梧和玉兒，以及她們帶來的那群丫鬟婆子一眼，在妝臺前坐下，「我怎敢忘了夫人的話，怕是有些人忘了夫人的話才對。」

碧梧的臉色變得極其難看，皮笑肉不笑地道：「少夫人此時還未梳洗，只怕稍後去夫人那裡請安要遲了。」

玉兒則笑嘻嘻地行禮道：「都是婢妾的不是，竟然讓姣娘搶了琪公子的布老虎。這才引起喧譁，擾了少夫人的清靜，還請少夫人恕罪。」

因見寬兒呈上淨面水來，便主動上前接了盆子，親手伺候牡丹淨面。

牡丹不習慣劉暢的姬妾如此示好，看了玉兒一眼，見她只是望著自己溫順地笑，也就不推辭，「罷了，小孩子哪有不鬧的。我這裡還有些時候才能好，碧梧若是著急，不必等我，先去夫人那裡伺候吧！」

碧梧猶豫片刻，真的就行禮命人帶了琪兒出去，「如此婢妾就先去了，少夫人慢慢來。」

玉兒臉上閃過一絲不屑，低聲道：「少夫人，她就是這個脾氣，您莫和她計較。」

牡丹不置可否，招呼雨荷，「幫我梳頭換衣。」

雲髻如蟬翼，金釵玉步搖，粉紗短襦小，煙紫羅綺裙。

打扮好的牡丹光芒四射，玉兒眼裡閃過一絲羨慕和酸楚，隨即換了驚喜和諂媚，「少夫人真美！這樣的容貌風姿不要說在咱們家是頭一份，就是在京城裡也是少有的。」

牡丹嘆了口氣，這算是做了何牡丹唯一的福利吧。看到趴在奶娘懷裡睡眼矇矓的姣娘，便道：「這麼小的孩子，怪難為她的，日後讓她不必來了。」

玉兒猶豫了一下，「婢妾不敢違背規矩，讓她從小學著，將來才識得大體。」

牡丹淡淡一笑，也不多語，當先走出。

到了劉夫人的門外，劉夫人已經起身，正在梳洗，碧梧與琪兒卻未在廊下候著。

朱嬤嬤拿眼覷著牡丹淡淡地道：「小公子被抱進去了，碧姨娘去廚房給夫人取早飯了。」

正牌的媳婦還沒有一個小妾請安到得早，也沒人家伺候得周到，落到旁人眼裡，就算不是牡丹的不是也是她的不是。

玉兒偷偷看了牡丹一眼，但見牡丹饒有興致地看婆子們將廊下的紅燈籠一盞一盞地取下，一盞一盞地熄滅，看得津津有味，半點在意的樣子都沒有，是根本沒把朱嬤嬤的話聽進去。

朱嬤嬤見牡丹無動於衷，反而自得其樂，暗自唾罵，真是個木頭疙瘩，和她說這些簡直是浪費精神。

此時劉暢神清氣爽地走過來，遠遠看到牡丹與玉兒立在廊下，高矮不齊，環肥燕瘦，各有千秋，果然養眼，不由心情大好，臉上也露出了一絲笑容。

玉兒眼尖，率先看到了劉暢，他今日頭戴玉冠，穿著緋色團花圓領紗袍，腳踏青絲雲履，腰間掛著花鳥紋銀香囊與玉佩絲條，顯得玉樹臨風，風流俊俏。

玉兒滿心愛慕，屈膝行禮，「婢妾見過公子爺。」

因見牡丹還在發呆，忙輕輕拉了她的袍袖一下。

牡丹如夢初醒，木木地朝劉暢行禮，「夫君萬福。」

劉暢心不在焉地朝玉兒擺擺手，看著牡丹淡淡地道：「今日這個樣子還不算丟我的臉。」

渣！渣！渣！牡丹心裡不屑，撇過眼神看著地磚。

玉兒的目光在二人身上打了個來回，若有所思，將姣娘接過來笑道：「姣娘快給爹爹請安。」

姣娘說話還不利索，睡眼矇矓地吊著玉兒的脖子，癟嘴看著劉暢，一臉的委屈，就是不叫人。

劉暢心中不喜，應付地戳戳姣娘的臉，「這哭兮兮的樣子，也不知道和誰學的，大清早的，看著就晦氣。」

邊說邊瞟了牡丹一眼，牡丹只作不見。

玉兒難過得要死，心疼地摟緊了姣娘。

簾子裡響起劉夫人的聲音，「都進來吧！」

劉夫人看到牡丹的裝扮，也是眼前一亮，笑道：「這就對了，這才是我劉家媳婦該有的樣子！」回頭望著劉暢，「子舒，我昨日才同丹娘說，過些日子請祝太醫來給她瞧瞧，開個方子調理一下身子，趕緊給我生個嫡孫。」

劉暢聞言淡淡「嗯」了一聲，沒說好，也沒說不好。

但劉夫人知道，他這個態度相當於同意了，不由心情大好，「夫妻同心其利斷金，丹娘是第一次操持這樣的宴會，子舒可要多護著她才是，她不懂的你好好教她，別又惹她生氣。」

劉暢又「嗯」了一聲，心不在焉地在靠過來趴在他膝蓋上的琪兒頭上摸了兩把。

在簾外聽了半晌的碧梧掀起簾子走進來，笑咪咪地將食盒放在桌上，給眾人請了安，才問劉夫人，「夫人此刻用膳嗎？」

劉夫人冷冷地掃了她一眼，「妳為何沒有按我昨日的話去做？」

碧梧吃了一驚，以為牡丹告了她的狀，憤恨地瞪了牡丹一眼，委屈萬分地蹲下行禮，「婢妾先去了少夫人那裡的，是見時辰晚了，少夫人還未梳洗，婢妾生恐伺候不著夫人，故而稟了少夫人，先趕過來伺候夫人。」

她這話聽來有講究，時辰已晚，牡丹卻還未梳洗，並不怕伺候不著劉夫人，分明就是故意怠慢。

劉夫人卻冷笑一聲，「巧言令色！按規矩妳該伺候少大人梳洗才是，我這裡自有人伺候，哪要妳多事？妳連分內之事都做不好，還敢擅自多事？我看妳是欺負少夫人良善，不把她放在眼裡才對！」

碧梧想哭又不敢哭，一邊拿眼覷著劉暢，一邊道：「婢妾知錯了，再也不敢了。」

劉暢只是看著手裡的茶碗，並沒有如同往常那般，出言替她解圍求情。

牡丹低咳了一聲，笑道：「母親莫氣壞了身子，不是什麼大事，媳婦的確答應了碧梧先過來的。」

「罷了，既然少夫人為妳求情，我少不得要給少夫人面子。但妳不懂規矩由來已久，今日就罰妳不許出席宴會，跟在我身邊學規矩。」

「啊？」碧梧萬萬想不到會是這樣的結局。

她想到自己為了參加這個宴會，為了給牡丹好看，五更天不到就起來精心裝扮，如今卻得了這樣一個下場，一時恨不得大哭，看著牡丹的眼神更憤怒了。

這個狡猾惡毒的女人，這是生恐自己在宴會上搶了她的風頭，明知劉夫人說一不二，還故意設下這個圈套給自己跳。可恨自己當時豬油蒙了心，怎麼就上了這個賊當！

再看玉兒，嘴角都高高翹起，一臉的幸災樂禍。

碧梧委屈得要死，一瞬間恨透了牡丹。

牡丹收到碧梧惡毒的目光，有些莫名其妙。按說自己已經夠意思了，不曾打罵過誰，算計過誰，所求不過是安穩二字而已。

她不願意伺候自己，忙著來討好劉夫人，就放了她來，她自己不機靈，被劉夫人罰了就把氣出到自己身上，哪有這種道理，當下毫不客氣地瞪了回去。

劉暢正好看到，冷冷地哼了一聲，暗忖原來牡丹的淡然大度都是裝出來的，內心裡其實是妒忌小氣，這招就叫欲擒故縱。

既然喜歡裝就裝唄，熬到最後她還不是得來求自己！

劉夫人處理完碧梧，便留牡丹與劉暢同她共進早膳。

牡丹想著稍後要見到的人和事，有些食不下嚥，而劉暢也不知在想什麼，顯得心不在焉。

劉夫人見狀，不滿地趕人，「走吧，走吧，去忙你們的。」

牡丹一刻也不願在這裡多待，立刻起身告辭。

劉夫人叫住劉暢，「子舒，我有話要同你講。」

牡丹也不管他，親熱地攜了玉兒的手往外走，「我許久不曾參加這樣的宴會，有些怕生了，只想在一旁看熱鬧，妳要多辛苦才是。」

以往都是碧梧出盡風頭，想不到如今自己也有這機會！玉兒看到簾下哭喪著一張粉臉的碧梧，心中暗喜，又想到劉夫人和劉暢對牡丹的態度，只怕是少夫人要翻身了。

宴會出彩，少夫人高興，公子爺也會高興，自己定然要把握好機會，不叫少夫人和公子爺失望才是。當下便上了十二分的心，和牡丹細細講述起今日宴會的安排來。

「客人大約要巳正才會陸續到來，無非就是賞花作詩，看歌舞，觀百戲，之後是鬥花鬥草鬥雞，玩樗蒲，怎麼高興怎麼來，並沒有什麼出奇的地方。」

「來的都是些什麼人？」

「這個簡單，讓人去跟惜夏要一份名單來便可知曉。」說著揚手叫了貼身丫鬟綠腰過來，「妳去跟惜夏要一份今日賓客的名單過來，就說是少夫人要看。」

綠腰領命離去，玉兒又道：「時辰還早，少夫人要不要先回房去歇歇？婢妾看您剛才也沒用多少早膳，正好回去用一點。」

「也行。」

二人一前一後，笑逐顏開地回了牡丹的院子。

林媽媽見二人不過半日工夫就突然如此親熱，微微有些驚訝，面上也不顯，迎上來笑道：「少夫人可要用早膳？」

「嗯，擺上吧！」答完又力邀玉兒，「這裡沒有外人，妳和我一起吃，省得妳稍後還要回房去吃，耽擱了時間。」

玉兒推辭一下，最後還是站著吃了。

碗碟剛撤下，綠腰就取了名單過來，雙手奉給牡丹。

牡丹第一眼就看到了兩個人的名字，一個是劉暢的老情人，年前新寡的清華郡主，一個就是何牡丹的表哥，李荇。

其他人牡丹都不感興趣，隨手便將那名單扔在桌上，走到廊下去逗甩甩。

林媽媽便帶了劉夫人指派的李媽媽和蘭芝過來給牡丹磕頭。

玉兒見狀，很有眼色地告退，說是稍後過來伺候牡丹一道去花園。

牡丹「嗯」了一聲，隨意瞟了李媽媽和蘭芝一眼，「我這裡沒什麼規矩，要緊的就是這幾盆花，可別亂碰。」

李媽媽和蘭芝都笑道：「少夫人放心。」

牡丹點點頭，不再管她們，回房拿了幾個自己糊的紙袋，趁著太陽還不大，走至幾株即將開花的牡丹旁邊，挑著那最大最壯的花苞，小心翼翼地將花瓣除了，只留雄蕊與雌蕊自交授粉繁殖，再將紙袋套緊，吩咐寬兒、恕兒多加注意。

她這種行為林媽媽她們已經見怪不怪，李媽媽和蘭芝卻看得心疼萬分兼不以為然。心疼的是這樣一朵牡丹，若是盛開之後，拿到外面去賣，怎麼也值幾百錢，可少夫人倒好，辣手摧花，真是暴殄天物。

不以為然卻是認為這是牡丹給她們的下馬威，是不是警告她二人小心點，否則下場就像那朵牡丹花呀？

她們來前可都是得了夫人叮囑的，才不怕這又病又軟又不討喜的少夫人呢！於是這二人才一照面，就對牡丹生了抵觸之心。

牡丹並不知她們心中所想，一心只記掛著自己要做的事情。

四下巡查了一遍，暗忖這幾盆牡丹的顏色和花型雖然都不算上佳，但前面兩年若能將這幾個品種繁育好就夠開銷了。

至於其他雜交品種，不是一朝一夕之功，著急不得。

巡視完小花園，牡丹招手叫雨荷過來，「等會兒李公子也要來，妳瞅空去和他說，我有事要同他商量，請他務必尋了機會來見我，到時候妳就想法子把林媽媽引開。」

雨荷的眼睛珠子轉了轉，笑道：「唔，表公子是個不錯的人選。」

牡丹掐了她的臉頰一把，「胡說八道什麼，我是有正事。」

今上酷愛牡丹，曾一次豪賞萬金給獻上千葉姚黃的民間花匠，又建牡丹園，園中牡丹種類繁多，更有各地獻上的稀罕品種。每當花開之時，宴賞群臣，美人歌舞，評選花中魁首，中者美名遠揚，更是錢財滾滾。

有了這個因由，京中王公貴族、富賈豪紳，無不以家中有稀奇牡丹為榮，競相誇耀。就是小百姓，也以家中有牡丹為榮，待到牡丹盛開之時，滿城盡是簪花之人。

今日劉家的這場宴會也不例外，來的賓客之中，不分男女，十個倒有八個簪了牡丹。特別是女客們，高高的髮髻之上多數都簪了一朵碩大的牡丹，比衣服比首飾比風貌，還比誰頭上的牡丹品種更稀有，更大更豔更值錢。

牡丹卻是那極少數沒有簪牡丹的女子之一，她沒跟在劉暢身邊迎接客人，反而早早就躲在樹下陰涼處不顯眼的地方，默默觀察出席花宴的客人。

由於之前病弱不喜出門，怕吵不喜與人結交的緣故，牡丹在記憶之中搜尋了許久，也不過從那些客人之中找到寥寥幾張熟悉的面孔。至於她一心想見的那位清華郡主和李荇，卻始終遲遲不曾現身。

玉兒盡職盡責地候在一旁，耐心地指點客人給牡丹看，「少夫人您看那位穿銀紅大袖紗羅衫，簪紅牡丹戴金步搖的夫人，她是公子爺最好的朋友，楚州侯世子潘蓉的夫人白氏，去年剛得了一位小公子，家裡也同咱們家一樣，人口眾多。她看著冷傲，實際上脾氣修養很不錯，少夫人若是喜歡，可以和她說話，她一定不會怠慢您。」

牡丹被玉兒後面那句飽含深意的話所提醒，不由認真打量起那位楚州侯世子夫人來。

這位世子夫人被一群鶯鶯燕燕簇擁著，聚精會神地看著面前被籬笆青紗圍起來、還未露出真容的玉版白，偶爾皺著眉頭冷冷地掃身邊獻殷勤的女子一眼。

牡丹看她身邊圍著的那群女子扮相妖嬈，舉止輕浮，很是好奇，「她身邊的都是些什麼人？我看她們對潘夫人殷勤得很，潘夫人並不怎麼理睬她們。」

玉兒尷尬地笑道：「都是世子爺的姬妾。」想想，又添一句，「不是誰家的主母都如同少夫人這般寬厚軟善的。」

玉兒的奉承之意實在太過明顯，牡丹淡淡一笑，指了另一個扮相嬌俏，正圍著魏紫打轉，恨不得將那朵最大的魏紫摘下來的少女，「那位小姐好容貌，又是誰家的？」

玉兒只瞄一眼便笑道：「怪不得您不認識，那是戚家二娘，她上個月才和舅老爺一起從任上回京。過來拜會的時候，您身子不好，沒有出來。後來幾次來府上，都陰錯陽差地錯過了。」

玉兒這樣一說，牡丹就有數了。

這是劉夫人那位剛任了正五品上階諫議大夫的胞弟，戚長林的嫡女戚玉珠。年方及笄，聽說是個才女，多得寵愛，曾有過此生定要嫁個舉案齊眉的良人的宏願。劉暢此次舉辦這個花宴，一半原因怕是為了戚玉珠，要為她覓一門好姻緣。說起來，與劉家交往的都是些高門大戶，名門貴胄，何家就算是很有錢，卻也是門不當戶不對，也難怪劉家上上下下這般不舒服。

也不知當初劉家怎麼就到了那個地步，其他助力都靠不上，只能求上何家呢？

牡丹正自沉思間，劉暢家養的十來個如花似玉的家伎在纖素的帶領下，弱柳扶風一般走了過來，就在不遠處大剌剌地坐下，開始嬌聲說笑。

纖素雖然不曾抬了姨娘，卻獨自住著個精緻的小院子，身邊有五、六個人伺候，劉暢一個月裡也總有十來天在她那裡。她又欺牡丹無寵不討喜，性子綿軟，白來不把牡丹放在眼裡。

此時明明看見牡丹和玉兒在這裡，卻也裝作不知，領了眾人在一旁調試絲竹，高聲談笑，頃刻間就把牡丹給吵了個頭昏眼花。

玉兒不忿她許久了，一來是想趁著劉夫人發威這個當口借牡丹的手收拾收拾她，二來也是想試探試探牡丹的深淺，便道：「少夫人，她太目中無人，半點規矩全無，婢妾這就讓人去好生訓斥她。」

林媽媽聞言冷笑道：「就算她目中無人，要訓斥也是少夫人的事，玉姨娘這不是越俎代庖嗎？可見姨娘表面上看著尊敬夫人，實際上卻也存了輕視之心不是嗎？」

玉兒趕緊站起來，滿臉急色，「少夫人恕罪，婢妾並沒有這種心思，只是見了她們這般無禮，心中不忿而已，一時衝動，難免失了禮。」

牡丹早就看得明白，這些人心中就沒一個真正把自己放在眼裡的。

玉兒示好，不過是別有打算，和看在劉夫人的面子上而已。

區區一個清倌出身的纖素，連劉夫人的院子都去不得，自己要是真的當著這許多賓客和她計較，那才是真正丟人。

「不是什麼大不了的事情，我若是和她們計較，才是失了我的身分。她們愛在這裡，我們另外換個地方就是了。」

玉兒悄悄打量著她的神情，笑道：「少夫人說得對極，是婢妾沒有見識。這裡也沒什麼好的，咱們去那邊，既清靜又能把這場地裡的情形盡數看個清楚。」

這裡本就是專為了在室外設席遊樂而準備的地方，幾十年生的老樹好似屏風一般，把一塊方圓二十丈有餘，厚軟的草地圍了起來。樹下陰涼處，茵席鋪地，矮几上果子酒水糕點琳琅滿目。

在主人席面的側邊，有一間小小的茅草亭子，由一叢盛開的丁香遮了大半，正是個好去處，玉兒指的便是那亭子。

「確實是個好去處，既如此，我們這便過去。」

二人剛起身，一個丫鬟匆匆跑過來，「少夫人，公子爺請您到前面去迎接客人，郡主娘娘來了。」

此言一出，絲竹調笑之聲驟然停下。

眾家伎、林媽媽、雨荷、玉兒，所有人都用或同情，或看笑話的目光看著牡丹。

纖素更是起身走到牡丹面前，笑道：「奴婢見過少夫人，郡主娘娘上次說想看奴婢跳綠腰，奴婢練習了許久，昨兒夜裡跳給公子爺看，公子爺說已是能拿得出手了。還請少夫人見了郡主娘娘，徵詢娘娘的意思，若還願垂賞，奴婢便上場一舞。」

真真欺人太甚！什麼東西，竟然敢在牡丹面前這般炫耀！

林媽媽氣得發抖，正要出言呵斥纖素，牡丹已經目不斜視地從纖素身旁走了過去，「既然公子爺已知悉此事，該不該跳，他心中自然有數。作為下人，想討主子歡心是好事，但這般不顧規矩地上趕著，卻是失了體統。妳既然做了家奴，便要忘了從前，按著府裡的規矩來，莫要讓人笑話妳輕浮。」

聞言玉兒一聲笑出來，「纖素姑娘，妳繼續忙，想必稍後公子爺有空了，定然會遣人來喚妳。」

纖素巴掌大的俏臉頓時氣得一陣紅一陣白，待牡丹走遠方恨恨啐了一口，「什麼東西！不過商人之女罷了，僥倖得了這個位置，就以為真的飛上枝頭做了鳳凰，還敢笑話我！」心中已暗暗盤算，待晚間劉暢去她那裡，一定要給牡丹上點眼藥。

牡丹自是不知纖素在後面如何唾罵算計自己，只暗自想著，劉暢叫自己去迎接清華郡主，二人必然存了惡念，自己又該如何應對才能妥當？

還未走到園子門口，遠遠就看見劉暢和一個穿寶藍箭袖袍的年輕男子立在一株柳樹下，正與一個身材高挑豐滿，打扮得分外華貴妖嬈性感的年輕女子說笑。

一個面目俊俏，著胡服的少年郎與七、八個穿著青衣的年輕婢女垂手噤聲，規規矩矩地立在不遠處。

看樣子，那大概便是清華郡主與她的隨從了。

劉暢回過頭來，正好看到牡丹，便低聲與那二人說了句什麼，那華服男子及清華郡主都回過頭來看向牡丹。

牡丹看得分明，那華服男子眼裡閃過一絲驚豔，清華郡主卻是滿臉的探究打量之意，眸子裡還有毫不掩飾的輕蔑和討厭。

「少夫人，那穿寶藍袍子的便是潘世子了，旁邊那位貴人您也見過的，就是郡主娘娘。」

牡丹面帶微笑，毫不膽怯地直視著那幾人。

清華郡主，年約二十有餘，身材妖嬈迷人，孔雀羅銀泥衫子，黃羅抹胸裹得極低，露出一片雪白飽滿的酥胸。八幅黃羅銀泥長裙下露出一雙精緻小巧的珠履，單絲紅底銀泥披帛隨風飄舞。

頭上同樣沒有簪花，僅僅只是戴了一枝樣式繁複精巧的鑲八寶花釵步搖，此外再無半點飾品，就是臉上，也不曾上妝，而是素面。

偏生她在那裡站著，眾人便只看到了她，所有的衣服首飾都不過是陪襯罷了，果然氣場強大，美麗動人。

一個女人不化妝就敢於出席這種爭奇鬥豔的宴會，只有兩個可能，要麼就是不懂規則，要麼就是對自己的容貌非常自信，確信沒有人能比得過自己。

清華郡主顯然屬於後者，光看外表，劉暢的確有眼光。

清華郡主微微皺起了眉頭，她也在打量牡丹。

記憶中，牡丹是個病歪歪，說話如同蚊蚋哼哼，但骨子裡卻最是嬌氣固執，卻又沒有自信的商家女。對著她的時候，總是不自覺帶了幾分懦弱和膽怯，從來不敢直視，只敢偷偷紅了眼流淚。

但眼前的牡丹顯然與她印象中的那個女子不一樣了，病弱之氣一掃而光，美麗婀娜，不但敢直視自己，還對著自己泰然自若地微笑，擺出一副女主人的樣子來。

牡丹走到離幾人三、四步遠的地方，正了神色，規規矩矩地對著清華郡主福身，「郡主娘娘萬福。」

清華郡主只作聽不見，拉著劉暢說笑，笑得花枝亂顫。

一旁的潘蓉摸摸下巴，盯著牡丹笑道：「子舒，這是弟妹？好久不見，竟然養成了這個樣子，你好福氣啊！」

他如此一提，清華郡主便不好再裝沒看到，不滿地掃了潘蓉一眼，「你管得可真寬，憐香惜玉到子舒家裡來了。」眼角瞅到劉暢臉色不好看，便揚了揚手，「罷了，家宴不拘禮。不然這一群人個個對著我行禮，我可坐不住了。」

「謝郡主娘娘。」牡丹起身，看著潘蓉又是一禮，「世子爺萬福。」

「快起，快起，莫拘禮。」潘蓉毫不掩飾對牡丹的讚嘆之情，「按我說，子舒，你家這個女主人實在是實至名歸。」

劉暢聽到潘蓉讚嘆牡丹，又顯而易見地看出了清華郡主眼裡的嫉妒之意，心中不是不得意，卻道：「她不叫人笑話就好了，想要她擔當大任，那是難上加難。」

牡丹只當做狗嘴裡吐不出象牙來，面上帶著淡淡的笑，連眉毛都沒挑一下。

什麼女主人？一個過門三年仍未圓房的女主人？清華郡主諷刺一笑，她血統高貴，生來就是當今聖上寵愛的姪女。從小錦衣玉食，前呼後擁，又天生貌美聰穎，從她及笄始，出席大大小小的宴會就從來沒有不出風頭的。包括今天也是如此，只要有她在，什麼牡丹也不過就是一根草，她想怎麼踩就怎麼踩！

思及此，清華郡主雍容大度地一笑，「牡丹，我今日出門，本也想隨俗簪花，誰知遍尋府中，總也找不到適合我的那一朵。聽說妳這裡有株魏紫開得正盛，想向妳討要一朵，不知妳捨不捨得？」

潘蓉不待牡丹回答，就譏笑清華郡主，「喲，我今日見妳不曾簪花，還以為妳不屑於與那些庸脂俗粉一般，要靠花著色。正想誇讚妳同弟妹一樣，都是清水出芙蓉，誰知妳轉眼就叫我失望了。」

清華郡主面上閃過一絲惱色，冷笑道：「我要子舒家裡的花，主人家還未開口，你又操的哪門子閒心？一邊去，見著你就煩！」

潘蓉也不生氣，只是笑。

清華郡主見牡丹垂著眼不說話，便柔若無骨地往劉暢身上一靠，用美人扇掩了口，斜睨著牡丹嬌笑，「不過一朵花而已，牡丹不說話，暢郎也不說話，難道是要把整盆都給我端了送去嗎？」

劉暢略一猶豫，慢吞吞地道：「妳若真喜歡，也未嘗不可。」

劉家的雜碎！牡丹大怒，沒經過她的允許竟然就敢私自將她的嫁妝做人情，這不要臉的東西！而且當她是死人呀？這次送花，那下次送什麼？

當下便上前一步，攔在了清華郡主面前，皮笑肉不笑，「按說郡主娘娘垂愛，實在是小婦人之幸，只可惜那盆花雖然不值錢，卻是家父家母所贈之嫁資。小婦人雖愚鈍，卻不敢不孝，還望郡主娘娘垂憐。」

牡丹此舉，令周圍眾人無不驚訝。這以柔弱出名的女子，竟然敢同時違逆了她的夫君和郡主的意思，這是吃了熊心豹子膽嗎？

劉暢微微皺起眉頭看向牡丹，卻也沒表現出有多不高興來。

清華郡主「哈」地笑了一聲，翹起蘭花指戳著劉暢的胸口嬌聲笑道：「暢郎，她不肯哦！你說的話不算數呢，你可真沒魅力。」

劉暢輕輕將她的手拿開，低聲道：「別鬧。」

清華郡主的臉上閃過一絲怒氣，猛地將手收回，望著牡丹冷笑道：「士別三日當刮目相待啊！」

林媽媽生恐牡丹惹禍上身，忙上前拉住牡丹，「少夫人您糊塗了，雖然是嫁妝，但不過就是一盆花，郡主娘娘看得上，是您的福氣，還不快謝恩？」

林媽媽這話說出來，聽著是勸牡丹從了，可細細一聽，卻是清華郡主在巧取豪奪人家的嫁妝。

潘蓉哈哈一笑，「清華，妳就別戲弄人家了，看看人家都要哭了。」

牡丹不記得自己與這潘蓉有什麼交情，但今日他的的確確是一直在幫她，也不及細思，就順著他的話頭，可憐兮兮地道：「是我愚鈍，郡主乃是大家之女，什麼稀罕物沒見過？郡主的園子裡又怎會少這樣一盆花？又怎會為了它和我一個無知婦人計較？逗我玩我也不懂。」

劉暢掃了牡丹一眼，低聲喝斥道：「上不得檯面的東西！」

牡丹很好學地反問，「夫君，上得檯面的又是什麼東西？」

劉暢一噎，冷冷地瞪著牡丹。

牡丹卻一本正經地看著他，一副虛心求教的樣子。

潘蓉又是一聲笑，「妙呀！下次我夫人這樣罵我，我正好這樣回她。」

清華郡主瞅了潘蓉一眼，「行啦！我再怎麼渾，也不會為了一盆再尋常不過的花就落下一個仗勢欺人的名頭，不然那些吃飽了沒事幹的御史又找到可以說我的由頭了。」言畢看也不看牡丹，搖著扇子問劉暢，「還不入席嗎？你不是說今日有特別好玩的東西？你要敢騙我，給我當心著些兒！」

「我什麼時候騙過妳？說了會有就一定有，妳放心好了。」

二人把牡丹給扔到一旁，目中無人地攜手往前去了。

潘蓉湊到牡丹身邊，「妳倒叫我刮目相看了，他這樣對妳，難過嗎？」

因著他剛才幾次三番為自己說話的緣故，牡丹雖知他與劉暢本是一樣的人，卻也沒多討厭他，微微一笑，「世子爺若是認為我該難過，我便難過。若是不該難過，我便不難過。」

潘蓉點點頭，「能留下這條命就是好的，若是還要奢求便是貪心了。」說完哈哈大笑著往前去了。

牡丹心裡更加疑惑了，無論劉暢身邊這些人是什麼樣的性情，無一不認為她是高攀了。可是潘蓉為何願意幫她呢？儘管看來不是那麼情願，但他到底還是幫了。還有，這李荇為何這個時候了還不來？難道她之前所以為的，錯了？

玉兒小心翼翼地打量著牡丹的神情，她以為牡丹一定會如同從前那般失魂落魄地躲回自己的院子去黯然神傷，誰知牡丹卻在那裡猶如老僧入定了，便擔憂地推推牡丹，「少夫人，您還好吧？」

「我當然好。」

「那婢妾伺候您進去？裡面只怕是開席了。」

「也好。」牡丹帶了驚魂未定的林媽媽與雨荷一道進了宴席場。

裡面確實已經開席，那班家伎也開始奏樂，纖素換了一身雪白飄逸的輕紗寬袖衫裙，正在跳綠腰舞。

低回蓮破浪，凌亂雪縈風，不可否認，纖素跳得很好，但場中卻沒幾個人看她跳舞，而是自顧自地談笑。

尤其是劉暢和清華郡主，正頭挨著頭的竊竊私語，忽而哈哈大笑，也不知在說些什麼。

林媽媽氣得渾身發抖，既然叫牡丹出席宴會，主人席位卻給一個莫名其妙的蕩婦郡主給佔了，這不是往打牡丹的臉嗎？

牡丹看纖素跳舞看得入迷，卻不知旁人也在看她。

沒辦法，眾人皆入座了，偏她立在那裡不動，想不叫人注意她都難。

她那樣的容貌風姿，很容易就被人探聽了真實身分，是劉暢那位因病半隱居的正室，眾人都像打雞血似的興奮起來，這下子好玩了，清華郡主好好的上席不坐，偏跑去和劉暢一起擠。

如此大膽的公開調情說愛，而美麗哀愁的小妻子哀怨地凝視著自己的丈夫和情人，欲語還休，多麼狗血的場景啊！

第四章 好戲

玉兒被看得難受，悄悄扯扯牡丹的袖子，「少夫人，您還是先入座吧？後面好看的歌舞百戲還多著呢！」

「哦。」牡丹回過神來往場地裡一掃，這才發現席位的設置有講究。

上首三張茵席，正中一張空著，但茵席後面團團站著清華郡主的僕從，明顯就是專為地位最高的清華郡主所設的上席。

左邊一張，坐著潘蓉和他的妻子白氏，身後是他那群豔麗殷勤的姬妾。

右邊一張，卻是主人席，本是她與劉暢的位子，卻被清華郡主給佔了。

而下面兩排坐席乃是男左女右，女客們來得不少，早就將右邊坐得滿滿當當的，男客席雖還有空餘，她卻不能去擠。

下首，也就是她站立的地方，只有一棵孤零零的合歡樹，並未設坐席。

她竟然是沒有地方可坐！

而此刻，除了劉暢與清華郡主以外，所有人都把目光投向了她，奏樂的家伎亂了調，跳舞的纖素錯了舞步。

眾人的目光中有同情不忍，有幸災樂禍，有不屑鄙視，有純粹就是看熱鬧的，但就是沒有一個肯幫她解圍的。

潘蓉甚至對著她端起酒杯遙遙一祝，潘夫人皺著眉頭掃了劉暢和清華郡主一眼，卻也垂下了眼。

林媽媽已經輕啜出聲，雨荷因為憤怒而變得沉重的呼吸聲也響徹耳畔。可能大家都以為，這種場合她還是躲開的比較好，但她今日若是敗退，日後又如何還有臉面出來？

不過就是欺負她臉皮薄，這算得了什麼，還能憋死人不成？

牡丹朝著眾人淡淡一笑，示意雨荷將她抱著的那件織金錦緞披風當眾鋪在合歡樹下，她就往那上面施施然坐下。

她有的是好料子，不能坐茵席，就坐織金錦緞。

與那姦夫淫婦遙遙相對的滋味原也不錯，什麼是主位？她這裡獨樹獨席，更像主位。綠腰舞步已亂，再沒什麼看頭，牡丹就坐在那裡，眾人看她，她也看眾人，講到心理承受能力，她自問還是不錯的。

詭異的安靜一瞬，緊接著私語之聲漸起。

本朝固然民風開放，公主或郡主們私下裡蓄養男寵並不是什麼稀罕事。但是這般明目張膽地當著旁人妻子的面調情，男人實在是太欺負人了，女人也太無恥了。

察覺有異，清華郡主臉上閃過一絲惱怒，使勁掐了劉暢的腰一把，「你那位夫人挺有錢的嘛，織金錦緞晃得人眼花，花樣也挺多的，她到底想怎樣？怎麼還不滾？」

劉暢目光陰鷙地掃了牡丹一眼，看著面前鍍金銀蓋碗裡的糖酪澆櫻桃，用銀勺子舀了一顆櫻桃，餵進口裡，淡淡地道：「她這樣盯著，所有人都玩不好，這裡面還有與何家熟識的人，只怕明日那糟老頭子就要打上門來理論，煩得很。」

清華郡主唇角浮起一絲冷笑，「說得好聽，不過是看著她扮可憐覺得心疼罷了。也罷，她若是當眾嚎哭起來，你面上也無光，我先過去了。」言罷起身去了上席，叫那貌美的胡服少年給她捶著腿，自己端了一杯葡萄酒，目光沉沉地看著牡丹。

惜夏領了劉暢之命，快步走到牡丹身邊，躬身作揖，「少夫人，公子爺說了，這裡涼，那披風也薄了些，您身子不好，還是去那邊坐比較好。」

召之即來，揮之即去，似乎自己在這裡守著的目的，真的就是為了和清華郡主爭那一席之地？

牡丹微微一笑，「你去同公子爺講，這裡最好，若是體恤我身子弱，便請另外給我設個席位。」

惜夏為難得很，又拗不過牡丹，只能去回話。

劉暢面無表情地道：「她愛那樣就由得她。」

惜夏領命立刻去給牡丹重新設席。

席位設好，牡丹把目光投放在几案上，但見鎏金鹿紋銀盤裡裝著羊肉做餡的古樓子胡餅，鍍金銀蓋碗裡是糖酪澆櫻桃，玻璃盞裡裝著葡萄酒，更有一盤細瓷盤裝了世人稱為「軟丁雪龍」的白鱔。

食具精美，菜餚講究，這樣的席面，在當時已是上等。但牡丹本人對用糖和乳酪拌櫻桃的這種古怪口味是敬謝不敏的。

因見玉兒在一旁眼巴巴的，便隨手將那碗櫻桃遞給她，「妳們分吃了吧！」

又把那白鱔賞給了惜夏。

惜夏眉開眼笑地討好道：「少夫人，您若是不喜歡吃這些，稍後還有飛刀魚膾，還有渾羊歿忽。」

飛刀魚膾，說白了就是生魚片，而渾羊歿忽牡丹卻是不知道，「這渾羊歿忽是怎麼說？」

「這是宮裡傳出來的新法子，先將燙水脫去毛的鵝去掉五臟，在鵝肚子裡填上肉和粳米飯，用五味調和好，再用一隻羊，同樣脫去毛，去掉腸胃，將鵝放到羊肚子裡，把羊縫合起來烤炙。肉熟之後，便取鵝食之。公子爺前些日子方使錢打聽了法子，留在今日給大家嚐鮮。」惜夏說得口水都流出來。

牡丹嘆道：「那也太浪費了。」心裡卻想著，劉暢的錢可真不少，這裡面說不定佔了何家多少便宜呢！

自己和離的時候，那些嫁妝一分一厘也不能便宜了他。

「什麼時候才開始賞花？」

「回少夫人的話，要待客人酒足飯飽，有了詩興之後方才開始。」

清華郡主見牡丹自得其樂，心裡很不是滋味，一掌將那美貌少年郎推開，斜睨著劉暢道：「她這是和你對著幹？我記得她從前都是一有機會就跟在你身後哭眼抹淚的。現在可厲害了，把你的長隨小廝都勾過去。」

劉暢尚未回答，潘夫人就淡淡地道：「興許是膽子小，不敢上來也不一定。她若是真的如同以往那般輕易就被弄哭了，大家也沒意思，這樣甚好。」說著舉起杯子來對著清華郡主，「清華，我敬妳一杯。」

白氏出身百年望族，在京中貴族圈子裡名聲很好。

清華郡主自是不敢小瞧她，也不管她平時對自己有多麼的冷淡，高高興興地道：「互敬，互敬。妳說得極有道理，雖然她是鳩佔鵲巢，怎樣都是活該，但總不能為了她掃了大夥兒的興致。」

鳩佔鵲巢？妳來就是眾望所歸了？

潘夫人淡淡一笑，輕抿一口葡萄酒，起身道：「成日裡總是坐，怪沒意思的，我去走走。」

潘蓉無所謂地將杯子裡的葡萄酒一飲而盡，「去吧，只要妳高興就好。」

潘夫人掃視了牡丹一眼，帶了隨身幾個侍婢轉身繞出了宴席場。

清華郡主酒意上來，興沖沖地朝劉暢那邊靠了靠，拍了拍手，待眾人的注意力都集中在她身上之後，方大聲道：「本郡主近日得了一個胡旋兒，胡旋舞跳得很是不錯，借著這個機會，與眾樂樂。」

她要賣弄，誰敢不從？眾人自然是連聲附和。

一個青衣婢女取了一張小圓毯子放在草地正中退下，清華郡主瞅著那美貌少年道：「給我好好跳。」

「請郡主娘娘放心。」那美貌少年露齒一笑，竟然是明媚嬌豔不遑於女子。

他站到圓毯上後，聽到弦鼓一響，便舉起雙袖，左旋右轉，風一般地轉起來，縱橫騰踏，兩足始終不離毯子之上，間或還不忘朝席間的女子們拋媚眼。

眼見眾人看得目不轉睛，俱都連聲叫好，特別是席間幾個年輕的女孩子俱都紅了臉，清華郡主不由得意起來。

「好啊！」潘蓉拍著几案叫好，只是沒想到話音未落，遙遙又聽到一聲清脆的叫好聲，抬眼望去，正好看到牡丹眉飛色舞的樣子，不由吃了一驚。

不要說潘蓉等人吃驚，就是雨荷、林媽媽等人也格外吃驚。

牡丹一聲喊出來，才驚覺不妙，這與真正的何牡丹的性情相差實在太遠了。她心裡猶如驚濤駭浪一般，面上不變，索性興奮地同玉兒道：「我平常不來參加這些宴會，真是一大損失，跳得實在太精彩了！」

玉兒見她一張臉紅撲撲的，鳳眼裡閃著興奮的亮光，不自禁地就跟著點頭，「婢妾所見過的人當中，此人的確是跳得最好的。」

「這算什麼？不過喧賓奪主罷了，稍後妳看著，我一定讓他黯然失色。」隨著一聲不以為然的淡笑，一個穿銀白折枝團花圓領袍，年約二十有餘，唇紅齒白的男子走了過來。

牡丹一見此人，懸著的那顆心總算是安安穩穩地落了下去。

她立刻朝雨荷使了個眼色，起身高高興興地迎上去，「表哥，我還以為你不來了呢！」來的是何牡丹的遠房姑表兄長，李荇。

與世代為商的何家不同，李家屬於先經商致富，而後成功轉型混進官場圈子裡的代表。而李荇又是官家子弟中，明目張膽愛做生意，愛玩愛樂的代表人物。

牡丹來到這裡之後，從不曾見過李荇，但病重之時，卻曾收到他讓人送來的好些禮物，有精美小巧的玩物，也有精緻美味的吃食。

在記憶中，這個男人是除卻何家人之外，真心實意對她好的人。

而和離之事，既然不能透過何家人，她獨木難支，只能與他共商了。

「既然是賞牡丹，我又怎會不來？」李荇面上在笑，眼裡卻全無笑意。

他也不問牡丹為何獨自坐在這裡，指著那場中跳得風騷賣力的胡旋兒道：「瞧不起商戶？嘿嘿，若是沒有商戶通百貨，他們吃什麼用什麼穿什麼？這樣一個胡旋兒，身價不過一百兩銀子而已，可是今日哥哥帶來的，卻價值千金乃至萬金，妳就等著看好了。」

「我正想這個問題，我倒是寧願做那富有自在的商人，也不做那窮死餓死的官。」

李荇一拍巴掌，「說得好！」隨即招手叫了身邊跟著的青衣小廝，低聲吩咐了幾句，那小廝領命而去。

他自己撩起袍子在牡丹几案一側坐了下來，細聲詢問牡丹身體如何。

而清華郡主的目光，從始至終就沒放過牡丹，見牡丹與李荇對著胡旋兒指指點點的，便拿扇子掩了口朝劉暢靠過去，「看見了嗎？她喜歡胡旋兒，我就把胡旋兒給她，叫她莫要再纏著你，你看如何？」

劉暢的眉頭頓時一皺，將手裡的筷子重重一放，冷笑道：「原來我在妳心目中，就如同那下賤的胡旋兒一般的？」

清華郡主這才意識到失言，卻也不甚在意，嬌笑著拿扇子給劉暢搧了搧，貼在他耳邊道：你想多了，我這不是太喜歡你了，故而脫口而出嗎？你在我心中是什麼樣的地位，你自己應當最清楚。」

劉暢的臉色好看了些，抬眼看到牡丹與李荇談笑風生，不由又重重地哼了一聲。

清華郡主見狀，「啪」地一下將扇子拍在几案上，也沉著臉重重地哼了一聲。

此時鼓弦停下，胡旋兒跳完舞，得意洋洋地向四周行禮討賞。

席間眾人本該有贈賞，但主人不曾打賞，其他人卻不好妄動。

偏偏劉暢面無表情，沒有任何表示。

沒有想到劉暢竟然這般不給自己面子，清華郡主大怒，回過頭去死死地盯著劉暢。

劉暢一聲不吭地喝著酒，看都不看那立在中間，不知該上還是該下的胡旋兒一眼。

潘蓉見勢不妙，忙揚聲笑道：「跳得好，賞紅綾一匹，錢一萬。」

他身分高，與劉暢關係又好，是可以不用看劉暢的眼色行事。

劉暢此時方懶洋洋地道：「賞白綾一匹。」

眾人方紛紛言賞，胡旋兒忙跪伏在地謝賞。

胡旋兒退下後，絲竹之聲暫停，劉暢向李荇發問，「行之，你何故遲姍姍來遲？還躲在那裡，這是怕被罰酒嗎？你說吧，現在該怎麼辦？」

李荇起身笑道：「我有事，故而來遲了。我先罰酒三杯，然後再給人家賠禮。」言畢就將牡丹席上的酒倒入婢女奉上的琉璃杯中，乾脆俐落地飲了三杯。

潘蓉笑道：「一段日子不見你，還是一樣的爽利！你說賠罪，怎麼賠的好？」

「我有一件寶貝，保證在座的各位都沒見過，今日就給大家賞玩一番，權當賠罪。」

自己什麼稀罕的東西沒見過？清華郡主微微不屑地道：「什麼東西這般稀罕？」

她面上不屑，實則卻也被引得好奇萬分。

潘蓉撫掌大笑，「別賣關子了，快些，我可等不及了呢！」

「就快了。」李荇說著，走到樂伎們面前，低聲吩咐了幾句。

忽聽得一陣馬蹄聲響，眾人俱都驚奇地引頸翹望，就見一對穿著彩衣，年約十二、三歲、玉雪可愛，長得一模一樣的雙生子，牽了一黑一白，身高體型相仿的兩匹馬來。

那馬長得健美精神，打扮得也格外精緻，頸後的鬃毛被金玉瓔珞打理得整整齊齊，披著五色彩絲，往綠草茵中一站，卻也不曾埋頭吃草，或是驚恐膽怯。

「這是做什麼？」清華郡主拿扇子掩了口，嬌笑道：「行之，你這是打算賣馬，還是賣人呢？我看你這兩匹馬賣相雖好，但我府中最不缺的就是馬。還不如把這對童兒賣給我，我倒是可以給個好價錢！」

李荇淡淡一笑，對著樂伎們瀟灑地打了個響指。

鐘鼓之聲一起，那兩匹馬兒便隨著樂曲旋律，或昂首、或擺尾、或起立、或橫走、或迴旋慢行、或在原地踢踏騰空，姿態諸多，最難得的是動作整齊劃一，絲毫不亂。

與胡旋兒跳舞之時有所不同，席中眾人皆屏氣凝神，目不轉睛地盯著那兩匹馬，滿臉的驚訝。

牡丹雖然也覺得好看，但因為前世看過太多馬戲的緣故，並沒有他們那般驚異，卻也裝作驚異萬分的樣子來。

忽聽得有人在她耳邊道：「沒有想到馬兒也能隨樂起舞！」

牡丹回頭，只見潘蓉的妻子白氏立在她身邊淡淡笑道：「妳這裡風景很好，我可以和妳一起坐嗎？」

這是今天席中第一個主動向自己示好的貴夫人，牡丹愣了片刻，不卑不亢地笑著讓了一半坐席，「承蒙您不嫌棄，請坐吧！」

潘夫人優雅地在牡丹身邊坐下，示意侍婢去將她的杯盤碗盞等物取過來，然後也不說話，就靜靜地看著馬兒表演。

一曲終了，那馬兒立即隨聲止住。

頃刻之間，叫好聲如同潮水一般襲來，潘蓉的叫聲最響亮，「精彩，太精彩了，厚賞！賞彩緞兩匹，錢十萬！」

那兩個童兒笑嘻嘻地牽著馬兒上前領賞，每每有人奉上財物之時，便輕輕用馬鞭輕打馬兒，那馬兒便將後腿曲下行禮，以作答謝之姿，更是引得眾人嘖嘖稱奇。

清華郡主與劉暢雖然也給了厚賞，臉色卻都不好看。

清華郡主是因為剛才自己沒有眼光，說了傻話，深覺沒有面子。

劉暢卻是不知想到什麼了，左看看李荇，右看看牡丹。但見牡丹神色淡淡的，還不如剛才看到胡旋兒那般興奮，便垂眸想了片刻，指著男賓席道：「行之，你的位子在那裡。」

李荇無所謂地入座，望著劉暢笑道：「真是對不住，糟蹋了你的好草皮。」

劉暢只笑不語。

潘蓉卻很好奇，「行之，你這寶貝從哪裡弄來的？」

「我此番去青海，途中見到稀奇，花了萬金才從一位胡商手裡買來的，喚作舞馬，不錯吧？」

潘蓉眼珠子一轉，「我給你三倍的價錢，你把牠們讓給我好不好？」這樣稀罕的東西，若是獻入宮中，豈不是大功一件！

他話一出口，劉暢與清華郡主俱都猜到他在打什麼主意。

幾乎是同時，兩人都開了口。

「讓給我，我給你五倍的價錢！」

「給我，我給你六倍的價錢！」

眾人聽得咋舌，然而席上三位卻都是打著如意算盤，高價買來，獻入宮中，所得遠不止付出的這一點。

李荇哈哈一笑，「大家都覺得這舞馬還看得？」見眾人紛紛點頭，鬆了口氣，「那我就放心了，這樣稀罕的東西，我怎敢獨佔又或是賣了，不瞞諸位，我是要敬獻入宮的。」

潘蓉三人的表情頓時精彩萬分，清華郡主更是嘴都氣歪了。

牡丹在對面看見，不由暗自好笑，這明擺著就是調戲嘛！

李荇卻是根本不知這三人心中不好過的樣子，舉起自己面前的空酒杯，「怎麼不給我上酒？」

潘夫人淡淡地道：「天下熙熙皆為利來，天下攘攘皆為利往，妳看這天底下，大家都差不多，不過會裝與不會裝而已。」

如果說，她先前主動在自己身邊坐下是示好，那麼現在對著自己說這話，就是明顯的安慰自己了。

牡丹心中淌過一股暖流，真心實意地望著潘夫人一笑，卻見潘蓉突然起身，往外去了。

少頃，引了一個身材高大，小麥色皮膚，輪廓深邃的青袍男子進來，在男賓席第一位上坐下，方笑嘻嘻地同劉暢和清華郡主介紹道：「這是我和你們說過的那位朋友，蔣長揚，字成風。稍後的飛刀魚膾，就由我二人來吧！」

眾人也不見驚奇，立刻便有婢女抬上几案砧板並刀具、瓷碟等物，以及已經收拾好的新鮮鯽魚來。

侯爺世子親自動手切生魚片？果然稀罕事物多，牡丹又笑眯了眼。

潘夫人見牡丹滿臉期待的樣子，忍不住道：「妳很喜歡這個宴會？」

牡丹連忙收了臉上的喜色，解釋道：「我自幼身體不好，纏綿病榻，錯過了許多美好的事物。去歲秋天重病一場，險些喪命，從那之後，我便想通了。人生得意須盡歡，反正總得活下去，為什麼要整日愁眉苦臉的呢？不要說人家看著煩，就是自己照鏡子也不好看啊！」

「人生得意須盡歡，是這個道理，我先前倒小看妳了。」

牡丹哈哈一笑，把目光投向上首。

潘蓉和蔣長揚並排而立，潘蓉由著侍女繫上了精美的絲綢圍裙，蔣長揚卻不過只是將袖子挽上去而已。

劉暢的筷子一敲酒杯，二人就擺開架勢，專注地動作起來。

去皮剔骨，切片，兩個人的動作都是乾淨俐落，手起刀落，節奏感很強。

與其說他們是在切魚，不如說更像是華麗的刀技表演，刀光閃閃中，盤子裡的魚絲很快堆成了小山。

侍女們不斷地將他二人切出來的魚絲各取一半，放入鋪了新鮮紫蘇葉的小瓷盤中。

再配上一小碟用蒜、薑、橘、白梅、熟栗黃、粳米飯、鹽、醬八種調料製成的八和齏，倒上一杯用炒黃的米和綠茶煎成的玄米茶，魚貫送至客人的席前。

潘夫人低聲和牡丹解釋，「每個人案板上的魚數量是有定數的，他二人這是要比誰更快，誰切的魚膾更薄更細。妳看，差距出來了。」

她用筷子翻動著盤子裡的魚絲給牡丹看，乍一看，看不出什麼，直到筷子挑起來之後，牡丹才發現厚薄精細程度完全不一樣。

蔣長揚切的，又薄又細，潘夫人對著輕輕一吹，竟然飄了起來。而潘蓉切的，就沒這樣輕薄了，明顯是蔣長揚切的兩倍那麼厚。

潘夫人將潘蓉切的扒到一邊，微微不屑地道：「他這個手藝也就和我們家的廚子差不多，也好意思拿出來當眾炫耀。」

她夾了一箸在八和齏蘸了蘸，放到牡丹的碟子裡，「這東西寒涼，妳身體弱，少吃一點。」

彷彿是為了驗證潘夫人所言不虛，蔣長揚切完他案板上的最後一條魚，將刀放在了砧板上，淡笑著對眾人揖了揖，回身立到一旁就著侍女送來的薑湯洗手去腥，撩起袍子坐回了席間。

而此時，潘蓉的案板上還躺著三條魚。

劉暢大笑道：「阿蓉，你輸了，還切嗎？」

潘蓉也覺得沒有意思，「啪」地一聲將刀放下，伸著兩隻手任由侍女上來替他洗手擦手整理袍服，懶洋洋地道：「成風，我苦練了兩年，還是不及你。罷了，我說過的話一定算數。」

「你自然是比不過他長年握刀的，你該心服口服才是。」

清華郡主卻是好奇，「你們打的什麼賭？」

「祕密。」潘蓉笑得促狹，邊說邊掃了牡丹一眼，見牡丹望去，便轉而對著潘夫人拋了個媚眼。

潘夫人視若無睹，只問牡丹，「妳可曾見過今日那株花了？妳覺得如何？我圍著看了半日，卻沒看出到底是什麼品種來。」

「那花與夫人恰好同姓，風姿確實不錯，與我那幾盆花比較起來，算是各有千秋。」

玉版白，色白似玉，瓣硬，雄蕊偶有瓣化，荷花型，花朵直上，傻點是著花量高，花期早。

劉暢這一株，不過就是估著個推遲了花期，同株生了雄蕊瓣化程度高的幾朵花，又是自己那些陪嫁的牡丹中沒有的品種，所以被他視為稀罕物，故意拿出來炫耀而已。

實際上，牡丹私下裡以為，按著此時眾人的觀賞眼光，玉版白與同為白色系的玉樓點翠、瑤臺玉露比較起來，一定會認為樓子臺閣型的玉樓點翠和繡球型的瑤臺玉露更美麗珍貴。

只是二人關係微妙，當著潘夫人的面，她卻是不好點評。

潘夫人一笑，指了指上首正纏著蔣長揚說笑的潘蓉輕聲道：「有人想算計妳的花，妳小心了。」

牡丹一愣，原來潘蓉先前幫自己就是為了這個目的，他是不是也怕那株魏紫被清華郡主給弄去呢？

她抬眼認真地望著潘夫人低聲道：「不管妳出於同情，還是出於什麼原因，我都非常感謝妳提醒我。那幾盆花，無論如何我都不會給人，也不會賣的。」

那是她今後安身立命的本錢，不到萬不得已，她怎麼也不會棄了它們。

「既如此，我便盡力勸他打消這個念頭。」潘夫人定定地看了牡丹一眼，搖了搖手中的刺繡蘭花團扇，幾不可聞地嘆息一聲。

牡丹突然沒了好心情，她不安地調整了一下因為不習慣席地而坐而變得麻木的雙腿，垂眸望著面前精美的食具和精緻的飲食，暗忖——等到那一天，她的日子也許不會有現在這樣過得豪奢，但她一定不會像現在這樣過得提心吊膽。

不多時，眾人酒足飯飽，進入賞花環節。

「在座的諸位都知道，寒舍種了幾株花，僥倖勉強入得了眼，每年春末夏初，總能給諸位在閒暇之餘添上一點樂趣。今年卻又與往年不同，敝人新近得了一株玉版白，生而有異，不但比尋常的玉版白開得晚了許多，還有一樹同開兩種花型之跡。」

劉暢說完之後，並不急著立刻揭開青紗，而是含笑望著眾人，聽眾人說了一通恭賀的好話，方起身準備親自去揭開青紗。

不過剛站起身，清華郡主就用扇子擋住了他，嬌笑道：「子舒，讓我先睹為快如何？」

這便是她要去做揭紗之人的意思了。

牡丹心想，不過就是如同現代人剪綵一般，喜歡請些大老闆或明星之流去執剪，衝著清華郡主那唯我獨尊的性子，這種行為也算不得什麼。

劉家小兒既然要捧她，便該從了就是，誰知劉暢哈哈一笑推開她的扇子，「來者皆是客，我若是讓郡主先睹為快，豈不是有意怠慢其他賓客？下次可就沒人來玩了。」逕自就去揭了那塊青紗。

清華郡主怒極反笑，給自己找臺階下，「你這個人呀，這般狂傲，心裡眼裡總是沒有人。」說完卻回眸狠狠瞪了牡丹一眼，瞪得牡丹莫名其妙，只當是她瘋了不正常。

眾人紛紛起身去觀賞那玉版白，又去看牡丹院子裡抬出來的那幾盆花。

牡丹也跟在潘夫人身後上前賞花，趁空給雨荷使了個眼色，雨荷會意，起身離去。

不多時，眾人開始點評作詩，牡丹不會，也不願意剽竊誰的詩句成就自己的才女之名。因見李荇已經獨自繞出了宴席場，便趁著眾人凝神思考，無人注意自己，帶著林媽媽和雨荷跟了出去。

清華郡主一直就沒放棄過關注牡丹，見狀不動聲色地對著自己的一個婢女抬了抬下巴。那婢女點點頭，悄無聲息地退了出去。

潘蓉卻也拉了蔣長揚一把，示意他跟著自己出去。

蔣長揚淡淡地掃了冥思苦想的眾人一眼，轉身跟在潘蓉身後，出了宴席場。

牡丹按著事先商量好的，由雨荷引開林媽媽，她自己則坐在一個四面沒有任何遮擋的亭子裡坐著等李荇。所謂齷齪，都生於陰暗處，這裡人來人往，光明透亮，根本不具備作案的條件，就算是有人想抓她的錯處也抓不到，她要的是清清白白，正大光明，拿著該拿的嫁妝走人的和離，而非是被人潑了一身髒水後被休棄。

李荇並沒有讓她等多長時間，很快就進了亭子，也不廢話，開門見山問道：「丹娘，妳有什麼話要同我講？」

牡丹深深一福，「表哥，這日子我過不下去了，我想和離，請你幫我。」

久久沒聽到李荇回答，牡丹一顆心怦怦直跳，心想雖然叫了這一聲表哥，到底是外人，不想攪入這場亂麻中也是正常的。如果真是這樣，她便只有破釜沉舟了。

李荇長嘆一口氣，沉聲道：「寧拆十座廟，不毀一樁婚。我若答應妳，好像是做缺德事。」

「不，你幫我才是功德無量！我需要你幫我說服我爹娘他們。那時候成這親也是沒法子，既然我現在已經好了，他家也不樂意，不如放彼此一條活路，又何必逼人逼己？與其這樣卑躬屈膝的活著，我不如死去！」大好的青春浪費在一個渣男身上，浪費在和一群女人爭鬥上，豈不是太可惜？

李荇的眼神閃了閃，「我看妳現在的確比從前想開了許多，但妳要知道，開弓沒有回頭箭，世上沒有後悔藥。一旦成功，從此以後，妳就與他再無任何瓜葛了，見面便成路人，妳不會後悔嗎？」

「去年秋天那場大病讓我想通了，不是我的就不是我的，怎麼求也求不來。若不是我爹娘他們不肯，我也不會厚著臉皮來給你添麻煩。」

看來誰都知道何牡丹癡戀劉暢啊！難怪上回她歸寧時，才一和何夫人提個頭，何夫人就罵她小孩子脾氣，一會兒一個樣，簡直不懂輕重。

都怨死去的何牡丹是個傻瓜，之前一門心思地替劉暢遮掩，把他說成了絕世好男。至於去年秋天那場大病僥倖不死，不過越發證明了劉家是她何牡丹的福地而已。說起來，何家的要求也真是低，只要女兒能活下去，然後有名分，沒有受到明面上的傷害就行了。

見李荇在打量自己說的是不是真話，牡丹緊張地挺了挺胸膛，努力擺出堅貞不屈，永不後悔的革命樣給他看。

李荇看得抿嘴一笑，算是相信了牡丹不是心血來潮，「妳這事光靠姑爹和姑母他們同意還不算，還得劉家同意。當初劉家答應過，若是你們不成了，責任又在他家，就得把那筆錢盡數還回來。先不說姑爹和姑母他們會不會相信妳離了劉家也會沒事，就說劉家為了不還那筆錢也肯定會找藉口死賴著不放。就算是姑爹、姑母不要那筆錢了，劉家為了防止手中再無籌碼，導致當年事洩，只怕也是不肯的。再說，妳若是主動提出和離，便是休夫，劉暢的性格從來吃不得半點虧，怎會允許妳率先提出捨棄他？況且表面上他除了清華這件事之外，並沒有什麼明顯的過失。而這種事情，世人已然見怪不怪了，他一句改了也就改了。就算是最後勉強同意和離，他定然也會想法子出了這口氣，反把汙水潑到妳身上，所以吃虧的人還是妳，因此此事需從長計議。」

「就是因為這些原因，我才需要表哥助我。先前我還想過義絕來著，可條件達不到。」義絕的四個條件中，大犯妻族，夫族妻族相犯，不可能發生；而妻犯夫族，妻犯夫，她可以去做，卻是害了自己一輩子。

「妳放心，妳從小到大沒求過我，好歹開了回口，我總得替妳細細籌謀才是。」

「假設能擺脫，稍微吃點虧我也能接受。」此間女子的地位雖然較高，但始終也是個男權社會，「如果可以，今年秋天之前我就想搬出去。」

秋天是牡丹花的繁殖季節，那個時候搬出去，正好實施她的計畫，不然平白又要耽擱一年。

「這麼急？」李荇微微笑了，「看來妳真的是死心了，那妳今後有什麼打算？」

「我還沒想好，但不管怎樣，總要好好活下去，要努力過好日子，儘量不給別人添麻煩，不叫旁人看笑話。」

聽出她語氣裡的堅定，李荇點了點頭，「妳一定能得償所願。」

突然不遠處有人重重地咳嗽了一聲，打斷了兩人的談話。

第五章 故技

牡丹回過頭去，只見潘蓉與蔣長揚立在不遠處的一叢修竹旁，潘蓉脖子伸得老長，卻被蔣長揚牢牢揪住了袖子。看似是二人早就發現了自己和李荇，潘蓉想過來看熱鬧，卻被蔣長揚拉住袖子，還出聲提醒自己。

果見潘蓉滿臉鬱悶地從蔣長揚手裡將自己的袖子拉出來，大聲道：「你們躲在這裡說什麼悄悄話呢？」這蔣長揚真是的，若不是他多事，自己濳去拿了那二人的把柄，還不好脅迫他二人一回？

李荇泰然自若地對著潘蓉和蔣長揚行了一禮，「不過是自家兄妹許久不見，敘敘舊而已。」牡丹在一旁淡淡一笑，表示贊同。

潘蓉的眼珠子轉了轉，在牡丹和李荇二人的臉上來回掃了幾遍，但見二人俱是一臉的坦然，想想剛才的確也沒看見有什麼失禮的舉動，何況此刻已經失了先機，說什麼都無用，便綻開一個大大的笑容，親熱地道：「你這趟去得遠，很久不曾見面，自家親人是該敘敘舊才對。」

牡丹見他突然變了態度，想到先前潘夫人提醒自己他要算計花的事情，下意識地就想躲開他，便低聲道：「表哥，他今日殷勤得很，只怕是別有所圖。」

這個病弱嬌養的表妹如今竟然也懂得揣測人心了？李荇聞言，詫異地看了她一眼，「我知道，稍後妳就先回去，我自會派人與妳聯繫。」言罷上前與潘蓉東拉西扯地攀談起來。

牡丹在一旁靜立片刻，因見不遠處雨荷與林媽媽拿著一把傘和一個食盒走了過來，便上前將食盒接過遞給李荇，「還請表哥替小妹送到家中。」然後告退。

「弟妹妳別走呀，我有事要同妳商量。」

牡丹暗嘆一口氣，「商量不敢，還請世子爺吩咐。」

「妳這人真是的，我說了此事，不管妳肯與不肯，都是吩咐，倒像是我仗勢逼迫妳似的。」

「丹娘，妳不用擔心的，若是妳不肯，世子爺斷然不會逼迫妳。」李荇安撫完牡丹，又看向一旁的蔣長揚，「蔣兄，你也聽見世子爺說的話了，是不是這個意思？」

蔣長揚淡淡一笑，斬釘截鐵地道：「是。」

「瞧你們，把我說得像是會逼迫良家婦女的地痞流氓似的！」潘蓉翻了個白眼，又望著牡丹諂媚笑道：「弟妹，實不相瞞，我是有要事相求，天下間只有妳幫得了我，妳若是不幫我，我便要死了！」

李荇勃然變色，「還請世子爺自重！」

林媽媽也將牡丹拉到自己身後，警惕地瞪著潘蓉。

潘蓉嘖嘖咂嘴，「至於嗎？我是想向弟妹高價買兩株花，怎麼就不自重了？就是那盆魏紫和玉樓點翠，弟妹若是願意割愛，我出一百萬錢。」

牡丹默默算了算，一百萬錢，就算一枝接穗值一千錢，也夠她賣一千枝接穗，或者是供人遊園一萬次的。對旁人來說，也不算太吃虧，可對她來說，就是大大的吃虧了。試想，五年後，經她的手，可以繁殖出多少來？這一百萬錢，算得了什麼？

「世子爺是在為難小婦人了，先前郡主索要時，小婦人就曾說過，這是父母所贈之嫁資。」

潘蓉急了，「她那是強取豪奪，妳先前是嚥不下那口氣，自然不能給，我也成全了妳。但她那個脾氣，只怕過後一桶滾水就給妳澆死了，倒叫妳哭不出來。現在我真心實意出錢跟妳買，妳賣給我可是一舉數得，花活著，妳得實惠，又正好氣死她，還有人情在，何樂而不為？」

牡丹淡淡一笑，「就算是一桶滾水澆死了，那是我無能，不是我的過失。可若是賣了，便是我的過失。」今日她賣了這兩盆花，只怕過不了幾日，就一盆都保不住了。

「妳這人可真是榆木腦袋，白白生了這副好皮囊，怪不得不討人喜歡……」

蔣長揚忙勸道：「不願意賣就算了，生意不成仁義在，又何必出口傷人？」

潘蓉瞪了蔣長揚一眼，「我若不是為了你，又怎會幹這沒臉沒皮的事情？厚著臉去求人，反被人噴了一臉的口水！」

原來竟是為了討好這蔣長揚嗎？牡丹聞言，仔細打量蔣長揚，一身沒有繡任何紋樣的青色缺胯袍，腳上一雙再普通不過的六縫靴。腰間也未像席間其他男客那般，什麼香囊玉佩之類林林總總掛上一堆，只垂掛著一把兩尺來長的橫刀，刀柄上也沒有任何裝飾，那刀鞘更是烏漆嘛黑的，樸素得讓人看了第一眼就不想再看第二眼。至於長相，雖然說很有男子氣，但那表情也太過僵硬木訥了，似乎那眼睛和眉毛都是不會動的。

蔣長揚見牡丹打量自己，微微有些羞窘，朝著她淡淡一笑，露出一排雪白整齊的牙齒來，回頭對潘蓉道：「我不要了，原來打的賭不算了。」

潘蓉不悅了，「你說不算就不算啦？蔣大郎，憑什麼從小到大都是你叫我怎樣就要怎樣？今天我還偏就要兌現諾言！怎麼樣，弟妹，妳賣是不賣？該說的我已經和妳說清楚了，妳自己想清楚。」

「剛還說不仗勢欺人，此刻便要欺負一個弱女子嗎？」

潘蓉犯起了橫，拿眼瞪著李荇，「我就欺負了，你要怎樣？不過兩株花而已，我沒為難她，她為何要為難我？她這不是自己找不自在嗎？」

這是什麼世道？這都是些什麼人？任誰都可以來踩她一腳？牡丹被激起一股怒氣來，忍不住冷笑，「原來我不肯出賣自己的嫁妝，竟然就是為難世子爺了！今日我還偏不賣了。既然留著是個禍害，我這就去將它當眾砍了！」言罷推開林媽媽，去拔李荇腰間的佩刀，哼，光腳的還怕穿鞋的嗎？

咦！這個軟腳蝦竟然敢和自己唱反調，難道是自己看上去太好欺負了？潘蓉一把按住那把刀，怒道：「妳敢！」

牡丹瞪著他冷笑，「我為什麼不敢？我在自己的家裡，砍我自己的花，干世子爺何事！只怕就是鬧到丹陛之下，也是我有理！」

蔣長揚看著潘蓉語氣嚴肅地道：「你若真是把我當朋友，就不要無理取鬧的為難人。似這般，我若是得了這兩盆花也羞於見人！」

「蔣大郎，你不識好歹！」

蔣長揚不理他，向牡丹行禮道歉，「家母愛花，在下曾同世子爺打過一個賭，言明輸了的人便要為對方做一件事。世子爺輸了，便要尋兩株好牡丹花給在下，不然就是不守信用。故而今日都是在下的錯，請少夫人不要見怪於世子。少夫人也不必砍花，世子爺要買，妳就賣給他，待妳收了錢後，在下立刻完璧歸趙，妳可以淨賺一百萬錢。」

牡丹尚未開口，潘蓉已指著蔣長揚咬牙切齒，「蔣大郎，你好毒！」

李荇「噗嗤」一聲笑出來，從二人手裡奪回自己的佩刀，「我來做個中人，既然世子爺已經開了口，丹娘妳就不該這般不體貼人意。這樣吧，今年秋天妳挑幾個好品種出來，接幾株牡丹送給世子爺和蔣公子，如何？」

牡丹先前不過憑著一口氣，此時有臺階下，自然要順著下，便笑道：「但憑表哥吩咐。」

蔣長揚客氣地道：「給少夫人添麻煩了，到時候在下按著市價來，不好叫妳白忙。」

潘蓉雖然極不甘心，卻也不好再生波瀾，當下重重哼了一聲，「要送我才能消了我心頭之氣！」

「就當是為了先前世子爺替小婦人在郡主面前解圍的謝禮。」她堅絕不承認剛才是她錯了，也不肯為此賠禮。

風波平息，李荇笑道：「既是這樣，咱們便回去吧？」

幾人回身，忽見清華郡主身邊一個青衣婢女匆匆而來，「我家郡主請少夫人一敘，就在前方不遠處的水晶閣裡。」

林媽媽緊張地拉住了牡丹的袖子，別不是有什麼陰謀詭計吧？

就算是知道清華郡主不安好心，也不可能不去。但清華郡主既然敢當著這些人面這樣正大光明的邀請自己去，想來也不會有什麼大動作，約莫只是為了威脅自己一通？又或者有意外的收穫也不一定。

牡丹心中盤算，又見李荇朝自己眨眼睛，便笑道：「恭敬不如從命。」

待牡丹走遠，李荇攬住潘蓉的肩頭，在他耳邊輕聲說了幾句，潘蓉卻搖搖頭。李荇便伸出一根手指，潘蓉猶豫片刻，還是搖頭。李荇冷笑一聲，轉身就走，潘蓉立刻拉住他的袖子，舉手與他擊掌，「成交！」

劉家所謂的水晶閣，不過是建在湖中的一間木製的小閣樓而已。劉承彩因為喜歡在此納涼看書，便建了水車，讓水車從湖中將水抽上去，從閣樓房檐上淌下來，形成雨簾。夏天住在裡面，格外涼爽，更有情趣。每當日出之時，無論從裡從外望去，那雨簾子都如水晶一般耀眼奪目，故稱水晶閣。

走至曲橋入口處，那婢女攔住林媽媽和雨荷，「郡主娘娘有幾句私密話要單獨同少夫人說，還請二位隨我在此稍候。」

「少夫人……」林媽媽和雨荷不安地看著牡丹。

牡丹抬眼望去，此時還不是盛夏，水車還未運轉，水晶閣看上去稀鬆平常，從曲廊到它周圍的一圈欄杆處都可以看得清清楚楚，即便清華郡主身分高貴，也不好眾目睽睽之下做傷天害理之事，「妳們在此等候，我去去就來。」

林媽媽雙目微紅，卻又不敢當著那婢女的面說出格的話，只好叮囑道：「少夫人，您要小心。」

那青衣婢女笑道：「不必擔憂，我們郡主沒有惡意。夫人到了外間，若是沒有人應承，自己進去便可。」

牡丹點點頭，自己接了傘，穩穩地朝水晶閣走去。陽光照射在水面上，反射回來的光又強又烈，把牡丹的眼睛晃得瞇成了一條細縫，看著面前九曲十八彎的青石曲橋，有一種眩暈的感覺。

越走得近，水晶閣裡傳出的琵琶聲就越響。走到約有一丈遠的地方，已經是響徹耳畔，更有絲絲用大食國薔薇水泡了海南降真所製成的名貴熏華香縈繞鼻端。

牡丹停下腳步，朗聲道：「何氏惟芳應郡主之邀，前來一敘。」

連叫三聲，琵琶聲不停，卻始終無人應答。

牡丹想到先前那青衣婢女的提醒，索性提步往前走去。

這時琵琶聲驟停，一聲嬌笑夾雜著幾聲曖昧的嬌喘清晰地從半掩著的窗子裡飄了出來。

牡丹抬眼望去，但見水晶閣裡一張軟榻上，帳架上的青紗隨風飛揚，裡面一對半裸男女正動作激烈地糾纏在一起，難捨難分。帳外一扇落地屏風旁，一個青衣婢女抱著一把琵琶，垂眸不動，仿若老僧入定一般。

牡丹扶了扶額，停在窗前不動，原來是請自己前來觀賞活春宮的？

這清華郡主真是沒有創意，上一次何牡丹便是因為撞見了他二人苟合，氣急攻心，事後又被清華郡主奚落譏諷了一番，眼瞅著劉暢也就是那樣子，萬念俱灰之下才會嗚呼哀哉。這次故技重施，是希望自己徹底病死了事呢！

牡丹嚴肅認真地思考著，此刻自己應該尖叫出聲，然後掩面奔逃呢？還是應該梨花帶雨，義正辭嚴地捧著胸口指著他們聲淚俱下的控訴一番？怎樣做最好？這是個問題。

清華郡主粉臉微紅，雪白的雙腿緊緊纏在劉暢的腰上，將腰往上一送，塗著蔻丹的十指牢牢捧住了他的臉，挑釁地看著窗外的牡丹深深吻了下去。

劉暢背對著牡丹，絲毫不知窗外之事，壓抑地悶哼了一聲，扯住清華郡主的髮髻往下一拉，一口咬在了清華郡主雪白的肩頭上，清華郡主誇張地尖叫起來，不甘示弱地一口咬在了劉暢的脖子上，劉暢的動作越發激烈。

從始至終，清華郡主的眼角都瞟著牡丹，唇角都掛著諷刺的譏笑。

怎麼樣？這就是妳何牡丹死死纏著不放的男人，他不屑於碰妳，他在大庭廣眾之下任由我羞辱妳，他雖然也會對我發發脾氣，但他始終是我的。妳看到了嗎？他就喜歡我，喜歡我的身分，喜歡我的地位，喜歡我這具身體，還喜歡我尖叫，喜歡我咬他。

識相的，妳就該早些去死才對！妳為什麼不去死？死死佔著這個位置做什麼？這世上怎會有妳這樣的蠢貨？清華郡主一邊輕蔑地朝牡丹飛眼刀子，一邊扭動著發出更誇張的聲音。

牡丹的臉紅了，她看不下去了，真人版和電視版完全不一樣，可是為什麼旁邊跪坐著的那個青衣婢女竟能如此淡定？可見這是需要修煉的。

一陣急促的腳步聲傳來，牡丹愕然回頭，三顆腦袋同時出現在她身後。

潘蓉滿臉的八卦興奮之情，李荇臉色鐵青好像要殺人，那看守曲橋的青衣婢女則是臉色慘白，幾欲昏死過去。

牡丹的臉頓時變得血紅，把手裡的傘一扔，回頭不要命的開跑。在她身後，清華郡主發出了一聲急促嘹亮的尖叫，這回是真的尖叫。

牡丹已經顧不上後面會怎樣混亂了，只顧提著裙子快步穿過曲橋，走到曲橋入口處，越過站在那裡的蔣長揚，一把拉了林媽媽和雨荷的手，急促地道：「快走！」

林媽媽和雨荷不知道發生了什麼事，只看到牡丹滿臉紅得不正常，鼻翼也冒出了細汗，驚嚇不輕，「少夫人您這是怎麼了？」她們遠遠望過去，只看見牡丹一直獨自站在水晶閣外，並不知道她聽見或者是看到了什麼。

蔣長揚沉聲問道：「少夫人，您可是受了什麼驚嚇？」

牡丹慌亂地回頭看了一眼，只見李荇和潘蓉已經走回來了，她自問沒有勇氣，更不能做到面不改色地當著三個陌生男人討論剛才的活春宮，便道：「沒什麼，有急事。」扯了林媽媽和雨荷飛也似的逃離。

蔣長揚只看到牡丹的裙子在空中劃出一道美麗的弧線，上面繡的牡丹花瓣似要飄飛出來，納悶地摸了摸下巴，迎上李荇和潘蓉，「到底怎麼了？為何一個個都像見了鬼的樣子？」

李荇鐵青著臉不說話。

潘蓉則眉飛色舞，一看就是打算大肆張揚的樣子，「不是見著鬼了，而是見著鬼遇上了都會害怕的人了。」人不要臉，鬼都怕，清華郡主果然夠不要臉，竟然請了人家的妻子來觀賞！因見李荇臉色著實難看，便笑著上前攬了他的肩頭，「別生氣了，這算什麼？有人為了偷香，連尿都可以喝，他家這是有傳統的。」他說的是劉暢的父親。

劉承彩當年也是翩翩少年郎，丰神俊美，很得女人喜歡，卻娶了悍妒的劉夫人，根本不敢靠近身邊任何一個侍婢，他不甘心，於是便與劉夫人鬥智鬥勇。他看上了一個年輕貌美的侍女，盤算良久，趁著劉夫人洗頭的時候，假裝肚子疼，把那侍女召去，還未成其好事，劉夫人一聽說了他肚子疼，立即飛奔而至。

劉承彩無奈，只得繼續假裝肚子疼。劉夫人便按著偏方將藥扔到童子尿裡讓他喝，他沒法子只能乖乖喝下，才避免了一場桃色風波。經過多年，這事仍然是京城上流圈子裡的笑料之一。

「還請世子爺和尊夫人說一聲，去勸勸我那死心眼的表妹。」在旁人眼裡，不過是一樁風流韻事罷了，但對何牡丹而言，卻是要命的傷心事。

潘蓉這才後知後覺地道：「是哦，她別想不開了。走吧，先去找人。」

蔣長揚隱約猜到水晶閣裡發生了什麼事情，也不多言，抿緊了唇，默默跟在二人身後，只是走沒多久，突然道：「我還有事，先走一步，就不和主人家道別了。」

「別呀！」潘蓉忙挽留他，「好玩的還在後頭呢！」

蔣長揚搖搖頭，「與人約好的，不能失信。」

潘蓉立時將剛才答應李荇的事情拋到腦後，「我送你出去。」

「不必，你去辦正事要緊。過兩日得了空，我自會尋你。」

見蔣長揚走遠，李荇問潘蓉，「這是誰？之前怎麼從來沒見過？我看他手上有老繭，應該是經常握刀，從過軍嗎？」

「還殺過人呢！」潘蓉誇張地喊了一嗓子，隨即敷衍道：「是一個世伯的兒子，他平時不喜歡和我們這種人廝混的。走吧，走吧，去得晚了你那表妹萬一真想不開就糟了！」

二人匆匆忙忙去尋潘夫人，而在水晶閣內，已經穿戴整齊的劉暢沉著臉立在床前，冷冷地看著髮髻微亂，衣冠不整，露出大片雪白，仰臥在榻上的清華郡主，「這到底是怎麼回事？」

清華郡主早就從被兩個男人偷窺的刺激中恢復過來，懶洋洋地將黃羅抹胸往上提了提，「你又不是沒看到，就是何牡丹帶了野男人來捉姦，想看你我笑話，然後如願以償地看到咯！」

劉暢鐵青了臉，指著她道：「鐵定是妳搗鬼！誰叫妳自作主張？」

清華郡主將床頭的鎏金銀鴨香爐猛地一推，翻身坐起，直視著劉暢，「就是我又如何？我就是要讓她看看，你是怎麼愛我疼我的，好氣死她！」

見劉暢臉色越發難看，她睇了眼冷笑，「怎麼，敢做不敢當？吃乾抹淨就這樣算了？左右李荇已經看見了，須臾就會傳到何家，你倒是說說看，怎麼辦才好？要是她還死纏著你不放，你又沒本事解決，不如我去求聖上賜婚如何？你若是喜歡，留著她也行，我做大，她做小，可一點沒辱沒了她。」

劉暢的瞳孔縮了縮，深吸了一口氣，「這事沒妳想像的那麼簡單。」

清華郡主不以為然，「你家那點破事我又不是不知道，只要你肯，交給我辦，怕的是你不肯吧？暢郎，你變心了，你忘記當初我們的山盟海誓了嗎？你這個沒良心的！」

她後面這句話是聲嘶力竭地喊出來的，倒嚇了劉暢一跳，但見清華郡主兩眼含了淚，滿臉恨色，看上去猙獰可怕，猶豫片刻，還是試圖安撫她，「妳莫喊，我和妳說過，這事要從長計議。」

清華郡主不管不顧地撲上去，拿頭用力去撞他的胸口，「我不管，你今日就要給我答覆，不然我就去告你誘姦我！」

劉暢被她撞得發暈，脾氣也來了，猛地將她一推，也不管她是不是跌倒在地，惡狠狠地道：「好，妳去告！想必妳一開口，我劉家立時就滿門抄斬了！」言畢一拂袖子走了。

清華郡主披頭散髮地坐在地上，咬碎了一口銀牙，抬眼看向在角落裡瑟瑟發抖的青衣婢女，厲聲道：「賤婢，還不過來扶我起來？」

婢女手腳發軟，好不容易才爬到她面前，手才碰到她的胳膊，就被她狠搧一巴掌，打跌在地，也不敢出聲，只是跪縮著抖成一團。

另一頭，牡丹快步前行一段距離後，本想躲回自己的院中，左思右想又改了道，去了宴席場。李荇等人已經見著了劉暢和清華郡主的醜態，那二人不敢對著他們發作，只怕會來尋自己的晦氣，要鬧就鬧大一點，怕什麼！

此時眾人有繼續吟詩作對的，有歪在席上喝酒談笑，觀賞歌舞的，也有鬧中取靜下圍棋的，更有玩樗蒲賭錢的，不拘男女，個個縱情歡娛，自得其樂。

牡丹剛一露面，就見一個著湖綠半臂，儀態端莊的年輕婢女尋過來向她行禮，原來是潘夫人安排來尋她的。

牡丹跟著婢女一道去了那丁香花叢後的草亭，只見潘夫人與一個梳烏蠻髻，攢金雀釵，鵝蛋臉，長眉俊眼，瓊鼻檀口，神情倨傲的少女坐在亭中，正輕聲交談。

潘夫人見牡丹來了，笑著起身道：「剛才一轉身就不見妳，我還以為妳不告而別了呢！」

「適才有點事情，不得不去處理，不敢打擾夫人雅興，故而沒有知會，倒是妾身失禮了。」

潘夫人將牡丹拉到身邊坐下，「和妳開玩笑的，妳是主人家，瑣事極多，哪裡比得我們只管吃喝玩樂。」

二人笑了一回，潘夫人便介紹那女子給牡丹認識，「這是清河的吳氏十七娘，小字惜蓮，我們平時都叫她阿蓮。」

吳惜蓮只略抬了抬身，淡淡地朝牡丹笑了笑，並不多語。

牡丹見潘夫人未曾向吳惜蓮介紹自己的身分，便知她是知道自己是誰的，對於她這種不以為然的態度，牡丹並不放在心上。這清河吳氏，乃是本國有名的世家大族之一，就是皇室也喜歡同他們結親的，久而久之，他們就形成了目中無人之態。就算是清華郡主在她們的眼裡，也不見得就有多高貴。

「五月端午，又是皇后壽誕，以興慶宮勤政樓為中心，東到春明門，西至金光門為戲場，有百地獻藝，妳們到時候可要去？」

「家父前些日子還說要去搭個看棚，想來是一定要去的。」

牡丹連劉家去不去搭看棚都不知道，更不要說知道自己那個時候是否能夠出門，便道：「我卻是不知。」

「不妨，妳若是想去，到時候我便派車來接妳。」

吳惜蓮則掃了牡丹一眼，「說句不客氣的話，也難為妳過得下這樣的日子去！若是我，早就休夫了。」

牡丹淡淡一笑，「我若是阿蓮，又怎會遭此待遇？」

吳惜蓮一滯，尖刻地道：「就算我是妳，我也不會活得這般憋屈，這樣活著，還不如死了！」

潘夫人不高興地道：「阿蓮，我曾同妳說過，人的際遇不同，性格不同，處理問題的方法也不同。妳姐姐難道又過得好嗎？我難道又過得好嗎？」

吳惜蓮拂袖起身，「阿馨，妳是我姐姐的好朋友，她遭遇不幸，妳不但不同情她，反倒把她的痛苦拿出來做談資，實在是讓人齒寒！」

「我好意介紹友人給妳認識，妳卻當眾給她難堪，不也是給我難堪嗎？我本想著妳和旁人不同，是個有見識的，又有我和妳姐姐的事情在前頭，妳不會如同旁人一般膚淺無聊。誰知是我錯看了妳！」

「我膚淺無聊？」吳惜蓮氣得鼻孔一張一翕的，眼圈都紅了，「阿馨，妳才剛認識她，就為了她欺負我？」

「我不是欺負誰，也不是護著誰，我就事論事而已！這其中許多事，妳嫁了人後就知道了。」

「我才不會嫁給這種人！」

牡丹起身朝二人施了一禮，「為了我引得二位生氣，實在是我的不是。我那邊還有事情，就先告退了。」所謂話不投機半句多，又何必讓潘夫人為了自己的緣故得罪她的朋友至交呢？

潘夫人要留牡丹，但見牡丹神色淡淡的，眼裡無悲無喜，一派的平靜自然，心想若是強留下來，鬧得不愉快，也是平白給牡丹添堵，遂起身送牡丹到亭子口，輕輕握了握她的手，低聲道：「改日再會。」

牡丹點點頭，才行幾步路遠，就見潘蓉與李荇二人步履匆匆地趕來，嚇了一跳，趕緊閃身躲開。

潘蓉大聲道：「弟妹，妳莫跑，聽我說兩句，這算不得什麼……」他聲音極大，引得眾人側目。

牡丹見狀，越發躲得遠了。

李荇沉了臉一把扯住潘蓉，「你是來幫忙的，還是來添堵的？你是故意的吧？你再搗亂我們先前說的話就作廢。」

「你休想抵賴！本來就算不得什麼。她若是不儘早適應下來，豈不是白白受罪？」話雖如此說，還是探手將潘夫人喚了出來。

潘夫人聽他三言兩語說完，奇道：「我適才也不見她有多難過的樣子。」

「壞了，壞了！哀莫大於心死，她不但重新回到這裡來，還能對著妳談笑自若，一定是心存死志了！妳趕緊去，叫她千萬不要想不開！」

話音未落，就被李荇「呸」了一聲。

潘夫人淡淡地掃了他一眼，也不和他多話，也不和亭子裡的吳惜蓮打招呼，自尋牡丹去了。

牡丹躲開潘蓉等人，迎面遇到玉兒與一個年輕女子玩樗蒲，玉兒已是輸了許多，便極力邀請牡丹坐下一起玩。

「我不會玩。」

「簡單得很，少夫人玩過一次就會了。」說著便教牡丹，「擲出五枚全黑為盧，彩十六……」

一語未了，忽聽一旁有人道：「二雉三黑為雉，彩十四；二犢三白為犢，彩十；五枚全白為白，彩八；這四種彩稱貴彩。」

接話的竟然是劉暢。

玉兒嚇得趕緊起身行禮，劉暢很自然地就坐到了牡丹身邊，牡丹聞到他身上傳來的熏華香味道，想到彼時的情形，幾欲作嘔。不是她對他有什麼多的情緒，而是想到自己和一個公共廁所坐得這麼近，實在是件噁心人的事。

劉暢見牡丹不語，只垂眸看著面前的棋盤，便紆尊降貴地道：「我教妳玩。」語氣是肯定的而非探詢。

好詭異！牡丹狐疑地看了他一眼，渣男要做什麼？叫她不要聲張？不要哭鬧？她有半點要聲張哭鬧的樣子嗎？他還不如去尋他那狐朋狗友潘蓉說說還要好一些。他為什麼不找她算帳？清華郡主呢？

潘夫人走過來時，就看到劉暢和牡丹二人面對面地坐在樗蒲棋盤前，劉暢沉著臉，將五枚矢拋過來拋過去。牡丹則像一根木頭似的，一動不動，臉上無悲無喜，不知在想些什麼。

潘夫人想了想，便上前同劉暢打了個招呼，看向牡丹，「弟妹，我有事尋妳。」

牡丹「哦」了一聲，起身道：「玉兒，妳陪公子爺玩。」

玉兒早覺著情形有些不對勁，也不敢說好，也不敢說不好，只乾笑著應下，伺立在劉暢身邊，並不敢多話。

劉暢見牡丹與白氏越行越遠，將手裡的矢一扔，起身加入到一群賭得熱火朝天的男人中去，須臾便賭得眉開眼笑，高聲呼盧。

潘夫人拉了牡丹到僻靜處，屏退左右，嚴肅地看著她道：「妳是怎麼想的？」

牡丹心知她已經知道了剛才的事情，淡淡一笑，「沒什麼想法。」

潘夫人嚴厲地道：「是無計可施，所以乾脆不去想？還是已經絕望，所以什麼都想到了？我和妳說，這算不得什麼！」她一把抓住牡丹的手腕，將牡丹的手腕抓得生疼，「為了這種人尋死，不值得！他們越是這樣對妳，妳越要好好地活著！」

原來是生怕自己去尋死，牡丹笑道：「我才不會去尋死，沒什麼想法的原因，不過是因為不在意而已。就好像我此刻正在很舒服的曬太陽，有人和我說，別處在下雨，那又與我有何干係呢？」

潘夫人沉默片刻，似乎相信了她的說法，「這樣最好，不過妳還是小心些，當心她一計不成又生一計，臉面事小，性命事大。」

牡丹一凜，忙行禮稱謝。

忽聽遠處一陣嘈雜，眾人如潮水一般朝某處湧了過去。潘夫人招手叫來侍女，「去看看是怎麼回事？」

少頃，那侍女去而復返，看了牡丹一眼，「是劉奉議郎和李公子因瑣事爭執，動了手。」

潘夫人和牡丹心知肚明，必然是為了剛才的事情，紙裡包不住火，沒多久這樁醜事便會透過在座的眾人傳遍京城。潘夫人皺了皺眉，「妳幫誰都不是，不如先回去吧！」

雖然沒有親眼目睹事件經過，但牡丹下意識地認為，劉暢是主，不會主動挑起事由，此番衝突應該是由李荇挑起的。挑釁的目的是把醜聞擴大，從而引起何家的不滿。此刻對她來說，最好的辦法就是躲開，不要管，不要問。

可這到底是劉家，牡丹生怕李荇吃虧，便拜託潘夫人，「我表哥這個人沒什麼壞心眼，就是生性比較衝動，還請夫人和世子爺幫著勸導勸導，莫要因此成仇才好。」

「知道了，我這就讓外子去調停。」言罷果真領著人急匆匆地去了。

牡丹回到院裡已是申初，才一進門林媽媽就追問她到底遇到了什麼事。牡丹心想她總會知道的，便很隱晦地道：「當時郡主和公子爺都在裡面。」

林媽媽的臉色一變，隨即將牙齒咬得咯咯作響，在屋裡來回轉了幾圈，想安慰牡丹幾句，覺得無從說起，想說幾句洩憤的話，又隔牆有耳不敢多言。只得愁眉苦臉地看著牡丹，替她擔憂不已。

牡丹提心吊膽地坐了約有半個時辰，雨荷方來回話，「少夫人，已經好了，表公子回家去了。外間又擺上了酒席歌舞，公子爺仍然主持宴席。」

原來劉暢正與人賭得歡，李荇刺斜裡殺出去，不由分說，殺氣騰騰地要與他賭，劉暢怎可能直接認輸？自然應戰，然後他輸了，而且輸得很慘。不知怎地，二人言語上起了衝突，便動起手來。

有人說先動手的是李荇，又有人說其實是劉暢。這都無關緊要，總之二人是打成了一團，劉暢的兩隻眼睛烏了，李荇的鼻子流血了。從始至終，清華郡主都沒有再出現。

難為他成了烏眼雞還能繼續主持宴會，臉皮真是夠厚。牡丹鬆了口氣，正要鬆了頭髮躺一躺，一個婆子快步進來道：「少夫人，夫人有請。」

牡丹無奈，只得前往劉夫人的院子裡去。

碧梧抱著琪兒坐在廊下，拿著一顆線球逗一隻波斯貓玩，看到牡丹進來，譏諷一笑，起身迎著牡丹行了個標準的福禮，「少夫人，今日宴席散得可真早，不知宴席可精彩？」

「沒散，精彩的很，有舞馬表演，還有清華郡主帶了個胡旋兒，那胡旋舞跳得極好，都得到了滿堂喝彩，可惜妳沒去。」

打腫臉充胖子罷了，碧梧撇撇嘴，「清華郡主很漂亮吧？」

「當然漂亮，不愧是出身皇室，通身的氣派就沒幾人能及得上。」

碧梧疑惑得很，以往牡丹見一次清華郡主就要哭一次，這次怎麼這般興高采烈的？想來是裝的，為了討好公子爺便假裝大方罷了，她也會的，「那是自然，她是有名的美人兒，身分高貴，為人又氣派大方，見過的場面也多，不是尋常人能比得上的。」

「嗯，嗯，正是如此。」牡丹贊同點頭，心裡卻暗自譏諷，到時候清華郡主做了妳的主母，妳就會更加體會到她的美麗高貴，氣派大方了。

碧梧還要糾纏，念奴打起簾子探出頭來，朝牡丹甜甜一笑，「少夫人，夫人請您進去。」

牡丹才一進屋，碧梧立刻將線球往簾前一扔，引著琪兒和貓過去，她自己順理成章地蹲在簾前豎耳偷聽。

第六章　反將

劉夫人才見牡丹進了屋子，就將手裡的茶碗重重一放。

牡丹早知道來了不會有好結果，傷人的到底是李荇，自己無論如何都會被遷怒。更何況，依著劉夫人的性格，為了防止何家來討說法，必然要先狠狠威嚇自己一番，把錯都推到自己身上，然後再假裝寬宏大度，哄哄騙騙的，便泰然自若地給劉夫人行禮，「母親萬福。」

劉夫人好一會兒才淡淡地道：「坐吧！」又吩咐朱嬤嬤，「給少夫人倒杯熱茶。」

牡丹眼角掃過朱嬤嬤，只見她兩眼閃閃發亮，心知這事與她必然脫不了干係，也不知又在劉夫人面前添油加醋地說了自己些什麼壞話，側身在月牙凳上坐下，「不知母親召媳婦前來有何事？」

劉夫人狠狠瞪了牡丹一眼，突然高聲道：「念嬌，去看看誰在外面吵吵嚷嚷的，不成體統！」

碧梧嚇了一跳，不等念嬌出去趕人，先就結結巴巴地道：「是，是小貓……」然後抱著琪兒一溜煙地躲遠了。

收拾了不老實的碧梧，劉夫人方厲聲道：「媳婦，子舒他糊塗，妳這個做妻子就要提醒他，替他周全才是！妳倒好，不但不幫他，還帶了外人去看他的笑話！攛掇著自家的表哥當眾挑釁，把他打成那個樣子！他沒臉妳就有臉了？妳待要如何？出了事情不在他身邊，倒偷偷地跑回自家的院子裡去躲著，白白浪費了我對妳的一片心！」

牡丹暗自冷笑，賤字當道，千錯萬錯都是她的錯，賤男賤女怎麼都有理。只這個時候並不是辯解的時候，還得先讓這母老虎發洩完畢才好開口，因此也不答話，就起身垂手站好聽訓。

「夫人息怒，少夫人向來老實厚道，也不是故意做出這樣的事，全是無心之過啊！」朱嬤嬤表面上是在勸劉夫人，實際上等於直接給牡丹定了罪，假模假樣地遞了一杯熱茶給牡丹，「少夫人，您也莫怨夫人發脾氣，她最希望的就是您和公子爺和和美美的，遇到這樣的事，焉能不氣？您趕緊跟夫人認個錯就好了。」

牡丹暗罵一聲老虔婆，才低下頭道：「母親批評得極是，媳婦無能，既不能成為夫君的賢內助，勸住他不要做糊塗事，也不能在他遇到事情的時候挺身而出，替他擋住災禍，只想著自家沒臉，躲回院子裡去，實在是無能至極。」

劉夫人一愣，凌厲地掃了牡丹一眼，「妳的意思是我錯怪妳了!?」

牡丹的頭垂得更低了，語氣卻鏗鏘有力，「媳婦不敢，今日之事的確是媳婦無能。郡主召喚，不敢不去，世子爺要偷偷跟隨看笑話，也無力阻止，夫君與客人發生爭執，更是沒有膽子上前去勸解，只恐一不小心就被人看了笑話。所以母親說的都是對的，但媳婦想改，卻能力有限，請母親恕罪。」

劉夫人第一次碰了她這麼一個軟釘子，氣得想破口大罵，但到底沒罵出來，「罷了，是我對妳期望太高，太強人所難了。我也不指望妳能有多大出息，從明天起，妳就哪裡都不要去，安安心心在家調養身子，早點給我生個嫡孫出來。妳父母年紀也一大把了，妳該自己爭氣點，好讓他們安心。」

牡丹心想，這是要說到正題上了。

果然就聽劉夫人道：「你們成親這些年，我對妳怎樣，妳心裡應該有數，我從沒少過妳吃，也沒少過妳穿，家裡上上下下都敬著妳。就是子舒心中彆扭，與妳合不來，我也只有勸他、罵他。他脾氣再不好，也沒把妳怎麼樣。妻是妻，妾是妾，男人誰沒個年少輕狂的時候？那農戶多收了三五斗，也還想養個妾，更何況那種外頭的，不過圖個新鮮，過些日子也就丟開了。妳有生這種閒氣的工夫，還不如好好想想自己如何才能留住夫君的心？」

牡丹一言不發，只垂著頭。何家給了劉家那麼多錢，她自己也是有嫁妝的，怎麼吃怎麼穿都不為過，怎麼倒像是劉家白白養著她似的？

劉夫人看得生氣，又拿她無可奈何。

劉承彩從外面進來，見狀嘆道：「罷了，也不全是她的錯，子舒也太不懂事了！媳婦，妳先回去，稍後我會和子舒說，叫他改改脾氣，以後妳二人好好過日子。」

劉夫人哼了一聲，「一個兩個都是不讓人省心的，妳今晚早些休息，明日一早就過來等太醫。」

一個唱白臉，一個唱紅臉，就是怕何家來鬧騰。牡丹順從地應了。

念奴送她到院門口，突然很小聲地道：「少夫人，您放心，郡主娘娘是無論如何也進不了咱們家門的。」

「嗯？」牡丹待還要問，念奴已經快步進了院子。

主僕二人相攜回院子，雨荷小聲道：「少夫人，奴婢覺著念奴為人不錯。從前就喜歡替您解圍，如今出了事第一個安慰您的還是她。若是夫人賞的人是她，而不是蘭芝就好了。」

牡丹笑道：「這劉家的人，只怕也只有她一個人還有良知。妳也莫失望，夫人沒把她賞給我也是好事啊！妳想想，若是有什麼，她還能替我解解圍，跟了我，她卻要倒楣了。」

雨荷聽她把這種心酸話說得如此平靜，心裡不由一陣難過，偷眼看去，但見斜陽下，牡丹笑容恬靜，微風吹過她身後的紫藤花架，吹落一地的花瓣，襯得她顏如玉，飄若仙。可就是這樣的人，卻被人當作了草一般，毫不憐惜地踐踏。

雨荷只覺一股熱流從喉頭處順著鼻腔一直沖到眼眶，幾乎忍不住就要流下淚來，好不容易才壓下去，強顏歡笑地道：「少夫人，您不要難過，這都是暫時的，總有一天您一定能過上好日子。」

「嗯，有妳幫我，一定能。」眼看著雨荷的眼睛不受控制地紅了，不由失笑，反手握住她的手，「哭什麼？我都不難過，妳難過什麼？走，趕緊回去，吃了晚飯早點休息，明大還要起早呢！」

雨荷愁兮兮地道：「難道您真的要讓太醫給您瞧？」圓了房，生了兒子還怎麼走？

「妳這丫頭，怎麼突然比我還急了？」這確實是個迫在眉睫的問題，劉夫人的性格，聽風便是雨，雷厲風行，指不定很快就會將劉暢趕到自己的房裡來。劉暢那日已經流露出那種意思，今日的態度也有些詭異，得好好謀算謀算才是。

雨荷嘆了口氣，「反正奴婢是您到哪裡就跟著到哪裡。」她心裡沒說的是，如果是她遇到這種男人，定是要將姦夫淫婦給殺了。

主僕二人回到院子裡，林媽媽早翹首企足，見二人說說笑笑地回來，心裡鬆了一大口氣，「少夫人，夫人找您有什麼事？是不是為了表公子打了公子爺的事？可罵您了？」

牡丹怕她擔心，輕描淡寫地道：「肯定是有些生氣的，但也沒說什麼，只說明日請了太醫來家裡，讓我早點休息，明日早點過去。還讓我以後不要出門，在家好好調養身子。」

林媽媽聽了，左右張望一番，不見李媽媽和蘭芝的身影，這才恨恨地低聲道：「既然請了太醫，便該連著您的其他病一起治了！這次定要叫老爺和夫人上門一趟，讓他給您賠罪道歉才是！」

牡丹聽出林媽媽的意思是要自己藉機裝病，好叫何老爺夫婦上門替自己出氣討公道，收拾收拾劉暢。實際上，劉暢又豈是那種輕易會開口道歉的人？死性不改的王八罷了，更何況她也不稀罕。

牡丹雖不以為然，卻覺得這是個好主意，借這個機會生回病，順理成章地躲段時間，說不定她的「病」還沒好，事情就已經解決了，「媽媽說得是，我都聽妳的。」

林媽媽見她聽話，立時高興起來，「好，到時候媽媽替您安排，您只管舒舒服服地躺著就好。」

牡丹應一聲，因見甩甩吃飽了，對著自己歡喜地撲騰翅膀叫，「牡丹，丹娘！」便取了一根新鮮樹枝遞過去，陪牠玩了一會兒，心裡的鬱悶和擔憂消散了大半。

忽聽院門輕響，卻是去拿晚飯的恕兒怒氣衝衝地回來了。

「誰又招惹我們家的恕兒了？」

恕兒忙換了一張笑臉，「沒有，就是今日廚房裡太忙，出不來菜。奴婢怕少夫人等急了，便讓寬兒在那裡等著，奴婢先回來說一聲。」

牡丹不在意地道：「今日客多是事實，也不要她們單獨做，讓她們將宴席上的飯菜備一份來我吃就行了。」

恕兒知她在這方面向來不計較，也不和她細說，笑著應了，背著牡丹低聲和雨荷商量，「真是欺人太甚，這風頭也太轉得太快了些！妳們剛從夫人的院子裡出來，少夫人惹惱夫人和公子爺的事立時就傳到了廚房裡，我們去了半日，個個對著我們笑，但就是不給飯菜！我不敢和少夫人說，怕她知道又生氣。」

以前少夫人和公子爺鬧騰後，也有過這樣的情形，總得吃上那麼一兩頓冷飯菜，才會又重新好轉起來。這次只怕要到少夫人看過御醫後，才會轉變過來了。

雨荷沉吟片刻，「妳叫蘭芝陪妳去，她是夫人給的，來了咱們這裡其他什麼都不用做，不會連這麼點小事都做不來吧？」

「好主意呀！我這就去。」

沒想到恕兒才轉身，牡丹的聲音就從背後傳來，「不必了，就是蘭芝去了也是一樣的結果。她哪裡敢和公子爺作對？當心被人拿來作筏子。正好我午間吃得太過油膩了，不是很想吃，稍後她們給什麼就拿什麼，不要鬧，不要吵，我不吃，就給妳們吃，總比妳們的飯菜好。」

事情越多越繁雜才好呢，白天遇到丈夫和人偷情，傍晚被婆婆罵，晚上被下人刁難，沒晚飯吃，她還不該病嗎？

恕兒心裡不甘心，少夫人就是脾氣太好了，才會被人蹬鼻子上臉，這般欺辱，真真是氣死個人了！

雨荷推了她一把，「還不快去？」

恕兒噘著嘴，不情不願地出了門。

牡丹無奈地搖頭，「這丫頭的脾氣太火爆，寬兒又太木訥了，若是二人能中和一下就好了。」

雨荷笑著點頭，「我娘常說，恕兒的脾氣還要像她一些，不知我是從哪裡蹦出來的，半點不像她呢！」

天色黑盡，寬兒和恕兒總算是回來了，不過幾碟中午吃剩的冷菜，更不要說餅子上的羊油凝結得白花花的，唯有一碟櫻桃饆饠還是熱的。

牡丹隨意用了點饆饠，便放下不吃，讓眾人將其他菜分吃了。

這一夜，不單是飯菜怠慢，就是熱水也怠慢。牡丹一直等到酉時末，才有熱水送來，一隻腳才跨進澡盆，忽聽有人使勁拍門，「開門，公子爺來了！」

這個時候來，肯定沒好事！雨荷嚇得一抖，蒼白了臉看向牡丹，卻見牡丹也白了臉，匆匆忙忙地將腳收回來，迅速將衣服穿上。

林媽媽心裡也有些打鼓，暗想劉暢是不是為著被李荇打了，來找牡丹出氣的，又想到白天劉夫人的態度，膽子又壯了起來，當下便指揮牡丹，「您去躺下，我去應對。」她打定的主意是，若是劉暢態度好也就算了，若是他要耍橫，拼著自己這條老命不要，也要鬧得他闔府不得安寧。

話音未落，就聽到李媽媽在外面道：「少夫人睡了嗎？公子爺來了呢！」

原來人家根本沒管她們，和蘭芝先就去把門開了，將人迎了進來。

林媽媽看看白了臉，往內房躲的牡丹，只得強忍下氣走到門口去接人，只見劉暢渾身酒氣，半邊身子歪在蘭芝身上立在門口，一雙眼睛烏青腫脹，如同烏眼雞似的，表情卻是強橫霸道得無與倫比，「你們少夫人呢？反了她了，竟然敢讓那狗東西來打我！」

乍聽得這聲咆哮，牡丹不由吸了一口冷氣。是福不是禍，是禍躲不過，她總不能叫又老又瘦的林媽媽擋在她前頭吧？還有雨荷、寬兒、恕兒等人，都是下人，一個不小心，就成了出氣筒。

思及此，牡丹緊了緊衣服，「淡定」地走了出去，先將林媽媽拉到身後，然後望著劉暢驚訝地道：「呀！夫君，你怎麼成了這個樣子？快，讓廚房煮兩顆雞蛋來給公子爺滾滾眼睛，消消腫！」

見寬兒和恕兒站著不動，特別是恕兒，一雙眼睛睜得大大的，只盯著自己看，便直接點名，「寬兒、恕兒，妳們去廚房，跑快點，再叫她們煮碗醒酒湯。」

「別裝了！妳以為我不知道，都是妳搞的鬼！看到我被打成這樣妳很高興吧？我告訴妳，我雖然成了這副德性，李荇也沒討到好，他漂亮的鼻梁被我打斷了！」劉暢冷冷地掃了牡丹一眼，就著蘭芝的手歪在了簾邊的籐椅上，神色陰鬱地瞪著滿臉悍然的雨荷，「給我沏茶來！」

雨荷悄悄看向牡丹，正好接收到牡丹擔憂疑問的眼神。主僕二人早就心意相通，她知道牡丹是在自己詢問李荇的鼻梁是不是真的斷了，便堅定地搖了搖頭。

牡丹鬆了口氣，示意雨荷照著劉暢的話去做。

雨荷只好告退去了隔壁煮茶，提心吊膽地豎著耳朵聽動靜，只怕一個不注意，劉暢就動起手來。

林媽媽見自己這邊得力的幾個丫鬟都被支走，只剩自己一個乾瘪老太婆，而粗壯的李媽媽與蘭芝卻都簇擁在劉暢身邊，只能左右張望一番，將一根雞毛撣子拿在手裡以備不時之需。

誰知劉暢又指使李媽媽與蘭芝，「妳們還杵著做什麼？還不去給我備下熱湯洗浴！」

李媽媽大膽地掃了牡丹一眼，笑道：「奴婢記得，少夫人房裡正好有乾淨熱水。」

牡丹暗恨，隨口道：「已是用過不乾淨了，若是重新洗盆子，加上我這裡離廚房遠得很，這一來一回恐怕要花上不少時間，李媽媽，妳去碧姨娘那裡，讓她備好熱水，稍後公子爺就過去。」

李媽媽站著不動，只拿眼角去覷劉暢。

劉暢瞪了牡丹一眼，惡聲惡氣地同李媽媽道：「既然有熱水，還不滾出去，杵在這裡做什麼？」

李媽媽與蘭芝對視一眼，忙滿臉堆笑地告退，「是，奴婢們就在外面候著，公子爺和少夫人若是有什麼吩咐，喊一聲就來了。」

林媽媽卻似全然沒聽見，靠在條案旁，手握雞毛撣子，微閉著眼，好似睡著了一般。

劉暢也不管她，直接起身就往裡走，邊走邊解腰帶。

「你做什麼？」牡丹緊張得手腳都是軟的。

劉暢冷笑，「我做什麼妳不知道嗎？我來做該做的事情，省得妳胡思亂想，一會兒跟蹤我，一會兒引人去看笑話，一會兒又攛掇妳那勞什子表哥給妳出氣，害得我丟臉！」這時腰帶已解下，他直接扔到林媽媽的腳下。

腰帶上的香囊狠狠砸在林媽媽的腳背上，嚇了她一跳，認清是怎麼回事後，一張老臉漲得通紅，攥緊了手裡的雞毛撣子，沉聲道：「公子爺且慢！」

劉暢停下解衣帶的手，「媽媽有話要說？」

「今日的事情您冤枉少夫人了，她沒跟蹤您，是郡主派人將她喚去的，當時潘世子正想跟少夫人買花，也聽了去，不知怎地，竟然就跟了去，實在與我們少夫人無關。後面的事情就更不知道了，公子爺可別聽了旁人的讒言，冤枉了少夫人，夫妻間生了嫌隙，可就不美了。」

劉暢看向牡丹，淡淡地道：「是嗎？」

「當然是。」她哪裡有那個閒心？錯不在她，公共廁所你趕緊走吧！

劉暢側頭想了想，「我知道了，媽媽妳別擔心，我不會把她怎麼樣，妳且先下去歇著。」語氣聽著確實比先前柔和了許多，但這讓牡丹更驚恐了，朝林媽媽投去求救的目光。

林媽媽躊躇，卻只能給牡丹一個鼓勵的眼神，表示自己就在門外守著，有什麼不對勁的，她會立刻進來。雖然她原本的計畫是讓牡丹裝病，叫何老爺夫婦逼得劉暢給牡丹賠禮道歉之後再說其他，但劉暢來牡丹的屋子裡沐浴過夜，本是天經地義，她一個下人又怎麼敢把他趕出去？

隨著門被關上，牡丹一顆心懸在了半空中，呼吸都變得困難，只能下意識地將衣服緊了又緊。

劉暢見門關上，便將兩臂伸開，「來幫我解衣服。」

牡丹一動不動，咬牙拒絕，「我不！」他要敢動粗，她就廢了他！

偷偷看一眼劉暢的身型，呃——，雖然有點難度，但還是可以一試。即便不成功，但最起碼也能敗敗興，誰敢和一個算計自己命根子女人睡覺？就算因此被休棄，而非和離，她也認了。

劉暢一愣，只見牡丹垂著頭，長捲濃密的睫毛在燭影下微微顫動，可以看見她的下頜咬得死死的，一副氣憤不已的樣子。不知為何，他心裡竟然有幾分雀躍，「今天妳很生氣？」

牡丹抬起眼看著他，很真誠地道：「其實我不生氣，也不介意。你放心，要是有人來問我，我保證什麼都不會說。」當然，現在不用她說，人家都已經知道了。

劉暢雖然半醉，卻很明白地看出，牡丹的眼睛裡真的沒有悲傷失意，而是一種隱隱的厭惡還有幸災樂禍。這個發現讓他非常生氣，轉念一想，他又覺得，他其實是看錯了，牡丹怎麼可能不難過呢？當初看到他和清華多說幾句話，她都會那麼的難過，現在怎麼可能突然就改了性？

欲擒故縱，就是欲擒故縱！女人嘛，說不的時候往往就是說要的時候，自己和她較什麼真？反正總要正兒八經生個嫡子的。

劉暢思及此，便不再和牡丹計較，自顧自地往屏風後面去，脫了衣物進了澡盆。

牡丹側過臉，背對著屏風，聽著水聲一聲響過一聲，暗啐一聲晦氣，三步併作兩步走到妝臺前，翻出一把小銀剪來藏在了袖子裡，看著燭芯發呆。

燭芯「啪」地炸了一下，牡丹正要取了剪子去剪燭芯，忽聽劉暢在屏風後問道：「妳今天和妳表哥說了些什麼？」

「沒說什麼，就只是說那胡旋兒的舞跳得很好，表哥說他在西疆那邊見過比那胡旋兒跳得更好的，價格卻沒那麼貴。」

劉暢冷哼一聲，「莫非妳還想學人家，買一個來養著？也不看看自己的身分，好的不學學壞的，以後少跟李荇來往！」

牡丹輕輕一笑，「我清楚得很，我自己都是任人欺辱還要忍氣吞聲的，就算是真的買來也是害了人家，不買就是積德了。」

屏風後一陣沉默，就在牡丹以為劉暢被洗澡水淹死了的時候，他突然語氣生硬地道：「妳來給我擦背！說起來，成親三年，妳可從來沒為我做過什麼！」

牡丹坐著不動，反唇相譏，「不知你又做了什麼？」

劉暢冷笑，「那是妳欠我的！」

牡丹差點兒脫口而出，那我們和離吧！你不欠我，我不欠你，不要死磕了。但一想到劉暢的性子，便硬生生地將話嚥了回去，改而嘆道：「是呀，誰叫我身子不好，竟然需要沖喜。其實我也想，如果我生在一個貧寒之家就好了，哪裡有那麼多錢來給我糟蹋呀？讓我病死就病死了，省得一害我爹娘，二害你，三害我自己。」

空氣突然不會流動了，牡丹很清楚地聽到劉暢的呼吸聲漸漸變粗。她愜意地想，氣死你這個渣男！你不是最恨人家提這事，我偏叫你想起你最屈辱的事來，我看你還發不發驕？

砰！一聲巨響，四扇銀平托山水紋屏風被劉暢猛地推倒，「嘩啦」一聲水響，劉暢光著身子從澡盆裡站起身來，惡狠狠地瞪著牡丹，似是隨時要從盆裡走出來打人一般，牡丹握緊剪子瞟了一眼，只見他鐵青的臉配上烏青的眼，正像是一隻巨型烏雞。

巨型烏雞生氣了，後果很嚴重。

砰砰砰！關鍵時刻門被敲響，雨荷小心翼翼的聲音在外間響起，「少夫人，公子爺要的茶好了。」

牡丹掃了劉暢一眼，飛快地奔去開門。門開處，夜風吹進來，將燭光吹得一陣晃悠，水晶簾子更是叮噹作響。

沒了屏風的遮擋，劉暢和澡盆都暴露在外。門外守著的幾個女人都發出一聲輕呼，迅速將頭垂了下去。

劉暢立時蹲了下去，撫摸著身上被冷風激起的雞皮疙瘩，紅著眼睛惡狠狠地瞪著牡丹，她絕對是故意的！

牡丹看也不看他，伸手接過茶盤，隨手放在一旁的几案上，慢吞吞將門掩上，卻又不關嚴，只道：「不知夫君是此時飲用，還是稍後飲用？」

劉暢氣得太陽穴突突直跳，本不想理她，卻又改了主意，「自然是此時飲用，拿過來。」

她不過隨便問問而已，危險區域勿近，牡丹慢吞吞地道：「那邊沒有放茶盤的地方，夫君還是出來飲用好了。」

劉暢氣得要死，這不是故意和自己作對嗎？問自己要不要，自己說了要，她卻又不給，可見是故意和自己作對的！他是喜歡有點情調，會調情的女人，但並不代表他喜歡被女人捉弄，尤其是這個他從來瞧不起的女人。他氣呼呼地瞪著牡丹，咬牙切齒地道：「何牡丹，妳會後悔的！」

牡丹瞟了瞟門外，滿臉害怕地道：「夫君，你為何又不高興了？可是妾身什麼地方沒伺候好？你說，妾身一定改。千萬千萬不要動手啊！我爹娘和兄長這幾日大概會上門，要是被他們看見，妾身丟臉事小，只怕我哥哥不饒你也。」

這一回，她臉上的表情太過虛偽，劉暢確定自己沒有看錯，她的確是在嘲笑他，故意激怒他，而不是欲擒故縱。結合之前她的種種作為，他突然發現，她變了，變得很陌生，這種陌生，不到關鍵時刻分辨不出來，但和從前相比確實天差地別！她瞧不起他，她輕視他，她厭惡他，但她明明是如假包換的何牡丹，果然變了嗎？劉暢突然有些發懵，就坐在澡盆裡盯著牡丹看。

牡丹等著劉暢下一輪發飆，最好不管不顧地起來打上那麼一兩下，又或者怒氣衝衝地摔門而去。但他沒有，反而就坐在那裡探究地盯著她看，那眼神看得她發毛。牡丹沒有安全感，只能反復握緊袖中的剪子才能讓自己不發抖。她不是身懷絕技的俠女，怎可能不怕有暴力傾向的變態色狼？

二人僵持了約莫一刻鐘後，劉暢方轉身背對著牡丹起了身，隨手拉了衣架上的一塊巾帕擦了擦身上的水漬，就將自己脫下的裡衣拾起來隨意套上，慢吞吞地朝門口走去，伸手將門關嚴，然後又慢吞吞地朝牡丹走去。

他每往前走一步，牡丹都覺得是踩在她的心上，又重又沉，壓得她幾乎喘不過氣來。

「妳在怕我？」劉暢從牡丹的眼睛裡輕易捕捉到了恐懼，這個認知讓他瞬間有了心理優勢，他甚至笑起來，伸手去抬牡丹的下巴。

牡丹被他強勢地抬起下巴，一張精緻的臉以最完美的角度暴露在他面前，俗話說，燈下看美人，越看越美。劉暢不得不承認，牡丹，半點也不辜負她這個名字。她不需要像清華郡主那樣故作與眾不同，故意引人注目，她只需要靜悄悄地往那裡一站，就會吸引了眾人的目光，渾然天成，叫人無法忽視。

他的目光順著牡丹小巧的下頜一直望到她雪白的脖頸下，蔥綠色的抹胸在紅羅夾袍裡只露出一個邊角來，卻如同春天新發的嫩芽一般勾人，叫人忍不住想剝了看看裡面到底是什麼？

劉暢嚥了一口口水，專注地看著那一縷綠意，手隨心動，順著牡丹的臉和脖子就往下撫了去。

手過之處，牡丹的肌膚迅速躥起一層雞皮，人也控制不住的微微發起抖來，呼吸也變得急促。

所謂美人如花便不過如此了吧？劉暢很是滿意牡丹的反應，她到底還是無法抵禦住他的，只要他稍微示好，她就會和從前一樣的對他死心塌地。

思及此，他笑了，得意洋洋地道：「妳別怕，我會很溫柔的。」

豈料，話音未落，一壺熱茶兜頭淋下，茶水模糊了他的視線，再順著臉頰淌入嘴裡，將他的得意洋洋和自以為是都倒灌回肚子裡去。他忙不迭地收回手，用袖子去擦臉，只見牡丹圓睜雙眼，手裡的茶壺還尚未放下。

她竟敢拿茶來淋他！這不知天高地厚的女人，必須得好好教訓一下，讓她知道什麼事做得，什麼事做不得！劉暢喘了一口粗氣，鐵青了臉探手去抓牡丹，手還未碰到人，一道寒光捲著燭影迅速向他的手刺來。

與此同時，牡丹迅速後退，匆忙中不忘將手裡的茶壺朝他的頭砸過去。

劉暢措手不及，手臂一陣刺痛，隨即茶壺又狠狠砸在頭上，本就有些昏沉的頭被擊中那一下，不亞於先前眼睛被李荇打了一拳，痛，暈。

最要命的是，他的自尊受到了嚴重的傷害，他大吼了一聲，「何牡丹，妳找死！」順手將几案上的茶杯、茶盤等物狠勁砸在地上，探手要去抓牡丹。

「少夫人、公子爺，有話好好說啊！」門被瘋狂的捶著，雨荷和林媽媽不要命地撞了進去，身後還跟著生怕真出了大事，自己也逃不過干係的李媽媽和蘭芝。

牡丹順勢往地上一倒，把剪子扔得要多遠有多遠，白著臉，張惶失措地喊，「媽媽救我！公子爺要殺我！」趁著劉暢沒反應過來，一把抱住劉暢的腿道：「我真沒敢說郡主娘娘什麼，真的沒有，不信你問她們，我什麼都沒說過啊！真的是她的侍女叫我去的，我之前什麼都不知道啊！」一手卻用力在劉暢的腿彎肉嫩處捏起一層皮迅速轉了一個圈。

劉暢疼得倒吸一口涼氣，齜牙咧嘴，待要抬腿踢出去，臨時卻又收住，轉而彎腰一把掐住牡丹的肩頭使勁晃，「妳這個陰險卑鄙的！」

牡丹見他收住腳，很是遺憾，於是順著他的力道晃頭，晃得披頭散髮，臉色蒼白，滿臉淚痕，不忘大聲驚呼，「救命啊，救命啊！」眼睛往上一翻，順理成章地暈死過去。

林媽媽和雨荷一人抱住劉暢的一條腿，大聲喊叫，「求公子爺饒了少夫人吧！她真的沒說過半句怨言啊！」

李媽媽和蘭芝對視一眼，也都跪下去求情，「公子爺，公子爺，有話好好說，少夫人暈過去了！嬌弱弱的人兒呢，哪裡經得起大老爺們這幾下？」

看來誰都認為是自己打了她，焉知從始至終被耍的人就是自己。難道要叫他說他被自己的女人用茶壺砸了，還用剪子刺了？劉暢有苦說不出，看著牡丹只是磨牙，「還不把人抬上床去？」

林媽媽和雨荷忙丟了他，將牡丹抬到床上，隨即林媽媽先聲奪人，心疼得嚎啕大哭，「我苦命的丹娘啊！這是做了什麼孽？忍氣吞聲還要趕盡殺絕，老天爺，您睜睜眼啊！」

「這是做什麼!?」劉夫人立在門口威嚴地一聲斷喝，「亂七八糟地鬧騰什麼？」

林媽媽不管不顧，只是抱著牡丹哭。

牡丹見她哭得撕心裂肺的，很是不忍心，但此刻卻只能繼續裝死。

「給我閉嘴！誰再嚎就叉出去！」劉夫人恨鐵不成鋼地瞪了劉暢一眼，指揮眾人打掃戰場。先去看了牡丹，叫人立刻去煎參茶來，又狠狠地罵了伺候的人一頓，「公子爺醉了，妳們也醉了？就這樣任由他鬧騰下去？一群不中用的東西！要妳們何用！少夫人若是沒事也就罷了，若是出了事，看我不收拾妳們！」

牡丹心說，老巫婆，妳兒子行凶打人，轉眼就被妳說成是醉了，把錯全都推到伺候的人身上去，是伺候的人不得力，這手法用得純熟啊！

眾人唯唯諾諾地應了，劉夫人卻又誇獎立在門口不敢進來的寬兒和恕兒，「多虧這兩個小丫頭聰敏，知道去叫我，不然還不知要鬧成什麼樣子才能收場！」

不多時，參茶端來，林媽媽將牡丹扶起，餵了半盞下去，牡丹方輕嘆一聲，「醒」了過來。只是望著帳頂默默流淚，不言不語。

劉夫人見她醒過來，鬆了口氣，沉著臉道：「子舒，你隨我來！」

也不要人跟著，扯著劉暢就往外走，見四下無人，一掌就搧在劉暢的臉上，「你個糊塗東西，越來越無法無天了，我的話你全當耳邊風嗎？」

劉暢不避不讓，硬生生挨了一掌後，沉聲道：「母親出夠氣了嗎？若是出夠了，那我就先走了。」一手臂被刺中處痛得很，那女人也不知下了多大的狠勁，真是夠惡毒的。

劉夫人被他嗆得氣短，隨即眉毛豎得老高，「你給我說清楚，到底要鬧成什麼樣子才滿意？我早上已經和你說過，那女人無論如何我都是不會讓她進門的，你趁早死了這條心吧！她要進門，除非踩著我的屍體進來！」

劉暢探手入袖中按住傷口，目光沉沉地看著牡丹的房門，輕描淡寫地道：「我說過要她進門的話嗎？不過就是玩玩而已，您也當真？該怎麼做，我心中自有分寸。今夜不過是個意外而已，以後不會了。」

「我不許今天這種事情再發生，你記好了，你怎麼荒唐都可以，就是不能讓那個進門，讓這個死在我家，病在我家！何家的人很快就會上門，你還是好好想想怎麼解釋吧！要是再出問題，我就死給你看！」

劉暢不置可否，「知道了，我以後會好好和她過日子。」

劉夫人狐疑地看著他，幾乎以為自己聽錯了，他這是第一次認認真真地給她答覆。

不等劉夫人開口相詢，劉暢已經轉身走了，他就不信何牡丹能翻出他的手掌心！越是別人雙手捧著送到他面前的東西他越不屑一顧，別人藏得越緊越捨不得拿出來的，他還偏生就想要！何牡丹，咱們走著瞧！

我叫妳看小白臉！我叫妳和野男人眉來眼去的！我叫妳拿水淋我！我叫妳拿剪子刺我！

我叫妳拿茶壺砸我！我叫妳暗算我！我叫妳瞧不起我！

劉暢狠狠踢了路旁的樹一腳，卻踢到了腳趾，疼得他倒吸一口涼氣，卻想到腿彎被牡丹掐過的地方，突然覺得遍體一陣酥麻。為什麼當時他就沒踢出那一腳呢？是怕她纖細的腰經不住？還是怕她雪白的肌膚就此青紫了？抑或怕她眼裡的輕蔑和不屑？或者怕她下一次越發狠勁地拿了刀刺他？

他不知道。他只知道，長這麼大，沒被人這麼瞧不起過，沒被人這麼不當一回事，他嚥不下這口氣。總有一日，他要叫她心裡眼裡都只有他一人。

第七章 登門

劉暢心不在焉地走了一會兒，迎面遇到鬼鬼祟祟出來打聽消息，兼著撿漏看能不能好運氣接著人的碧梧，對著碧梧滿臉的嬌笑，心情莫名地一陣煩躁，「妳來做什麼！」

碧梧理了理鬢角，舉起手裡的朱漆食盒，「聽說您醉了，婢妾親手熬了醒酒湯，正要給您送去。」看到劉暢只穿了裡衣，形容狼狽，不由驚呼一聲，「爺，您這是怎麼啦？」

劉暢狠狠地瞪了她一眼，「滾！」

碧梧委屈萬分，立了一會兒，快步跟上，諂笑道：「爺，婢妾彈琵琶給您散散心吧？婢妾新近學了一首，您還沒聽過呢！」她最擅長的就是琵琶了，劉暢心情不好的時候每每聽她彈一曲琵琶就會高興許多。

劉暢不語，回頭冷冷瞪著她，碧梧嚇了一跳，急忙低頭認錯，「婢妾無禮，請公子爺恕罪。」

再抬頭時，劉暢已經去得遠了。碧梧委屈的眼淚就嘩啦啦往下淌，她又沒做錯什麼事。都是那個何牡丹惹的公子爺不高興，害得她跟著倒楣。

刺斜裡一聲譏笑，極為刺耳，卻是纖素穿了件月白色的薄紗披袍，搖搖擺擺地走過來，虛虛對她福了福，「喲！我還說這是誰呢，原來是碧梧姐姐呀！嘖，看妳這梨花帶雨，我見猶憐的樣子，叫妹妹好生心疼啊！」

不要臉的狐狸精！打扮成這個樣子是打算出來勾引人的吧？去吧，去吧，去了正好吃一頓排頭！碧梧拭了拭淚，挺起腰桿假裝沒看見纖素，招呼身邊的丫鬟直接走人。

見碧梧不戰而逃，纖素得意一笑，提步快速朝劉暢追去。這群女人，老的老，懷孕的懷孕，不討喜的不討喜，不解風情的不解風情，誰能跟她比呀！

且不說劉暢如何的犯賤，他後院裡的這群鶯鶯燕燕又是如何的各懷心思，爭奇鬥豔，爭寵獻媚。卻說喧囂過後，牡丹房裡終於清淨下來，李媽媽與蘭芝各自去睡，林媽媽、雨荷、寬兒、恕兒個個圍在牡丹身邊，滿臉凝重和擔憂。

她們都不知道真相，牡丹也無意和她們解釋，只再三表示自己已經沒事了，讓她們趕緊去歇了。

雨荷自不必說，寬兒和恕兒也只是搖頭，林媽媽只得指派，「妳二人年紀小，明日還要早起做事，自去睡了，這裡有我和雨荷伺候少夫人就夠了。」

寬兒和恕兒這才依言離去，林媽媽又叮囑雨荷，「妳去門外看著，我有話要同少夫人說。」

林媽媽見了今日的慘狀，不會再強迫自己一定要和劉暢搞好關係，地久天長了吧？得趁這個機會把林媽媽爭取過來，只要她肯開口，想必何老爺和何夫人一定會相信自己的話，贊同自己的決定。左右都是為了女兒好，哪有眼睜睜看著女兒送死卻一條道走到黑的爹娘？牡丹連忙坐起身子來，期待地看著林媽媽。

林媽媽愁眉苦臉地在床沿上坐下，輕輕撫摸著牡丹的頭髮，嘆道：「我可憐的丹娘，妳怎麼就這麼命苦，攤上這麼一個主兒？」

牡丹嘴一癟，一把抱住林媽媽，把頭埋在她的肩頭，哽咽道：「媽媽，妳都看見的，這種日子我再也過不下去了，一天也過不下去了，我寧願去死也不要這樣屈辱的活著！想當初我在家裡，爹娘從來也捨不得動我一根手指頭，他家卻把我當作了什麼？要是方才妳們不在，妳們不護著我，他豈不是要了我的命？先不說他，就說這樣下去，那郡主也鐵定會要了我的命！」

保命符變成了催命符，林媽媽長嘆了一口氣，無聲地撫摸著牡丹的背，猶豫很久，終究是堅決地道：「好孩子，老爺和夫人若是來，我便同他們講，咱們離開劉家吧！正是花一般的年紀，以後日子還長著呢！」

牡丹大喜，抬頭看著林媽媽低聲道：「媽媽，妳說的是真話？妳真的肯幫我？」

林媽媽苦澀一笑，「您是媽媽奶大的，是媽媽的心肝肉，媽媽怎麼捨得看著您這樣被人糟蹋？」這樣賴活下去，總有一日要死在他家手裡，與其鬱鬱不可終日，還不如回家去過幾天舒心的好日子。

牡丹歡喜地在床上打了一個滾，「媽媽，聽妳這番話，我頭都沒先前暈了，身上也沒先前痛了呢！」

林媽媽破涕為笑，「真的？」

牡丹靠過去撒嬌，「只有這裡，被他掐著的這裡，好疼！媽媽幫我揉揉，吹吹。」

「好。」林媽媽褪開牡丹的夾袍來瞧，只見雪白的肩頭上幾個泛青的指印刺眼得很，不由又是心疼，又是恨，在心裡將劉暢咒了幾十遍。

雨荷在外聽著差不多了，便笑道：「夜深了，少夫人要安歇了嗎？若是想和林媽媽說話，奴婢去把鋪蓋抱來鋪在那美人榻上如何？」

林媽媽正要應好，牡丹卻搖頭，「媽媽累了一天，正該好好休息，這美人榻哪有床好睡？」

雨荷會意，「那今夜便由奴婢來守夜，媽媽先去睡吧！」

林媽媽還要推辭，牡丹嚴肅地道：「媽媽，我若是病得起不來床，可全都要靠著妳張羅呢！妳要是沒精神，誰為我出頭？」

林媽媽想想也是，又再三交代了雨荷一番，方回房洗了睡下不提。

牡丹伸了個懶腰，「雨荷，明日把那澡盆給我劈了燒掉！」渣男用過的澡盆，想想都噁心。

「劈了燒掉多可惜，不如拿了鑽幾個孔，做個大花盆如何？」

牡丹翻了個白眼，「我怕種下去的花會被熏死。」

雨荷噗哧一聲笑出來，彎腰自牡丹的床裡尋出一隻鎏金香獅子來，用銀箸撥了撥裡面的香灰，放上一小塊燒透的炭墼，將香灰掩上，用銀箸小心翼翼地在香灰上戳了幾個孔，確定炭墼不會熄滅了，方拿了一片銀葉隔火放在香灰上。自朱漆描金的小櫃子裡取出一只象牙香合來，小心翼翼地取了銅錢大小一塊鵝梨汁蒸就的沉香餅，放入香獅子裡，確定沒問題方放入帳裡，替牡丹將屏風掩上，帳子放下，笑道：「夫人免了您請安，也吩咐下去，明日不許人來打擾您，您好好睡一覺，醒來就諸事大吉了。」

前途看到了光明，心情愉快，嗅著清香，高床軟枕，牡丹愜意地沉沉入睡。

次日，天邊才露出一絲魚肚白，甩甩就搧動翅膀，發出粗嘎的怪叫，「寬兒，起床，起床，出去！」

寬兒嘆了口氣，迅速起身穿衣梳頭，尚不及洗臉，就先將急吼吼的甩甩從屋裡提出去掛在廊下，給牠添了水和稻穀後才有時間收拾自己。

寬兒就著井水洗了一把臉，恕兒已經從雜物間裡取出水桶和食盒來，準備去廚房取熱水和早飯。牡丹這個院子偏遠得很，離什麼地方都遠，為了避免撞上要水取飯的高峰期，一等就涼了，她們只能是儘量去早一些。

寬兒如同往常一般，輕手輕腳地把院子門打開，接過水桶提在手裡，招呼恕兒，「咱們去得早些，看看她們準備的早飯都是些什麼，盯著點，她們總沒話可說了吧？」

恕兒突然跺了一下腳，將食盒往寬兒手裡一塞，冷著臉挽起袖子朝李媽媽和蘭芝住的右廂房走去，「憑什麼我們一人要伺候那兩個新來的？敢情夫人將她們指派到咱們這裡來，竟然不是來伺候少夫人的，而是送兩個菩薩來給咱們供著！」

寬兒一看她的樣子就知道她想幹什麼，忙將木桶和食盒放下，上前拉住恕兒勸道：「妳又要做什麼？少夫人的話妳是一句也沒聽去嗎？別的不說，她們不服氣吵起來，也是吵著少夫人，又叫旁人看笑話。」

「那依妳說，咱們就這樣忍氣吞聲了？妳看看昨晚使壞的就是她一人。妳膽兒小，我不怨妳，但妳別來攔我，讓開！」

寬兒說不過她，急得什麼似的，只是死死拉住她不放，二人拉鋸似的站在院子裡彼此都不讓步。

左廂房的門「吱呀」一聲輕響，林媽媽髮鬢光潔，衣飾整齊地走出來，沉著臉往二人身上一掃，二人立刻鬆手站直了，小聲道：「媽媽，您老怎麼不多睡會兒？」

「天不早了，妳二人還不趕緊去拿飯提水？」

恕兒朝右廂房呶呶嘴，「她二人光使壞不幹活。」

林媽媽淡淡一笑，「妳們人小拿不動是不是？那拿得動多少就是多少好了。」從前她是為著牡丹以後還要在劉家過一輩子，不想多結怨，少不得忍氣吞聲，低調做人，這時候想法不一樣了，自然就不能再如同從前那般，任予任奪。

恕兒眼珠子一轉，喜笑顏開，「知道了！」她力氣有多大還不是她自己說了算，想拿誰的就拿誰的，不想拿誰的就不拿誰的，哪裡顧得了那麼多！

林媽媽目送寬兒和恕兒手牽手地離開院子後，站在廊下瞇起眼看著天邊的朝霞，喃喃道：「早霞不出門晚霞行千里，今兒想必是有雨，得讓人給這花兒搭起棚子來才好。」

才說著，正房的門悄無聲息地打開，雨荷躡手躡腳地走出來，「媽媽起得好早。」

甩甩吃稻穀吃到一半，一抬眼看到了雨荷，立時尖叫道：「死荷花，還不去澆花！」

雨荷瞪了甩甩一眼，「呸」了一聲，「吃你的，你不說話沒人把你當啞巴！」

甩甩拍拍翅膀，「嘎嘎」地怪笑兩聲，埋頭繼續苦幹。

雨荷看得好笑，「牠也是個慣會看人下菜碟的，看到夫人和公子爺就不吭氣，看到少夫人就涎著臉喊牡丹真可愛，看到您不敢亂嚼，看到恕兒就假裝沒看見，偏生就愛欺負我和寬兒。」

「這扁毛畜生和人都是一樣的，欺軟怕硬，妳別看牠小，心裡明白著呢！昨晚那麼大的動靜，牠就伸著脖子看，一聲也不吭。」林媽媽指指正房的門，「少夫人昨夜睡得可好？還沒醒嗎？」

雨荷點頭道：「睡得好，我剛才進去看了一眼，睡得正香呢！」

林媽媽招她過去，神色凝重地道：「我估摸著，最遲午後家裡就會有人上門來探望少夫人。夫人和公子爺定然不許少夫人單獨和家裡人說話，也會盯緊了我們，不許將昨夜的事說出去。那咱們幾個就要配合好了，一定要想法子把昨天的事情說給家裡人知道。」

「興許李媽媽和蘭芝昨夜就得了吩咐，要叫盯緊咱們的呢！」雨荷連連點頭，二人就可能出現的情況低聲商議了一回，正要分頭行動，右廂房的門被人悄無聲息地拉開。

李媽媽滿臉探究地立在門口笑道：「唷，老姐姐和雨荷姑娘這是在說什麼悄悄話呢？」

雨荷不說話，轉身去了院子裡，取了葫蘆瓢在大水缸裡舀了隔夜水，認真地將十幾棵牡丹細細澆了一遍，又檢查牡丹昨天套上的紙袋是否還安好。

林媽媽沉著臉道：「說什麼？不過就是說少夫人夜裡睡得不安穩，又做噩夢又發熱的，我正要去上房請夫人派人去請大夫呢！還有今日只怕有雨，得給這些花搭個棚子，不然一場雨下來，這花就沒看頭了。」

李媽媽皺起眉頭，滿臉擔憂狀，「哎呀，少夫人的身子實在是太弱了。」卻不說去主院見劉夫人請大夫。

林媽媽也不管她，叮囑雨荷，「我這就去上房，待到寬兒她們拿回早飯來，妳無論如何一定要勸少夫人吃點東西才行。」

「媽媽，那您早點回來，我怕我一個人忙不過來。」

蘭芝這時才從李媽媽的身後探出頭來，「雨荷妳放心，不是還有我和李媽媽嗎？妳忙妳的，我這就進去伺候少夫人。」說完就往正房的房門走去。

雨荷上前攔住，冷臉諷刺，「也不知姐姐是從哪裡學的規矩，昨夜少夫人還沒睡，妳就悄無聲息地就先睡去了，我們要尋人做事也找不到。此時少夫人一夜未眠，好不容易才睡著，妳倒要進去伺候了？」

蘭芝的臉色頓時變得極難看，卻找不到可以反駁的，便狡辯道：「我昨夜是跟著夫人去拿參片，回來少夫人已經睡下，所以才不敢進去伺候的，這會兒我也不知道少夫人還沒醒呀！都是伺候人的，妳好好說不就是了？」

雨荷冷笑了一聲，朝蘭芝伸出手來，「姐姐拿的參片呢？拿來，我正要給少夫人煎參茶。」

蘭芝見雨荷一改往日的憨笑諂媚狀，大清早就和自己一個釘子一個眼地對著幹，當下怒從心頭起，轉而攻擊道：「雨荷，妳別太把自己當回事了！夫人指派我和李媽媽來伺候少夫人，可不是讓我們來做擺設的。妳把這屋子裡的事都把著，不許我們伺候少夫人，是什麼意思？是怕我們在少夫人面前討了好，把妳比下去嗎？」

「我怕誰把我比下去，我又不圖什麼。蘭芝姐姐要證明自己不是擺設，那就煩勞妳先將參片拿出來呀！我煎了參茶，也好向少夫人替妳請功。」

蘭芝不過是隨口狡辯，又從哪裡得這參片來？

李媽媽見狀，忙打圓場，「參片不是放在茶房裡嗎？都少說兩句，吵著少夫人可不好。」

「誰想和她吵？媽媽，妳也看見了，她一大早就沒一句好話，故意挑釁來著。」就是故意挑釁怎麼著？叫妳好看的還在後頭呢！雨荷將手裡的葫蘆瓢往地上一砸，水濺得蘭芝和李媽媽裙角上到處都是，然後回身瞪著甩甩指桑罵槐地道：「笨鳥，本身是個扁毛畜生，偏大早上就學人說話，學了也就學了，偏還學不好，到底就是個畜生！」

甩甩被嚇得炸了毛，隨即學舌道：「畜生！畜生！」

蘭芝心疼地提著裙子怒道：「妳罵誰呢！」

「罵畜生唄！姐姐有何見教？不許我罵畜生嗎？」

蘭芝想和她吵，但這一吵就等於默認了自己是畜生，不吵又實在忍不下這口氣，當下撿起地上的葫蘆瓢，大踏步朝水缸衝去，打算也舀一瓢水來澆在雨荷身上。

雨荷見狀，大喝道：「蘭芝，那水可是少夫人特意留著澆花的，若是出了差池，十個妳也賠不起！」

「妳唬誰呢！不就是一瓢水嗎？這府裡哪裡不是水？休要說一瓢水，就是十缸我也賠得起。」

雨荷哂笑，「那妳就試試看唄！」

牡丹早就醒了，一直豎著耳朵聽外間的動靜，聽到鬧人了，便咳了起來。

雨荷忙扔了蘭芝推門而入，倒了半杯溫水遞過去，「少夫人可是昨夜受涼了？」

牡丹微微搖頭，低聲道：「讓她們心裡頭憋氣固然好，但妳也要注意別這個時候就先吃了虧。」

「沒事，奴婢心裡有數。少夫人，稍後飯送來，奴婢就讓她們進來伺候您用飯。無論如何，您都得多少吃一些。」

「今早這頓飯我可一點都吃不下去。」

雨荷不禁皺眉，「不吃哪能行？您昨晚就沒吃了。」

牡丹狡黠一笑，「妳附耳過來。」

二人還未說得一句話，就聽林媽媽在外間驚喜地道：「少夫人，夫人看您來啦！」

「這麼早？」牡丹知道，這個「夫人」必然不是劉夫人，而是何牡丹的親娘岑氏。

牡丹正要「掙扎」著下床，林媽媽已經快步入內扶住了她，「這會兒還沒過來，我這是半途聽到消息，就忙著趕來和您說了。」

「只有我娘一個人來嗎？」

「老爺和大爺、大夫人都來了，您就安安心心躺著吧！此番既然來了這麼多人，必然不會隨便就算了。」

牡丹輕吁一口氣，雖然不知李荇和他們是怎麼說的，但這一大早的就殺上門來，想必是氣憤得很的。既然如此，自己應當再給他們加上一把火。

二門處，被堵個正著的劉承彩滿臉堆笑地把黑著臉的何家父子請到正堂喝茶說話。匆匆趕出來的劉夫人則牢牢拉著何夫人的手，一邊親熱的寒暄，一邊偷偷打量著何夫人身上的湘色綺羅襦，深紫色八幅羅裙，腰間掛著的羊脂白玉環佩和金色鳳紋裙帶，最終將目光定格在何夫人腳上那雙高頭錦履上。

這雙鞋款式並不算出奇，卻做得極講究，鞋幫用的是變體寶相花錦，鞋面卻又是紫地花鳥紋錦，花心和鳥的眼睛都是用米珠和金線釘的，最奇特的是這鞋子隨著光線的變化會呈現出不同的顏色，可見所用的絲線非同一般。

劉夫人自小錦衣玉食，自然一眼就能看出這雙鞋的不凡之處。再看何家的大兒媳婦薛氏，打扮得更是時髦，鮮豔的黃裙子，碧色的絲襦，長眉入鬢，異香撲鼻，腳上一樣穿著錦履，只不曾用米珠而已，卻也是精緻得很。

劉夫人打量完何家婆媳倆的裝扮，再看看自己那雙匆匆穿出來的紅色小頭履，是那麼的平淡無奇，簡直不能見人！於是懊惱又不自在地縮了縮腳，忿忿地想，顯擺什麼？誰不知道妳家有幾個臭錢，庸俗！

想歸想，酸歸酸，她心中有鬼少不得要打起精神殷勤招呼，親熱地牽著何夫人朝牡丹的院子走去，邊走邊笑，「親家，妳是怎麼保養的？我怎麼覺著每次見到妳，妳都比上一次更年輕呢？」

她這話雖是明顯帶著討好的意思，但也沒說錯。何夫人今年五十有六，是五個孩子的娘，看著卻不過四十出頭的樣子，雖然稍胖了些，卻穿得時興精緻，肌膚也仍然細膩光滑，一看就知當年是個大美人。

何夫人用空餘的那隻手理理自己的披帛，淡淡地笑道：「也沒什麼，我家大郎年前花了千金得了一個方子，將細辛、萎蕤、黃耆、白附子、山藥、辛夷、川芎、白芷、瓜蔞、木蘭皮搗碎後，用酒泡一晝夜，再放入適量豬油，用小火慢慢煎至黏稠狀，將渣子過濾乾淨，攪拌凝固成面脂，隔個兩三天抹一抹，若是有空呢，全身抹抹也好，平時搽點珍珠粉更好。」

千金得來的祕方，被她這樣不在意地隨口說出來了，可見是故意來壓制自己的。

劉夫人酸溜溜地道：「東西倒是不難得，難得的是麻煩。幸好我平時不愛弄這些，不然光倒騰這個，就沒時間管家理事了。」

何夫人含笑掃了她一眼，「妳是天生麗質，哪裡用得著這些。妳忙也是事實，一個人管著偌大的府邸，還要管迎來送往的人情禮節，不像我，好歹有幾個兒媳使喚。」

哼，我倒是想讓妳那病秧子女兒跟著學管家，但也要看爛泥糊不糊得上牆？

劉夫人思及此，口氣就有些衝了，「正是呢！要說妳我都老了，是該享兒孫福的時候了。但我可沒親家好命，牡丹身子弱得很，別的我都不敢奢求，只求她不病就阿彌陀佛了！」

何夫人本就是窩著一肚子火來的，聞言便皮笑肉不笑地道：「正是呢！要說我那女兒，生來就三災八難的，我和她爹費盡心思才算將她調養好了，又承蒙親家體貼眷顧，眼看著就要雲開日出，苦盡甘來，誰曾想竟然就出了這種事！我也不想這麼早就來打攪親家的，但只怕晚些出門，遇上熟人都不好意思！」

何夫人說這話是有因由的，她昨日才將李荇送走，胸口的悶疼還未緩解過來，就收到清華郡主讓侍兒送來的便箋。大意是說，她與劉暢兩情相悅，一時情難自已，做了不該做的事情，傷了牡丹的面子和心，實在是很對不起。劉暢臉皮薄，不好意思說，只好由她來致歉了。要是何家有怨，還請不要衝著劉暢去，只管去找她好了。

清華郡主此番作為縱然是太過不要臉，卻也有警告的意思，更明擺著就是搧何家人的耳光。

這淫婦都上門來耀武揚威了，何家還能忍氣吞聲嗎？何家雖不是豪門望族，但在這京城中也算是有頭有臉的人家，交友廣，生意大，哪裡丟得起這個臉？但凡是有血性的人家，這親事便該散夥了事才對。可自家的情形特殊，不是三言兩語就可解決的。何老爺和何夫人一夜沒睡，待到天一亮就領了人兒子和大兒媳上門來討個說法。

劉夫人並不知道清華郡主這一齣，只知道何夫人的態度委實不客氣，心裡的怒火也噌噌往上冒。這算什麼？來給女兒出氣的嗎？已經嫁入劉家，就是劉家的人，輪不到何家來指手畫腳。如果不是那病秧子不中用，這種事情又怎會發生？她本是想息事寧人，希望何家睜隻眼閉隻眼，就將此事揭過不提，該怎麼過還怎麼過。但何夫人這樣子，竟然是半點不肯含糊，興師問罪來了！

劉夫人素來也是個倨傲的，哪裡受得了重話？從前求著何家，那是沒法子的事，金錢上被他家壓一頭也就罷了，總不能什麼都被他家壓著，還壓一輩子吧？那她做這個誥命夫人還有什麼意思？當下淡淡地道：「親家說這話怪沒意思的，有時候看見的都不見得就是真的，更不要說人云亦云了。那清華郡主名聲在外，什麼時候不弄出點事來給人做談資？她身分地位在那裡，難道她來赴宴我們還能用大棒子將人打出去不成？我們能怎樣？難道要告御狀去？」

果然巧言令色！何夫人氣得內傷，事實已經擺在面前，還要抵死不認，這是什麼道理！縱然先前牡丹嫁給他們家是有因由的，但也是你情我願的事情，若是劉暢不肯，任誰也不能硬綁了他拜堂。所以何家並沒有虧欠了劉家，相反的，劉家有如今的富貴還得感謝牡丹身子弱，需要劉暢沖喜！

劉夫人見何夫人沉著臉不說話，只當自己抬出清華郡主的身分來壓著對方了，立時又換了張笑臉，夾槍帶棒地道：「本來就沒多大的事情，偏行之當眾把子舒給打了，害得大夥兒都沒臉。子舒卻也沒說什麼，還和我說以後要好好和丹娘過日子。丹娘三年無出，他也沒說過什麼難聽話，這不，一大清早地就備車出門去接祝太醫來給丹娘調養身子了。」

這子嗣的事可是大事，非同一般，任哪個婦人無出都是要低人一等的。根據劉夫人的經驗，只要拿住對方的弱點和短處，一哄二嚇三摸摸，就是再暴躁，那毛也該被捋順了才是。如今把牡丹無出這事拿出來說上一說，就不怕何家不心虛。

接什麼祝太醫？分明是怕自家老頭子找他麻煩藉故躲出去了！何夫人心中恨得很，卻又因劉夫人說牡丹三年無出，自家到底矮了一截，便冷著臉道：「郡主不講究，丹娘三年無出都是事實，男人家朝三暮四也是正常，但這臉面可不是旁人給的，而是自己給自己留的！行之要是看到自家表妹夫做錯事都不提醒一聲，那還叫親戚嗎？親家要說這事是無中生有，我更不能苟同。昨日郡主可是上了我家的門了，要好好過日子，有這樣的過法的嗎？」

劉夫人一愣，眼睛一眨一眨地道：「郡主上了你家的門？她去做什麼？」只想著管好劉暢，堵住牡丹的口，就沒想著清華郡主這個不要臉的竟然敢找到何家去了！這算什麼事呀？她不由又怨起劉暢來，沒事去招惹那狐狸精做什麼？

何夫人氣呼呼地道：「還能做什麼？我那賢婿最清楚不過。我也不好意思開這個口，待他回來後讓他和他岳父自己說去！」

劉夫人不禁暗忖，這樣興師動眾地找上門來，先前卻還能與我說笑，可見不是真的想鬧，不過是為了討得一個說法，為女兒撐腰罷了。既如此，我便暫時忍下這口氣，先和她周旋周旋再說。只要還有女兒在我家，她就狂不起來！

「親家，這其實再清楚不過了，這世上哪有那麼不要臉的女人？分明是離間計，妳可別上這個當啊！行之大概都是上了她的當。咱們先去看牡丹，有什麼慢慢再說。」

為今之計，的確是要先見到牡丹才好分說，何夫人不置可否地淡淡一笑，倒也未曾拒絕劉夫人伸過來的手，二人手挽著手，狀似極親密地往牡丹的院子去。

走到院門口，遠遠就看見寬兒和恕兒兩個小丫頭，一人提著大木桶，一人提著大食盒，氣喘吁吁地走過來。見著眾人，忙不迭地將手裡的東西放下，滿臉欣喜地上前行禮問好。

何夫人心中極為不滿，這寬兒和恕兒並不是粗使丫鬟，樣貌都是極出挑的，卻被派了做這樣的粗活，這劉家真真是欺負人！再一看，恕兒的眼圈已經紅了，滿臉的委屈，寬兒卻是偷偷拉了拉她的衣角，然後二人垂手立好，不敢多一句話。何夫人順著望過去，正好看到劉夫人的陪房、劉暢的奶娘，朱嬤嬤沉著臉瞪著這二人，滿臉的警告意味。

那一瞬間，何夫人心裡說不出的怪異滋味，這兩個丫頭明顯是有話想和自己說，卻不敢開口，看看這噤若寒蟬的樣子，只怕平日裡日子就極難過吧？她不由想起上次見著牡丹，牡丹提到要和離時的委屈樣，還有昨日李荇那氣憤到無以復加的模樣，興許情況遠比自己想像的更嚴重？

薛氏將婆婆的表情看在眼裡，便示意自己身邊的大丫鬟鈴兒，「去幫幫她們，看這兩個小東西累得，光顧著要爭先，就忘了自個兒的力氣有多大了。」

朱嬤嬤立時接上了嘴，「就是就是，剛看見也嚇了老奴一跳，那小身板若是不愛惜著點，將來可怎麼辦才好？」邊說邊攔住了鈴兒，示意念奴和念嬌，「怎麼好意思讓客人動手，還不去幫忙搭把手？」也不知道那食盒裡裝的是些什麼東西，若是過不得眼去，不小心給何家人看到了，那可就真的添亂了！

念奴和念嬌立刻上前去幫忙，寬兒和恕兒忙擺手謝絕，「重得很，怎麼敢勞動姐姐們？

我們拿得動！」

朱嬤嬤一個冷眼掃過去，寬兒和恕兒就都鬆了手，任由念奴和念嬌上前搭上了手。朱嬤嬤立刻給念嬌使了個眼色，念嬌會意，眨了眨眼，準備一進院子就瞅了機會查看食盒裡的飯食是否合適？

牡丹的院子裡靜悄悄的，半個人影都不見，何夫人的臉上越發不好看起來。

劉夫人朝朱嬤嬤使了個眼色，朱嬤嬤喝道：「人都到哪裡去了？」

林媽媽和雨荷很快就迎了出來，李媽媽和蘭芝卻是好半天才手慢腳亂地從右廂房裡趕出來，裙帶都尚未綁好，看著倒像是躲懶才起床的。原來她二人聽說何家來人了，不要說鬧，就是讓人知道和雨荷鬧架也是不敢的，忙回房去尋裙子來換，誰知還沒弄好人就到了，倒被抓了個現形。

何夫人打量了二人一番，「有些眼生呀！」

林媽媽忙答道：「這是夫人見少夫人房裡沒人伺候，體貼少夫人，賞給少夫人的，她們昨日才來，夫人不認識也是有的。」

林媽媽這話裡有話，劉家明知牡丹房裡一直少人伺候，卻昨日才賞了人來，而且還是這樣的伺候法兒，聽著隱情就挺多的。

何夫人拖長聲音「哦」了一聲，笑道：「看著就是聰明人兒，也是極能幹的。」

劉夫人的臉頓時黑了，惡狠狠地瞪了李媽媽和蘭芝一眼，喝道：「下作的奴才，日上三竿還沒起床，我不來妳們是不是就一直睡下去啊？給我下去自領三十板子！」

那二人叫苦不迭，忙忙喊冤，又要叫雨荷給自己作證。

雨荷憨笑道：「夫人饒了她們吧！她們的確是起得比較早的，蘭芝姐姐一早就教甩甩說話來著。」

薛氏感興趣地問道：「教了什麼？我是很久不曾看見甩甩了，還和以前一樣的聰明學得快嗎？」

甩甩便橫踱兩步，用嘴理理羽毛，然後伸長了脖子盡力賣弄自己剛學會的新詞句，「畜生！畜生！」眼瞅著雨荷朝自己比了個熟悉的動作，立即興奮起來，聲音高亢地叫道：「病秧子，短命鬼！」

眾人頓時臉色大變。

劉夫人銀牙咬碎，氣勢萬鈞地指著蘭芝道：「來人，給我把這粗鄙卜作的東西拖下去，重重地打！」

「不是奴婢，奴婢沒有！」蘭芝全身發涼，驚懼地睜大了眼睛，隨即反應過來，瞪著雨荷，「是妳陷害我！我和妳有什麼冤仇，妳要這樣陷害我？」

雨荷眼裡含了淚，害怕地左看看劉夫人，右看看何夫人，跪下去磕頭道：「夫人明鑒，是甩甩不懂事亂說，蘭芝姐姐沒說過這樣的話。李媽媽，妳快給蘭芝姐姐作證呀！」她心裡默默念著，對不住了，蘭芝，這話妳是沒當面說過，但不管是妳，還是其他劉家人私下裡可說得不少，今日機會難得，自然要讓夫人知道。

李媽媽囁嚅著嘴唇，想替蘭芝辯白，又怕把自己牽扯進去，若不辯白，又怕過後主家怪她不聰明，在何家面前丟了臉。轉瞬間心思盤算了幾個來回，方道：「奴婢作證，蘭芝的確沒說過這個話。」

她這一遲疑，在何夫人看來就是狡辯了，便強忍下心頭的憤怒，淡淡地道：「親家，罷了，何必呢？想必是這扁毛畜生太過聰明，人家說悄悄話，不注意就被牠給撿著了，當不得真，我們還是先進去看看丹娘再說。」隨即換了張笑臉，揚聲一喊，「丹娘，妳這孩子怎麼沒出來迎接，又犯懶了是吧？多虧妳婆婆不和妳計較！」

林媽媽忙上前扶著她，小聲解釋，「丹娘身子不妥，起不來床。」

劉夫人被何夫人那句「人家說悄悄話，不注意就被牠給撿著了」給嗆住，想辯解卻無從說起，只得滿臉堆笑地陪著何夫人婆媳倆進了屋。

劉夫人才一進屋，就看到牡丹只著裡衣，披散著頭髮，光腳趿著鞋，可憐兮兮地靠在水晶簾邊，只盯著何夫人和薛氏看，心裡不由咯噔一下，只恐牡丹不管不顧地將昨晚的事情嚷嚷出來，忙搶先一步扶著牡丹，語氣親熱地嗔怪道：「這是做什麼？不舒服就不要起來了。左右都是自家人，誰還會怪妳失禮不成？」邊說邊朝牡丹使眼色。

牡丹臉上也沒做出委屈萬狀的樣子，只是淡淡一笑，有氣無力地道：「長輩們疼愛丹娘，自然不會怪責丹娘失禮。只是禮不可廢，丹娘不敢仗著長輩的疼愛任性。」說著卻是累極的樣子，但又不敢往劉夫人身上靠，只兀自撐著。

何夫人的心一陣揪痛，這就是自己含在嘴裡怕化，捧在手裡怕摔的心肝寶貝！從前在家裡病著時，她就是最大的，誰都要哄著、讓著，如今卻要拖著病體起來迎接她婆婆！當下三步併作兩步，上前扶著牡丹，「怎麼又不好了？哪裡不舒服？」

牡丹虛弱地靠在母親身上，「昨日染了風寒，半夜就頭疼，這身上也疼得厲害。」

劉夫人暗暗長舒了一口氣，忙道：「媳婦莫擔心，子舒已經去接祝太醫了，一副藥下去就能好的。」說著殷勤地和何夫人一左一右，將牡丹扶到床上，要她躺下。

牡丹誠惶誠恐，僵著身子亦步亦趨。

何夫人哪裡察覺不出女兒身體的變化，心中更是憂傷，拿話試探牡丹，問起昨日的事情。

牡丹卻是垂著眼，臉色蒼白地咬緊口風，聲音雖然顫抖，卻半點不提自己的委屈。再看林媽媽，眼都是濕的，只是拚命忍著。

何夫人頓時心如刀絞，這是不敢說啊！都到了這個地步還不敢說，也不知道劉家這母老虎平日裡是怎麼對待丹娘的？同時又恨起女兒來，怎麼到了這個地步還不敢說？這麼不爭氣！有心想和牡丹說幾句體己話，劉夫人卻是半點回避的意思都沒有。

薛氏也想尋了寬兒、恕兒，或是林媽媽、雨荷說話，也是被劉夫人身邊的人給盯得死死的，半點機會都沒有。

眼看著暫時是問不出什麼來，薛氏便道：「剛才我看見恕兒提著食盒，想必妹妹還沒吃早飯？妳病著呢，哪裡能餓肚子？還是先吃飯再說吧！」

眾人這才忙著張羅飯食，回身卻見食盒不見了，問起來，才見念嬌滿臉無奈地和薛氏身邊的大丫鬟鈴兒一起進來，「此處離廚房太遠，兩個小丫頭腳程慢，已經涼了。奴婢已經讓人去另外取了，還請少夫人等上一等。」

劉夫人皺眉斥責，「怎麼搞的？還要主子餓著肚子等？」

念嬌連聲認錯。

牡丹忙息事寧人，「不必麻煩，我不餓。」邊說邊滿臉痛苦地輕輕揉了手臂幾下。

劉夫人沒注意到牡丹的小動作，只顧著遮掩飯食的問題，「不餓就不吃啦？怪不得妳身子這麼弱，趕緊讓廚房重新做熱的來！」

何夫人注意到牡丹的小動作，忙道：「是不是身上疼得厲害呀？哪裡疼？讓我看看，刮痧就好了。」

牡丹忙著遮掩，「不必了吧！」

「怕什麼？妳小時候娘可沒少給妳刮。雨荷，拿犀角來！」邊說邊去拉牡丹的衣服。

牡丹趕忙拉緊，「真的不必了。」

她越是不給看，何夫人越是想看，沉了臉道：「妳強什麼？我大清早趕來看妳，不就是盼妳好嗎？」

牡丹垂頭不語，鬆開了手，任由何夫人將她的衣衫輕輕拉開。

第八章 和離

蔥白的裡衣滑下，露出雪白單薄的肩頭，肩頭上青紫的指印觸目驚心，猶如雪白的絲絹上被人不長眼地潑上了墨漬，破壞了整體的美感。

「天啊！」何夫人一下子捂住了嘴，驚懼地看看牡丹，又憤恨地瞪著劉夫人，四處環顧周圍眾人，什麼矜持，什麼風度，早就被憤怒沖到腦後去了，激動地尖叫道：「誰幹的？誰幹的？」忘形地去扯牡丹的衣服，要看是否還有其他傷痕。

「娘，別這樣！」牡丹的眼淚此時方洶湧而出，她使勁揪緊衣服，迅速側過身去，滿臉的羞愧之色。多虧這身子肌膚嬌嫩啊，平時不注意碰著哪裡總要青紫，更何況被劉暢用那麼大的力氣去捏呢？

事起倉促，劉夫人事先並不知道牡丹被劉暢弄傷，此時被弄了個措手不及，不由暗暗叫苦，直罵劉暢是個蠢貨，果然是來討債的，卻也只得強作笑顏，討好道：「親家妳別急，有話好好說。」

話音未落，就被何夫人吃人一般的目光狠狠瞪過去，嚇得她一縮脖子，前所未有的心虛忐忑。事情已經到了這個地步，想要完全遮掩搪塞過去是不可能的，只是要說劉暢故意打人是堅絕不能承認，也不能提及的，最多只能說是醉後失手，這個時候林媽媽等人的說辭就至關重要了。

於是劉夫人威脅地掃了林媽媽等人一眼，那意思就是，妳們給我小心點，看看這是在誰的地盤上。

林媽媽等人果然都低著頭不吭氣。

見女兒不說話只是揪緊衣服流淚，其他人也不吭氣，何夫人又氣又恨又疼，捶著床板哭罵道：「妳啞巴了嗎？說呀，到底是怎麼了？我辛辛苦苦養大妳就是給人這麼糟踐的？」

牡丹見她果然疼了急了氣了，方嘆道：「您還要女兒說什麼？女兒不爭氣，拖累得家裡丟了臉，女兒恨不得就此死了才好，還好意思再說什麼！」

何夫人一愣，一把抱住牡丹，嚎啕大哭，「我苦命的女兒呀！竟被視如草芥，任意蹂躪生死！」話裡行間已然是認定就是劉暢動的手了。

薛氏見狀，忙上前安撫，「娘，您別急，也別哭，慢慢說，您年紀大了，丹娘身子也弱，您引著她哭，實在是不妥。」

見何夫人稍微收了些淚，薛氏又自床頭拿起牡丹的披袍給牡丹披上，柔聲道：「丹娘，趁著我們在，妳婆婆也在，不管是下人還是誰給了妳委屈，傷了妳，妳都要說出來才是，我們才好給妳做主，別這樣瞞著，讓大家都擔心。今日還是自家人看著，算不得什麼，若是被外人知曉，兩家人都沒了臉面。」說著，含笑掃了劉夫人一眼，「親家夫人，您說是不是這個道理？」

劉夫人乾笑一聲，「大嫂說得對，就是這麼個道理。」然後賭咒發誓一般朝牡丹道：「丹娘，到底是怎麼回事？妳放心，只管說出來，不要說是下人，就是子舒不知輕重，不小心傷了妳，我也不會饒他的！」又討好地遞了一盅茶給何夫人，「親家，妳喝點茶潤潤嗓了，咱們慢慢細說。」

何夫人心裡頭的怒火一拱一拱的，此時不要說聽劉夫人說話，就是聽到她的聲音，看到劉家的人，都覺著是蒼蠅一般，又煩又厭憎。根本不接劉夫人遞過來的茶，不管劉夫人說什麼，也不管自己是客，只冷著臉呵斥林媽媽等人，「妳們都給我跪下！」

林媽媽等四人盡數跪下，林媽媽老淚縱橫道：「夫人，是老奴無能，沒有護住丹娘，實在無顏面對夫人啊！」

劉夫人一聽不好，忙插話道：「林媽媽，妳是少夫人身邊的老人了，又是少夫人的奶娘，做事最曉得輕重，這到底是怎麼回事，妳快說給親家夫人聽，莫要生了誤會，讓親家夫人心裡憂悶就不好了！」

林媽媽扯扯嘴角，滿臉都是豁出去的神色，「夫人說得對，老奴把少夫人當做命根子一樣的疼愛，從來見不得她受一絲絲委屈。但小委屈和性命攸關的事情比起來，實在算不得什麼，該忍的都得忍。可真到了活不下去的地步，少不得也要搏上一搏。」

隨即望著何夫人大聲道：「丹娘身上這傷是公子爺昨夜裡打的！就是為了那勞什子郡主的事，白日在宴席上當著眾賓客的面就好生羞辱了丹娘一番，丹娘一句話都沒敢多說，早早就躲入房中，他卻還不依不饒，當場就將丹娘打得暈死過去！若非奴婢們拼命拉著，寬兒和恕兒又及時請了夫人趕過來，只怕今日您是見不著丹娘了，您要給丹娘做主啊！」說完伏地放聲大哭。

牡丹面如死灰地晃了晃，差點兒沒一頭栽倒在床上。

嚇得薛氏一迭聲地勸，不停給她撫背脊。

何夫人氣得渾身發抖，倏地一下站起來，直勾勾地瞪著劉夫人，「原來親家早就知道昨晚發生什麼事的！」

人證物證俱在，劉夫人抵賴不掉，無話可說。

何夫人早年是隨著何老爺走南闖北的人，很有幾分狠勁，當下指著劉夫人厲聲道：「妳養的好兒子，這是要折磨死我的女兒嗎？天可憐見的，被你們折磨成這個樣子，見了娘家人都不敢說！妳還有什麼可說的？當初妳是怎麼答應我的？妳就是放任他這樣欺辱我女兒，放任妳家裡的奴才這樣騎到她頭上去，冷菜冷飯，冷言冷語，詛咒打罵？我看妳當年也算個人物，如今竟敢做不敢當！遮遮掩掩的，連真話也不敢說一句？」

何夫人的態度咄咄逼人，林媽媽膽大包天，劉夫人心頭雖然也氣怒得很，但小不忍則亂大謀，不得不委曲求全，「親家，妳言重了。這小夫妻過日子，哪裡沒有磕磕碰碰的？我這是怕你們擔心，是好意。妳也知道，年輕人血氣方剛，受不得氣，他白日本就被李荇當著眾人的面下了面子，心裡有氣，又是喝了酒的，一言不合發生口角，一時衝動失了手也是有的。但我已經教訓過他了，他也知道錯了，要不然也不會一大清早就去接太醫。丹娘心裡頭要是還有氣，他回來我就讓他給丹娘賠禮道歉，把這場誤會消弭了，以後日子該怎麼過還怎麼過，妳看如何？」

打了人隨便道個歉就算了？何夫人咬著牙冷笑，「親家，依妳所說，我讓人打他一頓，當眾羞辱他一頓，然後也給他賠禮道歉就算完了，妳看如何？」

話已說到這個份上，再伏低做小也不起作用，劉夫人所有的耐心都被消耗完，索性破罐子破摔，把腰一挺，朗聲道：「事情不發生也發生了，一個巴掌拍不響，光是他一個人怎麼鬧得起來？丹娘難道就沒錯？不要賠禮道歉，那妳說到底要怎樣吧？」

何夫人倒是真被問住了，迅速冷靜下來，她到底要怎樣？一拍兩散？這並不是她今日來的目的。讓牡丹幸福，好好活著才是他們最終的目的。他們事先商量好的，是要好好教訓劉暢一頓，教訓劉家一頓，叫他們知道厲害，以後再也不敢給牡丹氣受。他們不貪慕劉家的權勢，但這事涉及到女兒的終身大事，又是性命攸關，不能意氣用事。

劉夫人說出那句話之後，本有些擔憂，生怕何夫人的脾氣上來，直接說退錢和離的事，但看到何夫人茫然了，她又開始得意起來。她就說嘛，何家費盡心思地讓何牡丹嫁進來，何牡丹也確實活下來了，身體也在一天天的好轉，這個時候怎麼可能願意放了這根救命稻草？和離後的女人怎可能嫁得比先前還要好？

於是她胸有成竹地微笑道：「親家，這不過是一個意外而已，我們還是坐下來好好商量一下吧？那女人太無恥，這件事不單是你們何家的事，也是我們劉家的事，我實話同妳講了，牡丹也聽好，我這輩子是無論如何也不許那女人進劉家大門的。牡丹就是我的兒媳婦，她受的委屈，今後我都會給她補回來。我若是做不到，我把我的姓倒過來寫！」

薛氏很好地擔當了中間轉圜的角色，忙笑道：「娘，您看親家夫人都把話說到了這地步，您先消消氣，咱們慢慢商量吧？」

牡丹見何夫人的面上流露出那種熟悉的猶豫不定的神色，心中大急，立時扯了扯何夫人的衣袖，什麼也不說，只直勾勾地看著何夫人。那種眼神並不是她裝了出來的，而是一種下定決心之後的決然和絕望。假如以死相逼可以達到目的，她不會不嘗試，這是她擺脫劉家最好的機會，堅絕不能放任它從手心裡溜走，她有這樣的決心和狠勁！

何夫人看懂了牡丹的神色，嘆了口氣，「煩勞親家夫人回避一下，我有幾句話要同丹娘說。」

話說到這個地步，劉夫人也不怕牡丹再和何夫人說什麼，只因為她從來也沒想過，牡丹的最終目的是要和離。畢竟牡丹是那麼地喜愛劉暢，和離或是休妻，只怕是牡丹這一輩子都不願想，不願提的。而牡丹剛才回避的態度，恰恰有力的證明了這一點，因此她很爽快地退了出去。

何夫人讓薛氏看好門後，臉色很不好看地問牡丹，「丹娘，妳到底怎麼回事？先前我問妳身上的傷痕是怎麼來的，又問妳到底受了些什麼委屈，妳倒好，只知道哭，咬死了不說，現在妳又想和我說什麼？」

「我能說什麼？一來是沒有臉面，二來卻是怕了。爹和娘總歸是要我和那白眼狼一起過下去的，我若是當著婆婆的面，把那些見不得人的醜事盡數說出來，你們在時，倒是可以替我出了這口惡氣。你們走了呢？我又該怎麼辦？到底我已經是人家的人，日日朝夕相對，他們明著是不敢把我怎樣，最多不過就是背後咒罵幾句，冷飯冷菜，冷言冷語，冷臉冷眼，有事沒事踩上兩腳，有錯無錯都順便捎帶上罷了。至於那白眼狼，要我的命是不敢的，打上一頓卻是可以的，假如你們今日不來，誰又知道我昨夜吃的那些苦頭？」

牡丹越說越委屈，卻強忍著不流淚，「我倒是無所謂，什麼時候兩腳一伸，沒了氣息，去得倒也乾淨，至少不會再拖累家裡，給家裡丟臉。可我身邊這幾個人，林媽媽老了，雨荷大了，寬兒和恕兒年紀還小，叫她們怎麼辦？不過是人為刀俎我為魚肉，任由他們欺凌。就算是為了她們，我少說幾句，受點委屈算得了什麼？至少可以叫你們少生點氣，少點錯處給他們拿著，不叫林媽媽她們今後日子太慘。為何此刻卻又要和娘說話，卻是林媽媽已經不管不顧地把話說出來了，我想求娘把林媽媽和雨荷她們帶回去。她們剛才已經得罪了劉家，以後斷然不會有好日子可過了。我這輩子只是拖累別人，這次就想積點德，還請娘能成全我！」

牡丹說罷，起身在床上朝著何夫人深深拜伏下去，「女兒沒本事，生來只會拖累人，不但不能盡孝，還給何家丟盡了臉面，以後爹和娘就當沒我這個不孝女兒吧！」

何夫人呆呆地看著牡丹，她何嘗聽不出牡丹說的是反話？但牡丹這一席話，聽著條條有理，卻又似帶著一種說不出的蕭瑟意味，似乎是已經絕望到了極點。

不等何夫人細想完，雨荷已經撲上去拼命磕頭，低聲泣道：「夫人，您救救少夫人吧！您是沒看見昨日那情形，真的是往死裡打。出了醜事，明明不是少夫人的錯，戚氏卻先將少夫人叫去狠狠罵了一頓，硬怪少夫人沒盡到妻子的責任，替夫君遮掩好，又硬將表公子和公子爺發生爭執的事算到少夫人頭上，禁了少夫人的足，說是從此不許少夫人出門，試圖掩蓋。這還不算，晚飯都不給吃，夜裡公子爺過來更是要人命，往死裡打啊！」

林媽媽則望著何夫人慢慢地道：「夫人，老奴在何家幾十年，更是將丹娘一手奶人，她的命比老奴的命更珍貴。這些年來，她受的委屈半點不少，她卻從始至終不敢跟你們說，強顏歡笑，不許我們任何人透出口風，委曲求全，只怕辜負你們一片苦心，怕你們擔憂傷心。若非真是熬不住了，又怎會提那要求？與其這樣屈辱地被人凌辱致死，還不如讓她痛痛快快地過幾天好日子。他劉暢能沖喜，難道這普天之下就再也找不到其他合適的人了？若非他縱容，那不要臉的郡主又怎敢如此猖狂，這是莫大的侮辱啊！」

緊接著又慢慢地將雨桐有孕，劉暢縱容姬妾欺負牡丹，要將牡丹的花當眾送給清華郡主，斥責牡丹上不得檯面，又當著所有客人的面，不給牡丹座位的事情說了。然後搜腸刮肚地將所有的不好統統說出來。

雨荷又添油加醋地加上一些，劉暢是如何輕視何家，誣衊何家的話，聽得何夫人臉色鐵青，手腳不受控制地抖個不停。

最後，牡丹幽幽地來了一句，「娘，都是過去的事情了，您別生氣，女兒以後不會再給您丟臉添堵了。」

雨荷驚叫一聲，「少夫人，您可別想不開啊！這是大不孝，況且白白便宜了他們，他們就巴不得您早點死，好佔了全數的嫁妝，另外娶了其他門當戶對的進來呢！」

林媽媽加上雷霆一擊，「三年的時間，他不曾碰過丹娘，又如何能生得出孩子來？他倒是有臉當著丹娘的面，幾次和那賤人苟合！如此羞辱，若非丹娘已經死了心，又顧著家裡和身邊之人，只怕昨日就投了湖！」

「豎子欺人太甚！」一路而來的所見所聞，對於何夫人來說都入眼入心，此刻聽了這些話，氣得心口疼，可見劉暢對牡丹是半點情義都沒有。她的女兒如花似玉，溫柔賢慧，哪裡配不上那風流浪蕩子？竟然如此糟踐，果真是可忍，孰不可忍！

何夫人瞪圓了眼睛，一把攥緊牡丹的手，惡狠狠地道：「丹娘，我和妳爹千方百計將妳嫁入他家，為的就是保住妳這條命！既是這樣，咱們也犯不著這樣卑躬屈膝的，什麼好處都給他們家佔去，我還白白丟了一個女兒，受這腌臢氣！命雖重要，人活著卻不能沒有臉！現在妳老實告訴娘，妳打算怎麼做，我們肯定支持妳。不過妳要想清楚了，開弓沒有回頭箭，好馬不吃回頭草，可別過後又後悔，捨不得他。」

看來當初何牡丹對劉暢的感情真是太出名了，牡丹一邊感嘆，一邊挺直了背脊，「樹活一張皮，人活一張臉，他把我當草，我也不會把他當寶！不然就算苟活下去，也不過多給他一個嘲笑我何家女兒不值錢的機會罷了！不能義絕，不能休夫，最起碼也要和離，而且我要拿回我的全部嫁妝，而不是灰溜溜地被他們家休了！」說完，她頓了頓，試探地道：「假如家裡沒有地方讓我住，我可以到外面去住，不會給家裡添麻煩。」

牡丹的擔憂不是沒有道理的，何家宅子雖不小，奈何人口眾多，何老爺有兩房妾室，嫡子四個，庶子二個，俱都成家立業孫子孫女一大堆。何老爺夫婦疼女兒不假，但其他人又會如何想？何牡丹原來住的院子早就分給了三個孫女兒去住，只怕她回去騰屋子就會惹著一群人。

「說什麼糊塗話了！怎麼可能叫妳住到外面去？我這就領妳回家，其他的稍後再說。既是不做這門親了，自然不能便宜了他家！」

牡丹狂喜過後，又想起一個問題，「若是他們家不肯退錢呢？」

何夫人皺起眉頭，「這個不用妳操心！」言罷立即叫人收拾東西，「先把緊要的金銀細軟給我收拾出來，咱們馬上回家！」

林媽媽和雨荷、寬兒、恕兒聞言，簡直不敢相信自己聽見的，就這樣成了？

牡丹差點兒沒笑出聲來，見幾個人都呆呆地站著，忙催促她們，「都愣著做什麼？快收拾呀！」

幾人方反應過來，忙去收拾東西。

相比雨荷等幾個人的欣喜雀躍，林媽媽的心情卻是複雜得很，雖然已經做了，但她卻不知道，自己做的到底對還是不對？圖得一時的暢快，若是以後丹娘的病又犯了，何老爺和何夫人怪責她怎麼辦？

林媽媽把目光投向牡丹，看到牡丹臉上那鮮活的氣息後，她自嘲地搖了搖頭，和丹娘的快活比起來，這算什麼？

何夫人也目光複雜地看著牡丹，「丹娘，妳以後若是又犯病……」

牡丹伏進何夫人懷裡，甜甜地道：「娘，那也是天命，想那麼多做什麼？」若是此番她脫離了這牢籠，她終其一生也要好好孝敬何夫人。

薛氏聽到響動，走進來一看，心裡有了幾分明白，卻不好直截了當地問，只故作糊塗，「哎呀，這是要做什麼？」

何夫人淡淡地道：「這日子過不下去了，我要領了丹娘回家。」

薛氏抿了抿唇，猶豫半晌，方低聲道：「這樣倉促，只怕劉家不許，鬧將起來不好。要不，先讓人去前面和爹、大郎說一聲再做打算？」

何夫人怒道：「怕什麼？已經不過日子了，還怕他鬧嗎？他家忘恩負義，言而無信，不要臉面，還有理了？今日他肯也得肯，不肯也得肯！」又冷眼瞟著薛氏，「這點主，我還是做得的。」

薛氏暗道一聲晦氣，面上卻強笑道：「是媳婦多嘴了，但媳婦只是想把事情辦得更妥當而已。」

何夫人不語，牡丹暗嘆了一口氣，還沒回家，就已經有人生氣了，便拉著薛氏的袖子道：「娘，大嫂說得有理。」

何夫人摸摸她的頭，「不必多說，我有分寸，趕緊穿衣梳頭。」

劉夫人眼看著牡丹的房裡亂成一團，何夫人帶去的婆子丫鬟大包小包地提著，一些方便攜帶的箱籠已經被人搬到了院子裡，牡丹也被人擁著洗臉梳頭，換上華服，插上簪釵，儼然是要盛裝出行的樣子，不由急了，「親家，這是做什麼？」

何夫人沉著臉道：「做什麼？夫人還不明白嗎？我們何家人還沒死絕，斷然沒有眼睜睜看著女兒受虐致死，卻不管不顧的道理，我這便將人領回家去了。稍後我家自然會與你家慢慢分說，把該辦的都辦了，從此男女嫁娶各不相干。」

劉夫人心裡頭咯噔一下，忙上前攔住何夫人，「親家，剛才不還好好的嗎？怎麼突然就到了這個地步？這裡頭必然有誤會，有話好好說，別衝動！這可不是小事，是孩子們一生一世的大事，意氣不得！」

何夫人已經存了和離的念頭，自然不會再如同先前那般好言好語，費心周旋，只冷笑道：「有什麼誤會？是說劉暢這三年不曾打罵過丹娘，始終恩愛敬重，不曾與清華郡主狼狽為奸，當眾羞辱丹娘？還是說你們家對丹娘盡心盡力，從不曾冷言冷語，苛刻相待？抑或是妳這個婆婆對她慈愛有加，體貼寬厚？一路行來，我只看到妳家奴僕不把丹娘當主人，當面懶惰怠慢，背裡詛咒鄙薄，這都什麼時辰了？晚飯不得吃，早飯也不得吃，人病著，大夫也不見半個。我只見過那最沒有見識的，最刻薄的市井人家才會這麼折磨兒媳。小婦人不過商人之婦，讀過的書沒有夫人這個誥命夫人讀的多，懂的道理也沒夫人懂的多，夫人倒是和小婦人釋釋疑，這中間誤會在哪裡？」

連親家都不叫了，若是細說起來，這錯可都全在自家身上，還錢還是小事，要是把那醜事捅出去怎麼辦？劉夫人急得滿頭細汗，「真有誤會，我們慢慢分說如何？」見何夫人只是不理，便轉頭看向薛氏，「好孩子，妳倒是勸勸妳婆婆，自古以來，都是寧拆一座廟，不毀一樁婚，勸和不勸離，誰年輕時不會犯錯？聖人有云，知錯能改，善莫大焉，我保證子舒以後再不會了！」

薛氏才看過自家婆婆的臭臉，哪裡敢做這出頭鳥，只是苦笑不語，把眼看著牡丹。

劉夫人把目光投向牡丹，但見牡丹端坐在鏡前，正從玉盒裡挑了緋紅色的口脂出來，細細抹在唇上，神色專注無比，外界的紛爭喧囂彷彿全然與她無關。

劉夫人看得氣不打一處來，先前何夫人已然被自己說動，眼看著就要大事化小，小事化了，可和她說上一會兒話後就突然改了主意，這不是她搞的鬼是什麼？莫非是藉機抬高身價，要出了那口惡氣？思及此，不由大步衝到牡丹身邊威嚴地提高聲音道：「丹娘！」

牡丹被她嚇了一跳，手指一顫，將口脂抹出了界，不滿地拿起細白絹帕擦了擦，回頭望著劉夫人道：「夫人有何見教？」

連母親都不喊了？好妳個何牡丹，往日裡的老實溫順可憐樣都是裝出來的，原來也是這般刁鑽可惡，古怪討嫌！

劉夫人指了指牡丹，心中的怒火噌噌直往上躥，不過轉念一想，這會兒說點軟話算得了什麼？過後再好收拾妳！

於是硬生生地將手指收回去，換了笑臉道：「丹娘，這是怎麼回事？先前還好好的，怎麼突然就說出這樣嚇人的話來？妳還不勸勸妳母親？牙齒還會咬著舌頭呢，小倆口過日子，哪裡會沒有個磕磕碰碰的？妳可別為了一時意氣，誤了終身呀！子舒他有什麼不對的地方，我讓他給妳賠禮道歉，咱們還好好過日子，好嗎？」

牡丹來這裡半年多，沒事的時候就是琢磨劉夫人和劉暢、劉承彩一家三口的脾氣性格，怎會不知劉夫人表裡不一，笑裡藏刀，坑蒙拐騙最在行，翻臉不認人的風格？當下哂笑道：「多謝夫人好意，牡丹蒲柳之姿，配不上貴府公子，亦不願做那拆散有情人，討人厭憎之人，我今日主動求去，他日公子與郡主大婚，說起我來，也會念我的好，說我積德行善呢！」

劉夫人猶自不肯相信牡丹是真的求離，只當她是苦熬身價，「丹娘，我承認之前我對妳多有疏忽，照顧不周，子舒他也有不對的地方，讓妳受了委屈。趁著妳家裡人在，妳只管說妳到底要怎樣才能消氣，我們儘量做到就是了。莫要提那和離回家的話，那話說多了，一旦成真可就後悔也來不及了。」

她自認自己已經是放低姿態，把能說的好話都說盡了，可那語氣和神情卻是又倨傲又輕蔑，猶如施捨一般的，暗裡還加了威脅。

牡丹不由得笑了，這母子二人果然不愧是母子，就是過分的自信了。他們憑什麼這樣肯定，自己只是拿翹，而不是真的求去？是因為劉家的權勢門第？還是因為劉暢年少英俊？抑或是因為何牡丹的癡情軟弱善良？

劉夫人覺得牡丹臉上的笑容非常刺眼，她是第一次在牡丹臉上看到這種神情，電光石火間，她陡然冷笑起來，喝道：「且慢！都別忙著搬東西，可從沒聽說過娘家人突然就跑到婆家來搬東西的！這叫明火執仗，知道嗎？誰要再敢亂動這房裡的東西，拿了去見官！」

何家的人都停下手，轉頭去看何夫人。

這是要來硬的？何夫人不慌不忙地正了正牡丹髮髻正中的一支琥珀四蝶銀步搖，瞇著眼細細打量了一番，漫不經心地道：「要見官嗎？正好，便一併辦了吧！丹娘，妳的嫁妝單子呢？」

林媽媽立即從一只小檀木箱子裡取出一張紙來，「夫人，都在這裡呢！」

何夫人笑了笑，「哦，我記得還有一件東西是沒寫在嫁妝單子上的，夫人要不要我馬上讓人回家取來給您過目？」

那沒寫在嫁妝單子上的東西，自然就是那筆錢了唄！劉夫人氣得發抖，她就知道和這些不講信義的奸商打交道沒好處，看吧，看吧，關鍵時刻就揭人短了吧！當初可是說好了，那件事情永遠不提的，就算是要清算，又怎能當著這麼多人提起來呢？

「匆忙之間，東西是收不好的，我們先回去，煩勞夫人幫我們收拾一下粗笨家什，稍後我們再使人來搬如何？」何夫人鄙視地看著劉夫人，像這種外強中乾，騎在自家男人頭上作威作福慣了，就自以為天下無敵，是人都該讓她一分，自以為是的官夫人她見得多了。一來真格的，也不過就如同紙糊的人兒，輕輕一戳，就漏氣了。

劉夫人何曾受過這種氣，又如何肯低這個頭？只氣得死死攥緊了袖子，咬緊了牙，鐵青了臉，不住發抖。

朱嬤嬤見她臉色實在太過難看，忙低聲勸道：「夫人，還是去請老爺來吧？」

劉夫人被一提醒，暗道自己怎麼這麼糊塗？這不過是何夫人母女倆自己的打算，還沒得到何家男人的同意呢！自己和她較什麼勁？忙推了朱嬤嬤一把，低聲道：「還不趕緊去！讓人把二門給我關嚴了，不許放人出去！」

朱嬤嬤得令，一溜煙地去了。沒想到才到院子門口，就看到門口圍了一群看熱鬧的人，打頭的就是碧梧和纖素二人，玉兒和雨桐本人倒是沒來，可她們身邊伺候的人都在不遠處探頭探腦的，把臉一沉，望著碧梧冷笑道：「姨娘可是有事要稟夫人？夫人就在裡面，老奴替妳通傳？」

碧梧吃了一驚，忙道：「沒有，沒有，是聽說少夫人病了，姐妹們結伴來探病的。」說著急匆匆地走了。

她一帶頭，眾人頓作鳥獸散。

朱嬤嬤昂首挺胸地繼續往外去，眾人見她走遠，立刻又從花叢後、山石後、大樹後探出頭來，伸長了脖子往牡丹的院子裡瞅，拉長了耳朵捕捉從裡面傳來的可疑聲響。

碧梧幸災樂禍地同纖素道：「看到了吧？我早就知道她遲早要被休棄的。」

纖素輕蔑地看她一眼，「妳會不會看？這不是被休棄，而是要走不許走。」想起什麼，又朝碧梧笑道：「想必妳是最高興的吧？以後就沒誰比得過妳了。」

碧梧冷哼一聲，回過頭繼續往裡看，感嘆道：「嘖，那麼多箱籠！」

朱嬤嬤這一去，必然是要請了老爺和公子來，此處留不得，纖素想了想，悄悄地溜走了。

劉暢才一進大門，就被告知何家來人了，只因他陪著祝太醫，便讓人先去同劉承彩說，他先請祝太醫給牡丹號了脈後再過去。才進了二門，迎面見到朱嬤嬤風一般地往前頭趕，邊走還邊罵人，把一眾人攆得雞飛狗跳的，心中不喜，問道：「嬤嬤這是往哪裡去？」

朱嬤嬤一看到他，喜笑顏開，忙垂手立在一旁道：「公子爺，您來得正好，老奴有事要稟。」

劉暢忙朝祝太醫拱了拱手，道聲得罪，走到一旁，「什麼事？」

「老奴恭喜公子爺了！」

朱嬤嬤以最簡潔扼要的方式，迅速將前因後果說了一遍，並沒從劉暢臉上看到意料之中的喜歡，相反的，劉暢的臉色比鍋底還黑，咬牙切齒的，竟然是暴怒！

她有些丈二金剛摸不著頭腦，「公子爺，這回誰阻攔也沒用，以後您想娶誰就娶誰，您難道不高興嗎？」

話音未落，就被劉暢惡狠狠地瞪了一眼，厲聲道：「妳懂得什麼！還不趕緊去請老爺過來，誤了事休怪我不給妳臉面！」

若自己不是他奶娘，想必已經一腳踹過來了吧？朱嬤嬤嚇了一跳，也不敢細究劉暢怒從何來，踉踉蹌蹌地往前頭趕。

劉暢深呼吸一口，回過身去，臉上已經帶了笑容，朝著祝太醫深深一揖，「實在對不住先生，家裡突然生了事，一時之間處置不好，難免怠慢先生，只能是改個時候再煩勞先生了。」邊說邊讓惜夏取了重禮來謝祝太醫。

祝太醫是走慣富貴人家的，這種突發狀況見得多了，當下也不在意，接了謝禮後，道聲「無妨」，就由著惜夏引出去，送上轎子原路回去。

劉暢這才命人關緊大門，陰沉著臉大步往裡趕。好妳個何牡丹，原來存的是這種心思！他先前先是讓李荇回去報信，引來何家人，又故意挑釁，引他對她動手，真是一環扣一環。他先前是太小看這個女人了！怪不得她這段日子不哭不鬧，鎮定得很，也不知謀算了多久！

劉暢只覺得手腕上被牡丹刺中的地方突突地跳，疼得要命。病才剛好就要過河拆橋了？他不要她還差不多！被人算計，被人輕視，被人拋棄而導致的不忿、不甘和屈辱交織在一起，把他的情緒攪成一團亂麻，讓他又是憤怒，又是煩躁，恨不得三步兩步趕到牡丹面前，將她生生給掐死才好。

第九章 歸家

碧梧正伸長了脖子往牡丹的院子裡瞅，耳中聽著何夫人與劉夫人的聲音一聲高過一聲，誰也不讓誰。劉夫人似乎是佔了下風，何夫人妙語如珠，通俗俚語一句接一句，比喻貼切，卻又不粗俗，生動有趣，卻是氣死人不償命。而劉夫人來來去去就一句話，「我不同妳講，妳此時糊塗了，聽不進道理去，待親家老爺來了才和他講道理。」

碧梧聽得暗爽，母老虎也有今日，果真是一山還有一山高，這何家的主母果然不是吃素的，厲害呀，只是怎麼就生了何牡丹那麼一個軟綿綿的病秧子？

她正聽得津津有味，身邊的丫鬟拉拉她的袖子，小聲道：「姨娘……」

碧梧嫌丫鬟耽擱她聽戲，便厭煩地道：「別吵！」

小丫鬟不死心，再次拉她的袖子，「姨娘，快走吧！」

「走什麼走？難得遇上好戲，總得好好聽聽才是，下一回不知是什麼時候了？」

話一出口，臉上就挨了一記響亮的耳光。劉暢怒火中燒，鐵青著臉站在她面前，猶不解氣，朝著她的胸口又踢了一腳。

「哎喲！」碧梧一個踉蹌跌倒在地，尚來不及哭出聲來，劉暢已經頭也不回地往院子裡去了。她又是委屈，又是害怕，捂著傷處，由著丫鬟扶起身來，再不敢久留，一瘸一拐地趕緊走人。

「噗嗤！」本是早就走了的纖素自一棵冬青樹後探出頭來，拿帕子捂住嘴，笑得眼淚都流出來了，好不容易才忍住，「姐姐，我那裡有瓶藥酒，治跌打損傷效果極好，我這就讓人給妳送來如何？」

碧梧又氣又痛，恨不得將纖素的臉撓個稀巴爛，恨恨地啐了一口，吩咐丫鬟道：「妳快去稟告一聲，就說纖素姑娘有事來尋公子爺。」

纖素方收了笑，卻又湊到她面前一看，故作焦急，「姐姐，不好了，妳的臉又紅又腫的，本就只是一個婢妾，靠著臉吃飯，這下子臉也沒了怎麼辦才好呀？」言畢哈哈大笑而去。

碧梧氣得幾乎想拔下頭上的簪子追殺纖素了。

且不說外面一群人各懷心思，明裡暗裡地窺探著院子裡的情形，卻說劉暢大步走進院子，假裝沒事似的直接走到何夫人面前去行禮問好，「小婿見過岳母大人。」

劉夫人見他來了，鬆了口氣，一聲厲喝，「你還不趕緊給你岳母大人賠禮道歉？找怎麼就養了你這麼個混帳東西！」

劉暢咬了咬牙，長揖到底，「都是小婿的不是，還望岳母大人大量，不要同小婿一般見識。」間隙恨恨地瞪了牡丹一眼，只見牡丹正站在一株鶴翎紅旁，一本正經地數那朵盛開的花朵有多少片花瓣，從始至終就沒看他一眼。

牡丹當胸繫著條海棠紅的長裙，披著件玉白色的薄紗披袍，挽著降紫色的敷金彩輕容紗披帛，頭上的琥珀四蝶銀步搖被微風一吹，輕輕晃動，猶如四隻蝴蝶圍著她翩翩起舞一般，好不迷人。

劉暢恨不得撲上去，往她粉白纖長的脖子上狠狠咬上一口才甘心。

何夫人自劉暢進來始就一直在打量劉暢，見他雖然頂著兩個烏眼圈，卻打扮得一絲不苟，穿著湖藍寶相花紋錦缺胯袍，腰間束著條金框寶鈿的腰帶，掛著精緻的香囊，靴子上墜著的靴帶竟然都是壓金的，看上去好不華貴講究。想想自己剛進門時牡丹的樣子，心裡就有些不是滋味。當下便淡淡地側身躲開，諷刺道：「別！劉大人可是官身，深受貴人青睞，我一介商人之婦怎敢受此大禮？莫折了我的壽。」

劉暢豈能聽不出她的諷刺之意，硬生生將一口惡氣嚥下去，賠笑道：「岳母說笑了，小婿有錯，正該賠禮道歉。來日方長，還請岳母給小婿改過自新的機會。」邊說邊朝牡丹身邊靠過去，深深一揖，「丹娘，都是為夫不好，還請妳原諒為夫則個。我保證，昨天那種事以後不會再發生了，以後我們好好過日子。」

何牡丹，妳真以為妳就一定走得了？他還偏不放人了，要耗大家一起耗！

牡丹驚慌失措地往旁邊一讓，快步躲到何夫人身邊，緊緊揪住何夫人的袖子，低頭不語。

看得何夫人心疼不已，將她牢牢護住，責怪厭惡地瞪著劉暢，簡直恨不得吃他的肉，喝他的血才好，「劉大人，我家牡丹膽子小，您別嚇壞她，我們家可請不起太醫給她治病。」

這假模假樣的女人，昨夜的猖狂勁到哪裡去了？這會兒倒扮上可憐了，劉暢嘔得差點兒沒吐血。若是從前，他是真的相信她膽小無能，此刻他卻是再也不會上這個當了。什麼叫毒婦？這就是毒婦！什麼叫狐狸精，這就叫狐狸精！

「這到底是怎麼回事？」關鍵時刻，劉承彩也顧不上什麼內宅外院之分，領著何家父子二人急匆匆地趕進來。

他可比劉夫人圓滑得多，一見著何家父子就爽快地認了錯，不停地陪小心賠笑，咬牙切齒地表示要嚴懲劉暢，叫他和清華郡主斷絕關係，絕不委屈牡丹。態度之誠懇，姿態之低，倒叫何家父子的脾氣發作不出來，憋得難受。

劉夫人一看到他，就像見到了救星，委屈地迎上去道：「老爺，你看，親家母一定要收拾了箱籠把媳婦領回家去，說是要和離了呢！我怎麼陪小心都不行，你快勸勸她吧！好好一樁婚事，怎能就這樣散了？」

何夫人也朝何家父子喊，「老爺，我們今日若是不來，我們女兒就要被人活生生打死了都不知道呢！丹娘身上不僅有傷，從昨天到現在，飯都沒能吃上一口啊！」邊說邊靠過去將牡丹三年未圓房的事輕聲說了。

這種奇恥大辱，沒人受得住。

劉承彩此時方知牡丹被劉暢打了，衝過去對著劉暢就是一腳，厲聲道：「畜牲，你給我跪下！竟然做下這等沒臉沒皮的事情，還敢借酒裝瘋，對自家媳婦兒動上手了！你讀書都讀到狗肚子裡去了？我平時是怎麼教導你的？」又一迭聲的叫人拿馬鞭來，要親自教訓劉暢這個不爭氣的東西。

劉暢一言不發，直挺挺地站著，任由他發作。他可以給何家兩老賠禮道歉，甜言軟語哄牡丹，但叫他給何家人下跪，他是無論如何也不肯的。

劉承彩見他不配合，氣得倒仰，他不服軟，怎麼收場？當下環顧一圈，竟然衝過去抱起一根兒臂粗的門閂來，往劉暢身上招呼。

劉暢硬生生挨了一下，不避不讓，越發挺直了背脊，拿眼睛看著牡丹。

劉夫人嚇了一大跳，失聲尖叫起來，「老爺，你會打死他的，他可是劉家唯一的血脈啊！」

何老爺何志忠看著面前上演的這場鬧劇，舉手格住劉承彩，淡淡地道：「大人不必動怒，兒女都是父母的心頭肉，打在兒身，痛在父母之心。我自己的女兒我心疼，在家時休要說動手打她，頭髮絲大的委屈都捨不得給她受。你自家的孩兒你自家也是心疼的，打在他身上，你比他還要疼。既是兩個孩子實在合不來，咱們就不要硬生生將他們湊做一對，害了他們，還是好聚好散吧！」

「爹，和他們說這些閒話做什麼？既是打了我妹妹，我少不得要替我妹妹出了這口惡氣才是。」膀大腰圓的何大郎話音未落，衝上去對著劉暢的臉就是一拳，打得劉暢身子一歪，跌倒在地。

「殺人啦！」劉夫人驚聲尖叫起來。

牡丹面無表情地看著，心裡怎一個爽字了得。

劉家夫婦倆自己打劉暢，尚不覺得如何，可看到旁人打自己的寶貝兒子，那滋味可就不一樣了。

劉夫人撲上去抱住劉暢，一邊拿帕子給他擦嘴角的血跡，一邊瞪著劉承彩，「老爺，你就任由這等沒規矩的粗鄙野人欺負我們劉家嗎？民打官，是要挨板子的！」

何志忠方出言呵斥何大郎，「有話好好說，三十幾的人了怎麼還如此衝動，輕易動粗呢？

倒叫人笑話粗鄙不知禮了。」

劉承彩心疼得直打哆嗦，好歹理智還在，「他做得荒唐事，打得媳婦兒，就該嘗嘗被人打的滋味！叫他吃一塹，長一智，看他以後還敢不敢亂來！二十幾的人了，尚且不知輕重，我劉家的臉面都被他丟乾淨了！」

何大郎攥緊拳頭，看著紅了眼睛惡狠狠瞪著自己的劉暢冷笑，「不服氣？不服氣起來打一架啊！見官就見官，怕什麼？挨上幾十板子我也要先出了這口惡氣！上了公堂，我也要說給旁人聽，姦夫淫婦做了醜事，還敢上門耀武揚威，天底下哪裡有這種不要臉的！我何家的門檻都要拆下燒了重新換，免得敗壞了我家風水。呸！什麼玩意兒！」

劉暢尚且不知清華郡主去了何家的事情，看向劉夫人求證。

劉夫人只能罵道：「你沒事惹那人做什麼？昨日從咱們家這裡出去就到何家去炫耀了一通。」

劉暢猛地推開劉夫人，狠狠吐出一口帶血的唾沫，瞪著何大郎，「我不是怕你，只是……」他將凶狠的目光轉向牡丹，只是他還不想離。

見牡丹面無表情地看著他，他說不出心裡的滋味，她只怕巴不得他死了才好吧？手臂上的傷口又在隱隱作痛，冷冷一笑，「現在打也打了，氣也出了，可以好好說話了吧？」

何志忠掃了妻女一眼，但見何夫人一臉的決然，牡丹滿臉的漠然，雖不知其中具體細節，卻相信何夫人的決定不會是亂來的，暗嘆了一口氣，招手叫牡丹過來，「丹娘，事情到了這個地步，要怎麼做，妳自己選。」

牡丹依言走了過去。

在她未曾開口之前，劉承彩柔聲哄道：「丹娘，好孩子，妳受委屈了，妳放心，以後這種事情再也不會發生了。」又看著劉夫人，示意她趕緊哄哄。

劉夫人心中此刻已經恨透了牡丹，僵著臉不語。

劉承彩無奈，又罵劉暢，「孽障，還不快給你媳婦兒賠禮道歉？」

劉暢也不說話，只拿眼睛惡狠狠地瞪著牡丹，他不信她真敢說要走！

牡丹先朝他淡淡一笑，隨後朝劉承彩施了一禮，「大人又何必強人所難？強扭的瓜不甜，與人方便，自己方便。丹娘不想做那惡人，還想留著這條小命好生孝敬父母。」言罷，望著何志忠清晰地道：「爹，女兒今後就是病死了，也不願意再做劉家婦！我與他，生不同床，死不同穴，最好永不相見。」

何志忠嘆了口氣，握了握牡丹的肩頭，「既如此，走吧！」

「何牡丹！」劉暢一個箭步衝過來，伸手要抓她。

他都沒休棄她，她憑什麼就敢當著這麼多人不要他？他不許！他不允！就算要一拍兩散，也是他不要她才對。

可是他終究連牡丹的衣角都沒碰到，就被何大郎一掌推開，「劉家小兒可是還想找打？當著我們的面尚且如此惡劣，背地裡不知又是何等光景！」

「放肆！」何志忠作勢吼了何大郎一聲，轉頭就問劉承彩，「我的意思是好聚好散，不知劉大人意下如何？」

好聚好散？不知這好聚好散的條件是什麼？劉承彩的腦子裡瞬間通盤考量一番，很快拿定主意，既然已經到了這個地步，那便要替自家多爭取些利益才是。

只是他還未開口，劉暢已然挑釁地瞪著牡丹，「休想！我的女人我做主，我不同意，我是不會寫和離書的！」

果然是這樣的脾氣，只有他對別人棄之如敝屣的，斷然沒有旁人說不要他的。

牡丹望著他諷刺一笑，「原來你捨不得我的嫁妝和我家的錢。」

「妳……」劉暢的臉一會兒黑，一會兒紅的，「誰稀罕妳那些個嫁妝和臭錢！」

「那你是猶自記著當初的恥辱，所以硬要將我留下來，生生折磨死才如意？你恨我奪了你的大好姻緣，我用三年的青春償還你，已是不再相欠。你若是個男人，便不要再苦苦糾纏，也給自家留點臉面，不要讓人瞧不起你。男子漢大丈夫，還是少花心思在這上面，心胸寬大點，也讓人瞧得起些。」

牡丹的話說得難聽，就是劉承彩也聽不下去了，冷聲喝道：「不必再說了，不許再攔著她！」

「那我帶丹娘先回家，其他的老爺和大郎留下來和劉大人慢慢地商量。」何夫人說完，將嫁妝單子遞給何大郎，「我的意思是，大件的不好拿走就算了，其他的，樣樣都不能少了。咱們家鋪子隔得不遠，叫些夥計過來抬回去。」

實在欺人太甚！劉夫人早已忘了當初自家是怎麼求上何家的，只氣得發抖，「這是劉家，不是何家，你們想怎樣就怎樣嗎？還有沒有王法了？」

何夫人似笑非笑地道：「就是講王法這嫁妝才要拿走，莫非丹娘的嫁妝實際上不齊了？要真是這樣，別客氣，說出來，能讓步的我們也不介意讓個步。我們家是不缺這幾個錢的，也還懂得給人留餘地。」

劉夫人氣得倒仰，「誰稀罕她的嫁妝？」

「既然不稀罕，夫人又何必硬攔著？我們當你們是捨不得丹娘，旁人卻不知道會怎麼說呢？」今日她若是不把牡丹和牡丹那些值錢的細軟拿回家，就算是白跑這一趟了。至於旁的，那就以後再說了。

劉承彩的太陽穴突突直跳，不耐煩地道：「讓他們搬。」再這樣鬧下去也不是辦法，走一步是一步，先把眼前這危機解除了才是正經，他的身分地位禁不起這樣的笑話。

何志忠朝劉承彩抱抱拳，也不多言，就往院子正中一坐，等著自家人上門來抬東西。縱然是已經到了這個地步，他也不想和劉承彩徹底撕破臉，畢竟對方是官，自己是民。

牡丹上前提了甩甩的架子，不放心地交代何大郎，「哥哥，小心我的花。」

何大郎點頭，「我知道，妳只管回去吧！」

甩甩知道要出門，興奮得忘乎所以，不住怪笑，「哈哈！」

劉暢雙拳握得死死的，眼睜睜地看著牡丹步履輕鬆，毫不留戀地被何家人簇擁著出了院門，羞恥、憤怒、不甘讓他幾欲發狂，幾次想上前去拉她，又覺得實在丟臉，但最後還是沒忍住，乍然出聲，「慢著，我有話和她說！」

牡丹看到他血紅的眼睛，陰鷙的眼神，心裡沒來由地有些發怵，卻是挺起了胸膛道：「你要說什麼？」

劉暢看到她強裝出來的無畏，倒冷笑起來，「我放妳回家好好想想，過幾日再去接妳。」這還當她是意氣用事？認為她會後悔，捨不得離開他？

「不勞煩你了，我們還是互不打擾，永不相見吧！」話落，她毫不遲疑地轉頭離去。

走出劉家的大門，牡丹抬眼看著天上的豔陽，只覺得人是那麼的藍，雲是那麼的白，空氣是那樣的清新，就是街上的喧囂聲，來往的行人們，也透著一股說不出的可愛。

何家出行，不拘男女，都是騎馬，唯有何夫人年紀大了，又嫌馬車悶熱，乘了肩輿。

薛氏將一頂帷帽給牡丹戴上，笑道：「早知如此，咱們應該乘了馬車來才是。丹娘還病著，只怕是沒精神騎馬。不如稍候片刻，另行去租輛車來。」

何夫人看了牡丹一眼，「不用了，她如此瘦弱，就和我一道乘了肩輿回家即可。」說完攜了牡丹的手上了肩輿。

薛氏暗嘆一口氣，戴上帷帽，熟練地翻身上馬，領著一眾人慢吞吞地跟在肩輿後頭，心情不說十分沉重，總歸是有些煩悶，牡丹的住處可怎麼安排才好？

何夫人乘坐的肩輿不似轎子，只在上方掛了個遮陽的油綢頂棚，四周掛了輕紗，又涼快又方便看熱鬧。正適合難得出門的牡丹，看著什麼都覺得新鮮。貌美的胡姬當壚賣酒，俊俏的兒郎騎馬仗劍，快意風流，女子也不受約束，三五成群，或是騎著馬，或是走著路，說說笑笑，好不愜意。

這才是她想要過的生活，牡丹回頭最後望了一眼劉家那代表著身分地位的烏頭大門，決然地將頭轉回去，靠在了何夫人的肩上，「娘，女兒總給您和爹爹添麻煩。」

何夫人慈愛地摸摸她的手，「說這個做什麼？我們是一家人。」

「他只怕不會輕易放過我的。還有那筆錢……」

「怕什麼？妳只管安安心心地住著，該吃就吃，該玩就玩，其他都是妳爹和哥哥們該操心的事。」

說是這樣說，母女二人都知道這事沒那麼簡單。

他們之所以能在劉家人面前把腰板挺得那麼直，是因為他們手裡有劉家的把柄。同樣的，劉家為了這把柄，也不會輕易放過牡丹，今日不過小勝一場而已。

何家的生意主要是在胡商聚居的西市，專營外來的珠寶和香料，但人卻住在東市附近的宣平坊。

宣平坊及周圍的幾個坊都是達官顯貴們聚居的地方，在這裡雖說房價、地價要高上許多，而且貴人府邸多，不方便擴展房舍，還可能隨時遇到出行的達官顯貴，不得不回避行禮，很是麻煩，但很多富商卻還是願意住在這裡，特別是自前幾年西市附近的金城坊富家被胡人劫掠後，許多富商便鑽頭覓縫地在這邊買地買房，為的就是圖個安穩。畢竟辛辛苦苦賺來的錢，誰也不願意拿去冒風險，錢沒了還能再賺，驚了家人卻是大事，誰家沒個老老小小的。

牡丹一行人即將行至宣平坊的坊門時，不期然地迎面來了一大群衣著華麗的人，有男有女，有騎馬的，也有步行的，簇擁著一頂華麗的垂紗八人肩輿，浩浩蕩蕩地過來。行人見之，莫不下馬下車，避讓一旁。

能夠乘八人肩輿的女子，最起碼也是二品以上的外命婦。牡丹跟著何夫人一道下了肩輿，避讓一旁，偷眼望去，但見肩輿中歪靠著一位穿蜜合色綺羅金泥長裙，披茜色薄紗披袍，插鳳凰雙颱金步搖，豐潤如玉，年約十七、八，大腹便便，神色柔和的年輕女子，明顯是一位即將生產的貴夫人。

牡丹想不出，除了皇親貴戚以外，哪裡還有這麼年輕，品級卻又如此高的外命婦。

待那群人過去後，薛氏就羨慕地道：「那是寧王妃，比起上個月看著又似豐腴了許多，怕是要生了。若是生了世子，不僅地位無人能撼動，榮寵肯定更盛了。」邊說邊遺憾地看了牡丹一眼，微微嘆了口氣。

聽薛氏的口氣，是經常見到那些貴夫人的，而且對她們還很熟悉的樣子。

牡丹理解薛氏的這份羨慕和遺憾從何而來，作為商人婦，永遠都只有給人讓路行禮的份兒。若是想靠何大郎得到這份尊榮，只怕是這一生都沒有希望了，除非她的兒孫輩能博取功名。

至於自己，何家曾經千方百計給了她這個機會，如今卻被她一手終結了。和離後，她便只是一個普普通通的商家女，見了那些人，不管風裡雨裡，都要下馬下車行禮避讓。雖是有點麻煩，但牡丹很快就接受了，這就是這個時代的規則，就算是尊貴如那位寧王妃，她頭上也有比她更尊貴的人，她見了一樣要下車行禮避讓，有什麼了不起？

牡丹笑嘻嘻地扶著何夫人重新上了肩輿，然後同薛氏道：「大嫂，我看今日似乎有雨，也不知道爹和大哥會不會被雨淋？」

「這雨一時之間落不下來，想來不會。」薛氏見牡丹沒心沒肺的樣子，又嘆了一口氣。到底是沒有經歷過風雨，自小被嬌養的女孩子，為了爭一口氣，不接受賠禮道歉，從而恩斷義絕，哪裡知道自己失去的是什麼？縱然嫁妝豐厚，樣貌出眾，和離之後又哪裡去尋劉家那樣的家世？劉暢那樣超群出眾的夫君？也不知道她日後會不會把腸子都悔青了？

薛氏的這種想法也只是想法而已，表面上她是不敢露出半點來的。家裡人口眾多，公公說一不二，婆婆強勢精明，何大郎的性情直爽暴躁，下面的小叔妯娌個個都不是省油的燈，姪兒姪女個個調皮搗蛋，她這個長媳、長嫂、大伯母，做得極其艱苦。今日牡丹歸家，她若是不將牡丹的住處安置好，勢必要得罪公婆和大郎。若是安置好了，又要得罪妯娌、姪女們，真是為難死她了。

牡丹也知道自己突然歸家，會給大家帶來許多不便和為難，便拉著何夫人的袖子輕聲道：「娘，我記得您院子後面有個三間的小廊屋是空著的，您要不嫌女兒鬧您，讓我住在那裡陪您如何？」

何夫人也在頭痛牡丹的住處，按說牡丹回到家中，就是孫女兒們的長輩，只有孫女兒們讓姑姑的，就沒有姑姑讓孫女兒們的。但是人心隔肚皮，這家裡人口一多，心思難免就複雜，哪怕就是一句話，經過三個人相傳，到第四個人的耳朵裡時，只怕已經完全變了味。

像牡丹這樣突然和離歸家的，短時間還好，時間一長，難免就會被人嫌棄多餘，被人猜疑。這時候，當家人處理事情的分寸和方法就極其重要了，既不能委屈了女兒，讓女兒傷心失意，覺得自己孤苦無依，又不能讓家裡的兒媳心生嫉妒，覺得自己偏愛女兒寒了心，從而導致姑嫂不和，甚至兄妹不和，全家不和。

乍聽牡丹這樣一說，何夫人心裡就明白了牡丹的意思。還有什麼能比牡丹懂事的主動退讓更好的呢？何夫人雖然不願意女兒去住後院那三間陰暗狹窄的廊屋，但一時之間也找不出更好的辦法，便挽了牡丹的手，低聲道：「委屈妳了，待妳爹爹回家，我再和他商量一下，另外買個大點的宅子，省得家裡的孩子們都擠在一處，大家都不舒坦。前些日子，我們就已經打聽了，但沒有合適的，懷德坊那邊有個半大的院子倒是不錯，就挨著西市，做生意也方便，可是誰也不願搬出去，不然也不用那麼擠。」

何家父母不是固執死板的人，沒有父母健在不分家的觀念，假如何家六兄弟有誰想搬出去，他們必然不會阻攔，但為什麼寧可一家幾十口人不怕擠地住在一處，誰也不提搬出去的話，牡丹以為這其中必然是有原因的，便笑道：「這是好事，說明哥哥嫂嫂們都捨不得爹娘，小孩子們一處長大，感情也好，也有伴。」

何夫人輕嘆了一口氣，摸摸牡丹的頭，「兒大不由娘啊！咱們家的錢就是花上三輩子也夠了，我和妳爹只希望大家都和睦平安，就死也瞑目了。」

牡丹忙伸手去掩她的口，嬌嗔道：「呸呸呸，什麼死呀活的！你們還沒享著我的福呢，前些年盡給你們添麻煩了。」

何夫人見女兒捨不得自己說喪氣話，心裡十分歡喜，「我說丹娘，妳現在怎麼和娘這麼客氣了？總說什麼添麻煩之類的話？也不嫌生疏得慌。」

牡丹乾笑一聲，「我這不是懂事了嘛！」再怎麼知道何家人疼自己，也清楚他們疼的其實是何牡丹，自然不能理直氣壯地接受，甚至索要，不知不覺中就多了幾分客氣了。

何夫人嘆道：「妳從來就挺懂事的，才兩三歲時，病了躺在我懷裡，什麼都吃不下，就想吃凍梨。大熱的天，市面上都沒賣，妳爹爹費了九牛二虎之力才給妳弄了一顆來，剛切開還沒餵進嘴裡，妳六哥就大哭著衝進來，說是也要吃。妳一話不說就遞了一大半給他，還哄他莫哭。從那之後，誰也不敢說妳不好，妳還記得嗎？」

「那麼久遠的事情，女兒記不得了，就光記得爹和娘，哥哥他們都待我極好。」

「妳呀，就光記著旁人的好。」她說的何六郎，是何志忠的么兒，但不是她親生的，是何志忠從揚州帶回來的美妾牛的，那時候母子都正是得意的時候。兄妹二人年齡相差了兩歲，一個生龍活虎的，一個卻是成日裡病懨懨的，看著就不是一般的嘔人。幸好虧何志忠疼兒子，也極疼女兒，不過她生性好強，就見不得別人說自己的兒女一句不好，看到旁人的兒子生氣勃勃，自己的女兒無精打采，心裡就格外難受。

牡丹自來安靜乖巧，不是病到特別嚴重，基本不會哭鬧。那一次事件中，她小小年紀，又是病中，如此懂事捨得，相比那不懂事胡鬧的六郎，倒叫何志忠心疼之中又添了幾分喜愛，硬生生把那個么兒給比下去了。諸如此類的事情還有很多，所以說，牡丹有父母兄長的寵愛，並不是平白得來的。

牡丹靜靜地依偎著何夫人，聽她講何牡丹小時候的事情，心裡特別替她和何志忠難過。假如他們知道，他們視若珍寶的那個女兒已經不在了，被活生生地氣死了，他們會有怎樣的感受？只怕是肝腸寸斷吧？牡丹緊緊挽住何夫人的手，沒關係，她會替何牡丹好好地活下去，好好孝敬他們。

還未到何家門口，何家的幾個兒媳婦和年齡已經大了些的孩子們就得了信迎出來。一群女人和孩子把何夫人、薛氏、牡丹圍在中間，簇擁著往屋裡去，七嘴八舌地問東問西，又是咒罵又是憤恨，又是出主意的，好不熱鬧。不多時，就引得周圍的鄰里側目。

牡丹被吵得頭暈，回答誰的問話都不是，只能是低頭微笑。

何夫人淡淡的，並不多語，薛氏卻是溫聲細語地道：「先進屋去再說。」

和當時的許多人家一樣，何家住的是典型的四合舍，大門朝西，門旁兩排廡舍，進門一個亭子，然後是中堂、中門、後院、正寢，四處有廊屋，再延伸出若干個小四合院子去。後院古樹參天，假山流水，花木扶疏，縱然比不上劉家精緻富貴大氣，卻自有其舒適自在熱鬧處。

進了中堂後，二郎媳婦白氏命婢女端上糖酪櫻桃並茶水，一家子圍著何夫人和牡丹吵吵嚷嚷地說起閒話來。

從冷冰冰的劉家出來，乍然感受到了家庭的溫暖，得到了親人無私的關懷和愛護，牡丹心中是極其高興的。但看著眼前黑壓壓的一堆腦袋，聞著六個嫂嫂和十幾個姪兒姪女身上各式各樣的香味，聽著大人孩子們嘰嘰喳喳的吵嚷聲，她控制不住地生出一絲恐懼來，這麼多的人，她能和他們相處好嗎？那句話說得好呀，遠香近臭，何況這姑嫂之間，自古以來能相處得好的本就不多。

不怪她擔憂，雖然何志忠和何夫人持家有方，不拘嫡庶，一視同仁，公正嚴明。男人們在何志忠的統一指揮下，早出晚歸，各司其職，規規矩矩地做事，養家糊口，誰也偷不得懶；女人們在何夫人的管制下，老老實實地相夫教子，操持家務，閒來交流衣著打扮，化妝美容，一道逛逛街，踏踏青，參加一下富商們自己組織的豪宴或者打打馬球什麼的，悠閒自在。故而一大家子人住在一個宅子裡，雖然各人小心思不少，也有磕磕碰碰，吵吵鬧鬧，卻是沒什麼大矛盾，相處得還算和睦。

只是何家的人口實在太過複雜，牡丹六個哥哥，大郎、二郎、四郎、五郎是何夫人親生的，三郎是何夫人的陪嫁婢女吳氏生的，六郎則是揚州來的美妾楊氏生的。大郎娶妻薛氏，子女各二人；二郎娶妻白氏，三子一女；三郎娶妻甄氏，二女一子；四郎娶妻李氏，只有一女，無子；五郎娶妻張氏，有子女一雙；六郎娶妻孫氏，才成親一年多，還沒孩子。

算上何志忠夫婦和何志忠那兩個妾，大大小小三十來號人，我和她親，他又和他好，各種關係複雜得很，還不必說各房伺候的下人，饒是再小心，也避免不了矛盾糾紛，再親的人，多鬧上幾次矛盾，也會傷感情。

牡丹若是原來的何牡丹，興許一些細微處不會注意到，也不會去在意，但她已經不是原來的何牡丹，心思感受卻又不同。享受親情關懷的時候沒那麼理直氣壯，受到委屈誤會的時候也沒那麼淡然無所謂，事事總難免多加小心，著意討好，就生怕自己給別人帶來不便和不愉快。

印象中的各人都各有各的脾氣，大奸大惡之人沒有，聰明之人不少，比如說，同為一母同胞的大郎、二郎、四郎、五郎關係明顯要緊密些，其中大郎和二郎年齡相仿，比較談得來，四郎和五郎愛結伴一起去辦事；同為庶出的三郎和六郎之間有著某種默契，卻又彼此不太親密，三郎愛討好大郎和二郎，六郎卻愛跟著何志忠跑。

這只是男人之間的關係，幾個兒媳之間就更複雜，嫡出的幾個，大嫂薛氏和二嫂白氏年長，進門最早，關係也最好，相對穩重大方，比較寬讓，和其他幾個弟媳都處得不錯；三嫂甄氏嘴碎，喜歡和話特別少，性情溫和的五嫂張氏一起做針線活拉家常，同時背地裡還偷偷拉攏六嫂孫氏方便統一庶出戰線，卻和四嫂李氏關係不好；年輕的孫氏和貌美愛俏的李氏卻又喜歡一起逛街。

至於小孩子們之間，總體來說都是快活的，沒有厚此薄彼的問題，吃大鍋飯，所有的東西都一樣，沒得話說，沒得比較。要說有什麼區別，就是聽話和不聽話，聰敏和不聰敏，勤奮不勤奮的區別。

牡丹默默過濾著這些資訊，拿出十倍的精神來應對大家的關懷和詢問，儘量不放過周圍人不經意間的反應和表情。

趁著眾人不注意，薛氏拉了白氏在一旁悄聲商量牡丹的住處，「丹娘這一回來，便要做好長期和咱們住的打算。她原來住的院子現在是三郎家的蕙娘和芸娘、四郎家的芮娘住著的，要她們搬，雖然不會說什麼，但肯定是不樂意的，只怕還會有想法。我思來想去，只有咱們兩家的三個閨女年齡大一些，懂事一些，咱們讓三個孩子擠擠，替她們姑姑騰個地方出來，妳看如何？」

白氏微微一笑，「我是沒意見，左右我的菀娘還小，讓她跟在我院子裡住兩年也沒什麼大不了的，就是英娘和榮娘年齡已大，卻是不方便和你們擠了。妳又打算怎麼安置她們？不然，我看，也別那麼講究了，就讓姑姑和孩子們擠擠好了。」

薛氏暗忖，那院子三個人住雖然擠，卻還勉強可以住下，牡丹若是搬進去，卻是再也塞不下了，三個孩子中便要出來一個。雖然菀娘年齡小，還可以勉強和父母擠擠，但從公平的角度來講，卻是不能只叫二郎家的搬，自己是大嫂，又是兩個女兒，得從自家人裡下手才能服眾。

至於白氏肯不肯主動讓菀娘搬出來，那又是她自己的人情，當下便道：「哪兒擠得下四個人？丹娘東西多，又遇到這種事情，想法本來就多，叫她去和孩子們擠，只怕會難受。算了，我去和榮娘商量，讓她搬出來和我們擠擠。過兩年英娘出嫁，也就好了。」

搬出來容易，搬進去難，白氏聽薛氏這樣說，卻又不提先前那個讓菀娘搬出來的話了，只笑道：「英娘出嫁，濡兒他們又該成親了，妳說的這個法子，治標不治本，我看還是先將就擠擠，然後和爹娘商量，買個大宅子吧！眼瞅著，真是住不下了。」

薛氏有些失望，白氏顧左右而言他，便是不肯讓菀娘搬出來了。畢竟懂事了的女兒和父母住在一起，多有不便，便嘆道：「買宅子哪是那麼容易的事情，那都是以後的事情了，現在先得把這事辦周全了才是。那就這樣吧，我去讓榮娘搬出來，妳招呼著她們清掃一下屋子，稍後東西送回來，幫著安置一下，我去準備晚飯。」

白氏一把拉住她的袖子，快速掃了眾人一眼，壓低聲音道：「不然，就讓她們兩家搬，或者讓丹娘和蕙娘她們住，那院子本來就是她原來住慣的，也要大一些。」

薛氏搖搖頭，「兩家都是話多的，甄氏肯定會說庶出孫女兒沒地位，李氏怕要說欺負她沒兒子，何必多惹這些非議。實在不行，明日去請人來看看，什麼地方適合動土，另外起幾間屋子來，年底怎麼也能蓋好了。」

白氏沉思片刻，「我記得娘的後院有三間廊屋，讓人收拾一下，更清淨自在呢！」總歸何志忠和何夫人年齡已經大了，何志忠另外又有兩房妾，歇處多，不像她們年輕夫妻那麼多避諱不方便的地方。

薛氏沉默不語，事實如此，那又如何？借她十個膽子她也不敢開這個口，「丹娘，妳去和娘擠擠吧！其他地方都住不下妳。」她若是開了這個口，只怕何大郎第一個就不饒她，公婆也會對她有看法。

白氏見薛氏不說話，牽起裙帶在手指上繞著玩，最終長嘆一口氣，「罷了，丹娘也是我看著長大的，我也疼她。讓菀娘搬出來和我擠，然後趕緊蓋房吧！」說完也不問薛氏的意思，就上前笑道：「娘，我剛才和大嫂商量過了，讓菀娘搬出來和我住，妹妹搬去和英娘、榮娘擠一擠，您看如何？」既然自己做了犧牲，便要把這說在明處才是。

牡丹早就注意到薛氏和白氏在一旁悄聲商討，雖然猜著一定是商量自己的住處，但自己如今算是客人，嫂嫂還未開口，總不好主動去說自己要住哪裡。現在聽到提起這個事，正要開口將先前同何夫人商量的話說出來，就被何夫人一把按住手，示意她先別說話，只管聽著就是。牡丹無奈，只能乖乖地聽著。

卻見白氏的話音才落，甄氏的臉上就露出不高興的樣子來，「還是大嫂和二嫂想得周全，不聲不響地就把事情都安排好了。」就妳們會討好人！

李氏臉上淡淡的，直接開口道：「四郎經常不在家，讓芮娘先搬去和我住。將她的屋子收拾收拾，正好給她姑姑住。」

張氏的女兒還小，本就和她住在一處，而孫氏還未生孩子，自然也和這事無關，便都含笑聽著，並不多話。

幾個嫂嫂都等著牡丹表態，牡丹無措地看著何夫人，何夫人慢吞吞地喝了一口茶，方道：「不用忙亂，孩子們該住什麼地方還住什麼地方。剛才在路上的時候，丹娘就和我說過了，不想給大家添麻煩，大媳婦去把我後院的三間廊屋收拾出來，讓她去住那裡。」

於是，除了張氏和孫氏之外的人，都暗暗鬆了一口氣。

甄氏幸災樂禍的笑，笑白氏和李氏討好公婆小姑落了空。

白氏和李氏俱都無所謂，至少她們表現出自己歡迎牡丹回家，關心牡丹，大方不計較個人得失，何夫人看在眼裡，就不會虧待她們，將來說起，在牡丹那裡也是有人情的。

薛氏考慮的，卻又是另外一件事，「娘，您那屋子裡的東西，搬到哪間屋子去合適？」

她這話一說，妯娌幾個心裡又各有計較。那三間屋子並不是完全空著，裡面收著何夫人這些年來存下的私房。牡丹的嫁妝雖然豐厚，可那是屬於牡丹的，沒人去打主意，就算打主意也沒法子動，可何夫人的私房就不一樣了。庶出的沒有份兒，卻也可以想想，嫡出的則完全能分享。但誰都知道何夫人偏愛牡丹，二人的東西若是夾雜著放在一起，將來何夫人偏心說那本來就是牡丹的，大家也只能是乾瞪眼，就連道理都說不出個一二三來。

第十章 起步

何夫人早有打算，要叫牡丹長長久久，安安心心地在家裡住下來，那麼錢財上的事情就必須得扯清楚，不給人留下任何話柄。她也不想將來牡丹從自家房裡拿點什麼東西出來，都會被人說是奪了嫂嫂和姪女兒的。

「是呀，丹娘的東西多，得給她騰地方置放。我記得咱們家的倉庫後面有兩間空著的後罩房，把我的東西全都搬到那裡面去。再派個人去和妳爹說，從劉家搬回來的東西，不緊要的和大件的，家裡放不下，另外在咱們家鋪子裡尋個合適的庫房放進去，著專人看好了。」

何夫人吩咐完薛氏，又回頭望著牡丹笑道：「妳那些東西，就是另外一套家當，家裡都有，除了貴重細軟和日常得用的，就都別拿回來了，省得屋子裡擠。待那邊放置妥當了，讓妳爹把鑰匙和單子給妳，需要的時候再讓人去取，妳看如何？」

牡丹連連點頭，「但憑娘安排。」

每與何夫人多相處上些時候，她對何夫人的欽佩就更上一層。何夫人如此安排再是妥當不過，等於把她的財產和何家的完全分開了，將來她搬出去的時候，只需從那三間廊屋裡抬走自家的箱籠便是，其他傢俱等物完全不必動，清楚明白，還輕鬆自在，大家都沒得話可說。

何夫人見她點了頭，便指派甄氏和李氏這兩個冤家對頭去盯著人搬自己的箱籠，卻叫薛氏去安排牡丹要用的床榻桌椅帳幔等物。至於白氏，則被指派去安排晚飯，把孩子們趕出去，單留了張氏和孫氏在屋裡陪牡丹說話。

傍晚時分，外間一陣騷動，是何志忠和何大郎帶著一群人，浩浩蕩蕩地將牡丹陪嫁的二十多盆牡丹花抬進了後院。

紛亂一歇，何志忠方遣了眾人離開，只留下何夫人、牡丹、林媽媽、雨荷等四人在屋裡，詳細詢問起劉家的情況來。

牡丹平平靜靜地將事情經過說了一遍，只除了曖昧的關鍵地方含糊略過，留給何夫人過後自去補充。

何志忠路上已經聽林媽媽和雨荷說過一些，此時不過確認罷了。事情的來龍去脈已經完全清楚，誰是誰非，這日子還能不能過下去，還有沒有破鏡重圓的可能，盡都有了數。到了他這個年紀，已經沒了何大郎那種一點就著的炮仗脾氣，他願意把更多的精力放在事情的解決之道上。

此刻他挺著大大的肚子，背著手在屋子裡走了幾圈後，摸著已經花白的頭髮直嘆氣。

牡丹和何夫人走得爽快，他卻是和劉承彩、劉暢磨了一整天。劉家父子出去轉了一圈，再回來後已經冷靜下來，態度與先前大不相同。劉承彩好話說盡，劉暢端茶向他賠罪，父子倆異口同聲地表示，牡丹要是想回娘家住些時候，那就多住些時候，等她氣消了，還讓劉暢來賠禮道歉，風風光光地將她接回去。

事情已經到了這個地步，怎能輕易就了了？他自然是不同意的，拿出架勢要與劉家商量和離的事情，劉家父子便紛紛找了藉口，來個避而不見。等到傍晚，不能不歸家，牡丹的東西大多數是都搬回來了，他和大郎卻是裝了一肚子的氣和水。

牡丹知道這事不可能一帆風順，就是現代，離婚也是個技術活和體力活，涉及到財產糾紛就更是考驗人，又何論這古代？所以她是有心理準備的，也不覺得有多失望，便安慰何志忠，「爹爹莫急，只要不在他們家吃苦受氣，女兒就不怕和他耗。只是為著女兒的緣故，給爹娘兄長添了許多麻煩，還白白便宜他家佔了爹娘辛苦賺來的血汗錢。」

何志忠拍拍她的肩頭，「休要多想，那錢既然是為了妳花出去的，那便是妳嫁妝的一部分，就算是將來要回來，那也是妳的。爹娘做這一切，都是為了妳好。妳若是不好，那便失去了意義，安安心心地候著，我和妳哥哥們商量後自會妥當安排好。」

正說著，下人來報，「李家表公子來了。」

「快請進來。」

牡丹正想感謝李荇，便道：「爹爹，這事多虧表哥幫忙，昨日也虧得他替我出氣抱不平，我要親自謝謝他。」

何夫人點頭同意，「是該好生謝謝他才是，留他吃晚飯，你們父子幾個好好陪他喝一盅，改日再備了禮登門道謝。」

何志忠應了，叫人去把大郎叫來。

少頃，李荇親自提了個大食盒進來，看見眾人，先就笑咪咪地團團作揖行禮，然後把食盒交給薛氏，「大表嫂，這是姑父最愛吃的槌餅，是我店裡新聘請的師傅做的，手藝十分了得，其味脆美，不可名狀，快快分了大家吃。」

何夫人聞言就打趣他，「行之，你這是老李賣瓜，自賣自誇呀！」

李荇哈哈一笑，「東西實在是好，自謙反倒是做作了。」

何大郎對槌餅興趣缺缺，他的注意力全被李荇的襆頭腳吸引去了，「哎唷，還玩出新花樣來啦！」

牡丹看過去，只見李荇今日戴著的黑紗襆頭不但是時下最流行的高頭巾子，襆頭腳還與眾不同，旁人多是垂在腦後，偏他的對折翹了起來，果然標新立異。再配著他那身鮮亮的綠色絲質缺胯袍，洋洋自得的樣子，儼然就是一古代時髦青年。

李荇也不扭捏，大大方方地轉過去給何家幾個半大小子們看，「你們趕緊跟我學，過不得幾日就要跟著時興起來了。」

何家幾個半大小子果然躍躍欲試，笑鬧著互扯對方的襆頭腳玩。

何志忠沉著臉道：「你們誰有你表叔的本事，我許他怎麼折都可以，就算是折出一朵花來，也是可以的。」

一句話便成功地將一群孫子制住，各人垂著手悄悄退了出去。

李荇便說起正事，「我聽說丹娘回了家，放心不下，特意過來看看。若是有什麼需要我幫忙的，還請姑父姑母不要客氣。」

牡丹上前深施一禮，「多謝表哥援手，救丹娘於水深火熱之中。」

「能夠出來就是好的，自家人不說那些客氣話。」說著，他上下打量了牡丹一番，「精神還不錯，剛才我聽說那畜生動了手，還擔心妳吃了大虧。」

牡丹本想說，我這是吃小虧佔大便宜，何況還沒怎麼吃虧，可她不敢說，只笑道：「心情好，再疼也不疼。」

李荇深深看了她一眼，「妳想得開就好，這事了了之後，該忘的便都忘了吧！」

牡丹笑著應了。

何志忠在一旁摸著鬍子沉吟片刻，道：「行之，我有事要和你商量，你隨我來，大郎也來。」

李荇對何志忠這個生意做得風生水起的遠房姑父向來極其尊敬，當下便收了嬉笑之色，一本正經地垂手跟著何志忠父子去了書房。

幾人剛落了坐，何二郎也回來了。

「我想著，丹娘這件事怕是不能善了。他家是男子，已經有了兒女，再耗上幾年，還是一樣的嬌妻美妾。丹娘卻不同，一拖青春就不在了，再拖這輩子就完了。錢財這東西，生不帶來，死不帶去，沒了也能再賺。為了她的未來著想，我看不如這樣，過幾日我們去尋劉承彩，拿那張紙和那筆錢去換丹娘的自由，你們覺得如何？」

何大郎不幹，「那丹娘豈不是白白吃了這個虧？」

「為了一口氣要賠上丹娘幾年的青春，甚至是一輩子，不值得。自古民不與官鬥，如今是劉家理虧，我們稍稍讓步，他家也沒有可以多說的。又何必一次將他家得罪狠了，將來明裡暗裡給咱們家使絆子？」

何二郎甕聲甕氣地道：「爹爹說的雖然有理，但當初幹的本就是火中取栗的事，不結仇已經結下了。劉家小兒是個心胸狹窄的小人，就算是咱們讓步，他也會恨牡丹一輩子，一有機會就報復咱們的。」

「劉承彩和他的妻兒不同，更貪圖享樂，不然當初也不會不顧兒子的意願答應咱們家。毫無風險，輕輕鬆鬆得到一大筆錢，還可以另外娶個門當戶對的兒媳，攀上另一門高親，對他來說，是最划算不過的事，他是不會放過的。我再另外尋個機會，尋個合適的人做中人，讓兩家的臉面都過得去，他的目的達到，便不會再追究。只要他點了頭，劉暢不肯也得肯，戚氏也翻不出大浪來。」

何大郎氣得不行，一拳捶在桌子上，「真窩囊！」

何二郎只是不贊同地搖頭，「不可能就這樣輕易算了的，以後麻煩還有得是，除非這個中人是個地位遠遠高於劉承彩的。而且他當面答應了，背裡下黑手，又怎麼辦？」

何志忠擰眉道：「那又能如何？走一步算一步，真把我逼急了，兔子也會咬人。行之，你說是不是這個道理？」

「我記得，昔年洛陽富戶王與之向聖上敬獻波斯棗和金精盤，又敬獻絹布三萬匹充作軍資，聖上召見，御口允了他兩件事。第一件，是賜了他一個從六品奉議郎；第二件，便是他申訴左龍武大將軍張還之子向他借貸一萬貫錢不肯歸還，於是張將軍不但被勒令還錢，還被貶職。」

這件事情轟動一時，王與之大方敬獻的同時，還大膽向皇帝誇富，說是自己就算在終南山的每棵樹上掛滿絹，他家裡也還有剩餘。但是去終南山掛絹做什麼呢？還不如獻給本朝軍士，盡一分薄力。皇帝是個心胸寬大的，不但沒有說，整個天下都是朕的，你還敢到朕面前來誇富？簡直不知天高地厚！也沒有因為人家有錢，就產生了仇富心理，算計著要奪取。反而龍顏大悅，道是天下如此富足，自己果然聖明，百官果然都是幹實事的，政清民富，百姓知榮知恥。於是除了為王與之解決了那兩件事，另外還有賞賜。

李荇的意思倒不是要何家去天子面前誇富敬獻財富，畢竟何家雖然有錢，卻還遠遠不能與王與之相比。但王與之敬獻稀奇之物，將自己的冤情直接上達天聽這條途徑卻是不錯。

何二郎為難道：「但金精盤那樣貴重難遇的東西，哪是那麼容易就能得到的？若真要走這一步，便要早些和胡商們打招呼，或許還能收到些稀奇寶貝。」

何大郎冷笑，「哪用得著如此煩惱複雜？他家若真是如此不知好歹，我便去敲登聞鼓，與他拼個魚死網破！」

何志忠淡淡一笑，「還沒到那個地步，我意已決，暫且就先這樣，過兩日你們哥倆先陪我去尋劉承彩。」

天色漸暗，外間傳來一陣悶雷聲響，風捲著潮濕的雨意透過窗戶門縫襲來，將懸在梁上的鏤空百花鍍金銀香囊吹得旋轉起來，下垂的五彩絲絡更是在空中劃出道道彩弧，清新的梅香味四散開來，屋子裡的悶熱頓時散盡。

李荇起身推窗，探頭看了看頭頂沉厚的烏雲，再看看遠處泛白的天際，「今夜有暴雨。」「趁著雨還未曾落下，趕緊吃飯去。」何志忠說罷，又叮囑大郎兄弟二人，「你們去看看，老三他們散市可歸家了？」

大郎和二郎相攜離開，李荇與何志忠二人沿著長廊，慢吞吞地走著，李荇捋了捋腰間佩玉上的絲絛，湊到何志忠耳邊低聲說了幾句。

何志忠瞇眼看了他一會兒，「你就不怕惹火燒身嗎？」

李荇失笑，「我哪裡還能跑得掉？」

「既如此，我倉庫裡有的東西，你只管挑去。」

李荇卻是搖頭，「我不要。」

何志忠詫異，「那你要什麼？」

李荇狡黠一笑，「姪兒就想問，假使劉家看在咱們伏低做小的份上肯讓步，姑父果真就肯嚥了這口氣，吃了這個啞巴虧？」

何志忠長嘆道：「你也看到了，大郎脾氣暴躁，有勇無謀，二郎瞻前顧後，還有些怨我們當初考慮不周。其他幾個更是不堪大用，這樣一大家子人，老頭子我又能如何？」

李荇哈哈一笑，「姑父果真如此考慮，姪兒就不多嘴了。」

何志忠忙收起臉上假裝出來的哀色，正色道：「你是真心的？這可麻煩得很。」

「自然是真。」

何志忠一笑，朝他招手，「你附耳過來，這事還真要你出手才行，我們家誰也不成。」

轟隆隆一聲巨響，漆黑一片的天空被猙獰的閃電撕裂了幾個口子，黃豆大小的雨點劈里啪啦地砸了下來，很快房檐上的水就流成了雨簾。

何志忠與李荇站在大紅燈籠散發出的柔和光線下，觀賞著廊外閃爍著白光的雨點，結束了此次談話。

次日，牡丹在鼕鼕的晨鼓聲中醒來後就再也睡不著。不是認床，只是心中要考慮的事情太多，憧憬太多，讓她迫不及待地希望天快大亮。

她翻身坐起，推開床前的銀平托花鳥屏風，探頭往外望去，黑乎乎的一片，萬籟俱靜，只有窗邊榻上睡著的寬兒發出低而平穩的呼吸聲。牡丹心中一片安寧，輕輕笑了笑，又將屏風掩上，靜靜等候天亮。

雖然此刻各處城門、坊門已然大開，百官動身上朝，各坊的小吃店也開了張，但東市和西市卻要在午時擊鼓之後才能開張。何家沒有人需要趕早，都會睡到辰時才會起身，吃過早飯後，才開始一天的工作和生活。

辰時，門外傳來幾聲輕響，寬兒從睡夢中驚醒，一骨碌翻身下榻，輕手輕腳地將門打開，接過粗使婆子送來的熱水，低聲問道：「夫人起身了嗎？」

「起了，特意吩咐丹娘身子不好，讓她多睡會兒呢！」

才說著，已經打扮得整整齊齊的林媽媽和雨荷拿著昨晚熏好的衣裙過來，直接進了屋裡，準備叫牡丹起床。才拉開屏風，就見牡丹已經穿好了裡衣，坐在帳裡望著她們笑。

林媽媽欣慰一笑，和離歸家的人自然不能如同當初還未出嫁時那樣嬌憨。那個時候貪睡不起床，想什麼時候吃就什麼時候吃，那都是無所謂的事情，嫂嫂們最多背地裡抱怨羨慕幾句，什麼事都沒有。現在不同，本就是給人添了麻煩，再這般不知數的話，那可是討人厭了。

寬兒迅速將榻上收拾乾淨，擺上牡丹的妝奩鏡臺。

牡丹盥洗完畢，上了榻，由著雨荷給她梳頭。

「今日梳個望仙髻如何？」

牡丹搖搖頭，「太高，太複雜，就梳個簡單些的。我今日想去市上買幾株花回來。」再順便看看行情，瞧瞧世人都喜歡些什麼品種造型的牡丹。待過上兩日，再和家裡人說，一道去曹家園子看看牡丹去。

林媽媽接過雨荷手裡的象牙梳，「既然是要出門，就梳個回鶻髻好了。」

待到牡丹裝扮完畢，何家喧囂而忙碌的一天也開始了。

何家不比劉家，無論早晚都是一大家子人一起吃飯，除了機密的事情外，男人們生意上的安排，家裡的大事小事，都在飯桌上商量完成。何家有個非常開明的地方，那就是不論大小、男女，都可以暢所欲言地就事發表自己的看法。作為當家人的何志忠和岑氏，會結合大家的意見綜合考慮，然後再下最終的決定。可以說，何家人相處得如此融洽，過得順風順水，一多半的功勞屬於早晚餐會。

用何志忠調侃的話來說，就算是宰相之流也要在公堂進行會食，吃堂飯商討公事的，何家沒那麼多大事可以商討，卻也可以借鑒一下嘛！

借鑒之後的成果顯而易見，吃完飯的同時，家裡大大小小的事情也就全都安排妥當了，飯後各司其職，忙而不亂。

在這樣的氛圍下，牡丹提出要去逛街看花市的要求，並沒有人覺得有什麼大不了的，甚至得到了一家人的支持，個個都認為她應該多出去走走，而不是成日悶在家裡暗自傷神。

當牡丹跟在五嫂張氏和六嫂孫氏的身後，試著翻身上馬，迎著朝陽穿行在宣平坊整齊的十字巷裡時，聽著清脆的馬蹄噠噠聲，嗅著雨後清新的空氣，她的心情是無法用言語來形容的。

上天待她真是不薄，她才十七歲，青春年少，四肢健全，家境富裕，有心疼她的父母兄長，自己還有一手種植牡丹的才能，不必擔心有人追著給她纏足，不必擔心和個男人說話就被罵沒廉恥，也不必擔心被成日關在家裡不許外出，更不必擔心和離後再也嫁不掉，苦哈哈地守著家人淒涼一生。

縱然許多事情在她的腦子裡都有模糊的印象，但親眼看到的時候，卻每每總是讓她驚喜和感嘆不已。何家的開明和這個時代的開明，都遠遠超出了她的想像範圍之外。就比如說，寬達五十丈的朱雀大街第一次出現在她面前時，給她帶來的震撼一樣，一切都在提醒她，她是井底之蛙，除了那手種植牡丹的技能外，她其實沒什麼值得誇耀的。

她何其有幸，穿到了這樣一個年代。這是怎樣的年代啊，萬國來朝，前所未有的開放和繁榮，不要說是女人當家，就是女富豪什麼的，都不是什麼稀罕的事情。她絢麗的人生，才剛開始起步。

東市因為臨近三內，周圍多達官顯貴的住宅，所以主要賣的是上等奢侈之物，牡丹花要想賣出好價錢，自然也要往這地方去。故而牡丹姑嫂幾人出了宣平坊後，就直接往東市而去。

東市路面結實，寬達沂十丈，自帶排水溝人行道，交叉成井字的平行大道劃分成几大區域，居中三大區域，是管理市場的市署、平准署，以及存儲糧食的常平倉。另六大區域，分別被酒肆、肉行、餺饠肆、印刷、錦繡彩帛行、珠寶古玩店、凶肆、鐵行、賃驢人、筆行、雜戲、胡琴、供商戶用水的放生池等佔據。這九大區域中，又被若干條小巷分割成若干區域，無數的店面林立街旁，行人如織，街頭巷尾傳來琵琶的彈奏聲，人們笑語聲、吆喝聲，說不出的熱鬧繁華。

作為商業建築來說，東市的佈局就是來自現代的牡丹看來，也是很合理的，設施齊備，交通方便。她跟在張氏和孫氏的身後，東張西望，什麼都好奇得很，簡直要興奮到忘乎所以。

孫氏和張氏見她東張西望，只當她被劉家管制狠了，這一出來，就如同飛出籠中的小鳥一般，哪有不貪新鮮熱鬧的？當下也不管她，鬆鬆地握著馬韁，任由馬兒隨性溜達，倒叫牡丹好生飽了一回眼福。但在她的記憶之中，東市遠遠沒有西市那般繁華，但去西市遊玩，卻又是過些日子的事情了。

牡丹遊了約莫半個多時辰後，方想起自己要做的正事來，「嫂嫂，為何不見牡丹花市？」

孫氏笑道：「丹娘要看牡丹花，得往放生池那邊去才行。」

牡丹花，多為露天栽培，應季而放，平時想要購買的人多數都是慕名到人家園子裡去買，並沒有專賣的鋪面。但為了方便貴人們購買，也為了方便比較抬價，花農們便會將家中的花挑了送到東市來。又因著整個東市用水都要從放生池那邊來，那邊水氣足，柳樹高大，樹下陰涼，花木之類的東西便都往那裡去。

牡丹便拉了馬韁，讓馬兒轉身往回走，「既如此，我們便往那邊去。」

這一片酒肆較多，多為胡人所開，穿著色彩鮮豔，款式時興的薄紗衣裙，捲髮綠眼，眉眼深邃，豔麗動人，風情萬種的胡姬立在門口，舉著酒杯，笑著招攬過往的客人進去喝酒。酒肆裡面更是笛聲、歌聲、勸酒聲響成一片。

經過一家最大的酒肆時，牡丹注意到他家門口的胡姬遠比其他家的更年輕，更貌美。

張氏用馬鞭捅了捅孫氏，「我記得老六最愛來這家，是也不是？」

孫氏的臉上泛起一層薄怒，拿鞭子捅回去，「還是五哥帶他來的！」

「哎呀，生什麼氣呢？他們兄弟成日裡不得閒，怕是個把月才能來一次，也不能做什麼，多半都是招待客人，談生意而已。」

一陣優美的箜篌聲自半空中傳來，孫氏哼了一聲，眼珠子一轉，用馬鞭指著斜倚在二樓視窗處彈奏箜篌的一個穿湖綠薄紗衣裙，褐色頭髮，神情憂鬱的胡姬笑道：「五嫂，妳看那是瑪姬兒吧？就是上次把五哥灌醉的那個？」

這下輪到張氏不高興了，「我看她也不怎麼樣，彈得難聽死了。」

牡丹聽著兩個嫂嫂鬥嘴，抬頭瞇眼往上看去，但見那瑪姬兒肌膚雪白，紅唇飽滿，一身湖綠的衣裙襯著碧綠的眼睛，一隻雪白的纖足踏在窗邊，美麗的足腕上掛著一串精緻的金鈴，果然充滿異國風情，美麗又動人，也難怪血氣方剛的何五郎會被她硬生生地灌醉。

瑪姬兒見牡丹看她，突然停下手中彈奏的箜篌，收起臉上的憂鬱，朝牡丹嫣然一笑，招招手。

牡丹猶豫片刻，報以微微一笑。

雨荷大驚小怪，「呀，她朝著丹娘笑呢！咦，丹娘，您怎麼也望著她笑？」

張氏和孫氏立刻停止鬥嘴，齊刷刷地看向瑪雅爾，憤懣地道：「丹娘，這些胡姬可不是什麼好人，幹嘛望著她笑？」

牡丹垂下眼不說話，打馬前行。難不成人家望著她笑，她要橫眉豎眼地瞪著人家？不過笑一笑而已，過後誰又見得著誰？

瑪姬兒本是見著牡丹衣著華貴，明媚可愛，又那樣好奇地看著自己，只當是大戶人家的小娘子出來看稀奇，故而乾脆戲弄她一回。誰知牡丹竟回了自己一笑，笑容雖然羞澀，半點鄙薄之意也無，不由驚異地挑了挑眉，回頭往裡低笑道：「外面有個小美人，笑得忒好看。」

裡面喝酒的兩個年輕男子聽說，俱都抬起頭來，其中一個穿栗色缺胯袍的年輕男子更是當先衝到窗邊，探頭往外看去，但見三個衣著華貴的年輕女子騎著高頭大馬，被幾個僕從婢女簇擁著，漸漸去了，忙一把扯住瑪姬兒猴急道：「是誰？美人兒是誰？」

瑪姬兒卻又不說，只看著男子笑道：「潘二郎，你一向不是自詡有一雙火眼金睛，最識得美人嗎？今日你就猜猜，若是猜得著，今日的酒錢只算一半，若是猜不著，以後若是要吃酒，便得只來我家。」

「那妳家若是倒閉了，我不是就不能吃酒了？最多連著十次來妳家如何？」

瑪姬兒便側身彎腰道：「郎君請。」

潘二郎見美人已經越走越遠，因牡丹被張氏和孫氏簇擁在中間，便胡亂指著牡丹的背影道：「定然是穿湖藍衫子的那個！」不待瑪姬兒確認，就將兩根手指放進嘴裡，吹了呼哨，大聲喊道：「前面穿藍衣服的女子，香囊掉了！」

牡丹幾人聞聲，俱都回過頭，一邊檢查自家身上的香囊，一邊往聲源瞧去。這一瞧，牡丹不由啼笑皆非，那在窗口處探出大半個身子來，表情已然半石化狀態的男人，不是潘蓉又是誰？

並無誰的香囊掉了，可見是被調戲了。雨荷啐了一口，假裝沒看清楚那人是潘蓉，只罵道：「什麼不要臉的登徒子，眼睛瞎了還是瘋了？我看是你自家的眼珠子掉下來了吧？」

張氏和孫氏也不羞惱，只撫掌大笑，「果然是眼珠子掉下來了！」

何家的僕從婢女們紛紛大笑起來，齊齊示威一般甩了甩鞭子。

牡丹微微一笑，回轉馬頭，繼續往前走。

潘蓉呆鵝一般，轉了轉眼珠子，怎麼會是何牡丹？前日還委屈得要死，轉眼間便打休夫家，鬧著要和離，偏還這樣自由自在，快快活活地上街遊耍。哪有這種女子？不是沒心沒肺，就是徹底沒把那夫家和親事當回事。思及此，他不由同情地瞟了正沉著臉喝酒的劉暢一眼。

瑪姬兒何等精明的人，當下便笑道：「原來是郎君的熟人。」

劉暢也不在意地道：「是誰的家眷？看你那呆頭鵝的樣子。」

潘蓉垂眸想了想，笑嘻嘻地揮手叫瑪姬兒下去，坐到劉暢身邊，「你猜！」

劉暢不耐煩地道：「猜什麼猜？沒看見我正煩著嗎？你倒是說，答應不答應呀？」

潘蓉撇撇嘴，「阿馨的性子你又不是不知道，說是看見我就煩，昨晚門都不許我進，哪裡又肯聽我的，去幫你勸人？你也莫急在這一時，等過幾天再說。」卻又促狹問道：「你先跟我說說，要是弟妹果真回了家，你準備怎麼待她？」

劉暢的眼神越發陰鷙，晃了晃杯子裡的龍膏酒，冷笑道：「先把她接回來，慢慢再收拾她。我要叫她骨頭渣子都不剩！我要叫她後悔死！」

潘蓉認同點頭，「對於這種不聽話的，那是肯定要吃得骨頭渣子都不剩的！我是打不過阿馨，不然我也要叫她好看。我問你，要是現在弟妹就在你面前，你要如何？」

劉暢捏緊杯子，「哼，誰耐煩吃她？我掐死她！」

「如你所願，剛才那個人就是她！果然笑得很好看，不知道的，還以為是哪家未出閣的小娘子呢！若是喜歡，最好趕緊去求娶。」

砰的一聲巨響，卻是劉暢掀翻了桌子，提起袍子衝下樓去了。

「公子，您慢些兒！」惜夏怨怪地掃了潘蓉一眼，趕緊追了出去。

潘蓉一歪下巴，命身後的小廝去結帳，自己也提著袍子跟著追了出去。

又有好戲看了！這可怪不得他，誰叫她何牡丹當此非常時期，卻不老老實實在家待著，非得跑出來閒晃。

哎呀呀，不知道這回何牡丹會不會用鞭子抽劉暢？潘蓉忍不住地興奮了。

放生池邊的柳樹蔭下，整整齊齊地排著大約四、五十株盛放的牡丹和芍藥，觀看的人多，談價的也多，其中多數人衣著華貴，神態高傲，挑了又挑。也有那穿得樸素的，圍著那花打轉看熱鬧，每見一筆交易成功，大筆的錢自買主手中轉入賣主手中時，便滿臉的羨慕之色。

牡丹馬術不精，小心翼翼地下了馬後，將韁繩扔給雨荷，拉了張氏和孫氏也圍了上去。見品種遠比她想像的更多，雖不見姚黃、魏紫、豆綠、藍田玉之類，卻也有幾株二喬、大胡紅、趙粉等傳統名貴品種。還有些大抵後世已經流失，讓她叫不出名字來的品種。

仔細觀察後，牡丹心中便有了數。她算是明白為何她陪嫁的姚黃、魏紫，以及那盆玉樓點翠會成為劉暢炫耀的對象，清華郡主為何想霸佔，潘蓉為何討好她，想高價購買了。

首先，從顏色來看，這些花中，多是單色，複色很少。其中粉色、紅色佔了絕大多數，黃色、紫紅色、白色極少，藍色及綠色則完全不見，更勿論現代炒得最火的黑色系。就算是現有的這些色彩中，沒有真正顏色極正的紅色和黃色，紅色偏紅紫，黃色則偏白。想要一鳴驚人，就需要豐富花色。

其次，從花期來看，牡丹花期較短，又集中，過了這個季節便不能再觀賞，那麼多的花，在同期開放，買的人卻只有那麼幾個，價錢和數量上不去，就只能眼睜睜看著它謝了。而平時呢，客人看不到花盛放時的情景，自然也就不可能高價購買。所以真想把它做大，做長，必須想法子延長花期。

再次，從花朵的形狀上來看，此間擺放著的牡丹花品種中，重瓣不多，多數還是單瓣和半重瓣。而明顯的，顧客普遍對半重瓣、重瓣類花型更為偏愛，尤其是那種花型端莊，大而豐滿的最受青睞，價格也更高。可牡丹認為，即便是單瓣品種，如果顏色稀罕，花型端正、花瓣挺直，不下垂、不變形，也自有它的欣賞價值，遇到喜歡的人，還是能賣上高價。就比如說，玉版白就是此類代表。可惜時間來不及，沒能從劉暢那株玉版白上弄枝接穗。

牡丹微微出了一口氣，漾起一個笑容來，給她時間，她完全有把握培育出新的品種來。她可以不依靠任何人，就憑自己的雙手過上自己想過的富足生活。

張氏指著其中一株開得正好的大胡紅笑道：「丹娘，這株不錯，買這個！」

那花主是個穿麻衣的中年漢子，見有客人看上了自己的花，忙起身招呼，指點給眾人看，「諸位請看，不是我自誇，今日這些花中，就數我這株花最好！您看，一共有八個花苞，現在開了六朵，同一株上，有三種花型！」

牡丹湊過去一看，這株大胡紅的確不錯，花瓣淺紅色，瓣端粉色，花冠寬五寸，高二寸，雌蕊瓣化成嫩綠色的彩瓣。六朵花中，囊括了皇冠型、荷花型、托桂型三種花型，在今日這些花中，的確算是頭一份，但遲遲不曾賣掉，想來價值一定不菲，「大哥這花打算要幾何？」

那花主打量了牡丹幾人一眼，故意搖了搖頭，嘆道：「小娘子，妳若是隨口問問，便不用問了，省得我開了口，妳又說我坑騙人。」

孫氏見他一副瞧不起人的樣子，心裡就不服氣起來，「你且說來聽聽看？是不是坑騙人，大夥兒一聽，不就都知道了？」

那花主聞言，伸出十根手指，「十萬錢！」

牡丹愣了愣，回頭低聲問孫氏，「六嫂，現在一斗米多少錢？」

孫氏先低聲回答牡丹，「一百五十錢一斗，上好的一百八十錢到兩百錢也是有的。」接著又大聲同那賣花的漢子道：「你這花是出挑，可是卻也不值十萬錢！」

周圍的人見狀，都圍了過來看熱鬧，其中一個穿玉色圓領袍子，勾鼻鷹目，三十來歲，又高又壯的落腮鬍漢子笑道：「鄒老七，早說了你這花不值那麼多，六萬錢賣了，我也就買了。」

被稱為鄒老七的花主卻十分堅持，「我便要賣十萬錢！你們這幾日來看花，可見著誰的比我的更好？」

眾人卻是笑他傻，花再漂亮，過得幾日就謝了。

鄒老七翻了個白眼，「那某就留著秋天賣接穗。」

他的人緣大抵是不太好，眾人紛紛朝他一揮袖，「既如此，你日日來這裡做什麼？你這株花又能有多少接穗？大胡紅雖然不錯，卻又哪裡及得上那姚黃、魏紫？你要賣幾年才能賣上這價？小心跌價！」

牡丹也不管旁人喧囂，只低頭默算，按現代的演算法，一斗米大約是十二市斤左右，按兩百錢一斗米算，十萬錢就是六千斤米，乖乖，夠多少人吃一年了？原來當初潘蓉肯出一百萬錢給她買那魏紫和玉樓點翠，果然是出了高價，怪不得她拒絕時潘蓉會氣成那個樣了，說她不知好歹。可是按著現代人炒作蘭花的瘋狂程度來看，又算得了什麼？

她在這裡低頭算帳，那鄒老七卻把氣出到她身上了，不耐煩地道：「兀那小娘子，妳到底買是不買？」

對於這種欣賞型的，牡丹本就是了解一下行情，並沒有打算真的買。她要買的是那些從山間野地挖來的稀奇品種和原生品種，又或是產生了異變的花朵，好方便拿來雜交育種的。可今日看來，卻沒有什麼合適的，況且這鄒老七的態度實在不好。

她正要搖頭，先前不聲不響的張氏竟突然開了口，「七萬錢！你賣我們就買了。」

牡丹忙阻止她，「五嫂，別……」

「不就是一株花嗎？嫂嫂買了送妳！」張氏握了握她的手，示意她別說話，認真地看著那鄒老七，「我乾脆，你也乾脆些，賣是不賣？」

鄒老七有些猶豫，正要開口，先前那穿玉白衫子的落腮鬍漢子突然道：「七萬五千錢，賣給我！」

鄒老七一聽，喜得抓耳撓腮，偏偏又拿眼睛看著張氏，「這位夫人，您看？」

落腮鬍漢子也不知是什麼來路，在這裡轉了好幾天，買了許多花去，天天都來問他價格，每次卻都把價壓得老低。如今看著有人要買了，熬不住了吧？

被人搶著買東西，簡直是欺負她們是女人嘛！張氏和孫氏俱都大怒，狠狠瞪著那人異口同聲地道：「八萬錢！」

孫氏極快速地低聲對張氏道：「咱們一人出一半！」雖然張氏和牡丹更親一些，但自己也是牡丹的六嫂，哪能五嫂送了東西，六嫂卻不送呢？又不是沒錢。

張氏也沒說好，也沒說不好，只挑釁地看著那落腮鬍漢子。

落腮鬍漢子冷冷地掃了張氏和孫氏一眼，對著鄒老七道：「八萬五千！」

孫氏還要開口，牡丹忙制止她們，對著那鄒老七道：「我們不要了。」

不是明碼標價的東西，最怕遇上的就是這種哄抬的人，誰知道他們是不是做了局？按著先前張氏說的價格，她還覺得划算，如果這樣惡性競價下去，被人套住怎麼辦？所以堅絕不要，及時抽身最好。

張氏和孫氏雖不以為然，但卻尊重牡丹的意見。

第十一章 商機

鄒老七遺憾得要命，卻又望著那落腮鬍漢子道：「再加點，就是你的了！」

落腮鬍漢子冷笑，「人心不足蛇吞象！」

「十萬錢，賣與我！」隨著這聲響亮的喊叫，劉暢大步流星地走過來，先惡狠狠地瞪了牡丹一眼，忍住想衝過去掐死她的衝動，暗罵：臭女人，妳以為妳搬走那幾盆破花，劉府從此就沒有花可賞了嗎？哼，只要老子有錢，什麼買不到？

孫氏與張氏遞了個眼色，上前將牡丹牢牢護住，何家的僕從婢女也擁了上來。

鄒老七大喜，又回頭看著落腮鬍漢子，「這位郎君出十萬呢！」

本以為是十拿九穩的，誰知道半路殺出程咬金，何況表情還這麼不善！

落腮鬍漢子雖見劉暢穿戴不俗，神態張揚，似是什麼貴公子，卻也不懼，惡狠狠地道：「十一萬！」

「十二萬！」劉暢傲然對著那鄒老七道：「無論他出多少，我總比他價高！」

落腮鬍漢子看出他是來找碴的，想不通自己何時得罪了他？莫非他與牡丹等人是一夥的？便不再與這紈褲子弟一般見識，只看著鄒老七道：「我聽說你家裡的院子靠近百濟寺，你這些花都是寺僧送你的？」

鄒老七聽他這樣一說，勃然變色，「是不是都和你沒關係！」接著回頭問牡丹，「小娘子，妳當真不要了？」

牡丹自看到劉暢後，便猜剛才他一定是和潘蓉喝酒來著，就有些心慌，雖不怕他當場打過來，卻也不想主動招惹他，哪裡敢和他搶著買東西，何況還這麼貴。當下攥緊了馬鞭，搖頭道：「不要。」

鄒老七看也不看落腮鬍漢子，對著劉暢道：「這位郎君，是你的了！」

劉暢也不管落腮鬍漢子殺人一般的目光，淡淡地指了惜夏，「等著，稍後跟著去拿錢！」回頭一瞧，牡丹早就和張氏、孫氏一群人往另一邊去了，完全視自己為無物，不由咬緊了牙根，握緊了拳頭，這可惡的死女人！

牡丹本已被敗了興，是要走了的，但又見兩個衣衫襤褸，穿麻鞋的年輕小夥子小心翼翼地抬著一株約有一人高的粉色單瓣紫斑牡丹，滿臉期待地朝這邊走過來。

牡丹只看一眼，就知道那株紫斑牡丹是野生的，就是她要的東西，便改了主意迎上去，問那兩個小夥子，「你們這花也是要賣的嗎？」

劉暢見狀，立刻陰沉著臉跟了上去。

那兩個小夥子見牡丹主動上前問價，便都停下來，打頭一個看著年齡似要大些，像哥哥的，略帶羞澀地道：「是要賣的，夫人要看嗎？」

「要。」牡丹示意他們將花搬到路旁柳樹蔭下去放好。

兩個小夥子對視一眼，喜不自禁地依照牡丹的話做了，也不打擾牡丹，站到一旁等待。

周圍的人便都笑牡丹與兩個小夥子，「這不過是野牡丹罷了，漫山遍野都是，花瓣又少，顏色又單調，好多人家園子裡都有，根本沒有看頭！

「哎呀，賣的人敢賣，買的人也真願買，都是癡的。」

甚至有人大聲招呼牡丹過去買自家的花，「小娘子，不如買我家的，我家的這個比他的好多了，妳看看這花，看看這葉，可都是精心伺弄出來的。」

兩個小夥子聞言，黑臉越紅，羞得抬不起頭來。都聽人說，京城中人最愛的就是牡丹，一叢深色牡丹，可以賣到十戶中產之家納的賦稅之資。他們也知道這野牡丹林子裡到處都是，沒什麼可稀罕的。可這株牡丹不同，以往見到的這種牡丹大部分都是白色的，但這一株卻是粉色的。所以他們才敢挖了趕路來賣，也不圖它多少，能換點油鹽錢也是好的。

被人笑話，牡丹卻也不惱，上前仔細觀察面前的植株。才一靠近，牡丹花特有的芳芳就撲鼻而來。

紫斑牡丹，顧名思義，它最顯著的特點就是所有花瓣的基部都有或大或小的墨紫色或棕紅色、紫紅色斑，稱腹斑。花朵直立，香味濃郁，主枝粗壯，直徑可達四寸餘，株高達一丈，乃是牡丹中的大個子，有牆裡開花牆外紅之說，種在園子裡，自有它特殊的風采，但牡丹最喜歡的，還是它抗旱耐寒，病蟲害少，花期晚的優點。作為雜交選育的資源來說，是很難得的。

這些人不知道牡丹懂行，只道她是不識貨，卻又喜歡趕時髦養牡丹的富家女子，劉暢卻是知道牡丹愛花，懂花的。這株不起眼的牡丹花如此吸引牡丹，必然有它的道理在裡面。思及此，劉暢便停了腳步，收了要找牡丹麻煩的心思，立在一旁靜靜觀看。

一株花樹的價值，很大部分體現在它是否能成活上面。牡丹仔細檢查了花的根部，確認可以栽活之後，便與那兩個小夥子談起價格來，「你們想賣多少？」

兩個小夥子對視一眼，年長的那個大著膽子道：「俺聽說牡丹花很貴，很值錢。」

旁邊一個賣花的笑道：「對，很貴，你這個少說也要值五、六萬錢！」

眾人頓時捂著嘴一陣嗤笑，唯有鄒老七和落腮鬍漢子若有所思地看著牡丹，不參與眾人搗鬼。

兩個小夥子見狀，也知道旁人是故意欺負自己，不由又羞又惱。年輕那個猶豫片刻，紅著臉大聲道：「俺們不知價，夫人願意給多少就是多少！反正俺們也是從山裡挖來的，雖然走了老遠的路，但力氣出在自家身上！」

年長那個聞言，喪著臉拉了拉他，低聲嘟囔了幾句，意思是怪他蠢，哪有任由人家給錢的？年輕那個不服，大聲道：「兄長你也看到了，除了這位夫人要，只怕其他人都不肯要。難道又扛回去不成？換點油鹽錢就是好的。」

倒是老實。牡丹制止住兄弟二人的爭執，壓低聲音道：「我給你們一萬錢，你們看這個價格可公道？」

本想著再好也不過就是隨便幾百錢或是千餘錢的生意，哪想牡丹卻給了這個價。相比剛才眾人嗤之以鼻的態度，果然是太公道不過了！但這兄弟二人粗中有細，對視一眼後，哥哥質疑道：「妳怎麼這般捨得？」別不是還有其他心思吧？城裡人最狡猾了。

「我有條件呀！以後你們若是再看到長得和其他不同的，便挖來賣給我，絕對不會虧待你們。」目前她沒機會去深山老林，如果能與這二人達成協議，他們農閒時替她找來野生異化的品種，那是再好也不過了。

弟弟正要點頭應下，牡丹又低聲道：「莫讓旁人知道，不然以後他們都去挖了來賣，你們還賣什麼？」

牡丹說這個話是有私心的，如果被人得知這野牡丹賣了高價，指不定就會都跑去刨野牡丹，那些野牡丹落到其他人手裡根本就不起作用，還會破壞野生種群。

弟弟聞言，立時捂住了嘴，驚慌地掃視周圍一圈，見眾人都是一副好奇的樣子往這邊看，有人還大聲問他們到底賣了多少錢，不由越發覺得牡丹說得很有理。當下收斂臉上的喜色，接過雨荷遞來的定錢，跟著哥哥去抬花，要與牡丹等人一同去拿錢。

孫氏與張氏雖不知牡丹為何其他花都看不上，偏偏看上這株野花，但對牡丹花，她們是遠遠不如牡丹這般熟悉的，便也不多語，問明牡丹的意思後便準備回家。

牡丹才走了沒兩步，就被劉暢堵住，「妳到底給他們多少錢？這花有什麼古怪？」

牡丹自是不會告訴他，只淡淡一笑，轉身從另外一個方向走。

不知為何，劉暢總覺得牡丹是在嘲笑自己，心中一股邪火猛地往上躥，不由上前攔住那兄弟二人，「一樣都是賣東西，便是價高者得。她賣多少錢，我比她高。」先不說這株野牡丹必然有古怪，就憑他心裡不爽快，他也不要讓何牡丹順心。

鄒老七和落腮鬍漢子也走過來問那兄弟倆，「賣了多少錢呀？看你們高興的。」說著圍上去仔細打量那花，各有思量。

其他人見狀，也俱都圍了上來，七嘴八舌地打聽價格。

她若是不主動問起這株花，只怕這些人是不會瞟這花一眼的。看到她買，卻都覺得這其中一定有什麼特別的。這是人本來就有的逐利之心，沒什麼奇怪的。最最可恨的是劉暢，分明就是故意來搗亂，和自己作對的，牡丹惱火起來，望向那兄弟倆，指著劉暢道：「這位郎君很有錢，他出的價可能比我高，你們辛苦這一趟不容易，我不為難你們，想要賣給誰？」

劉暢尚未開口，那兄弟二人已然搖頭道：「凡事總有先來後到，已經收了定錢的，怎好反悔呢？這位郎君若是要，改日俺們遇到合適的再挖了來就是。」對於其他人的問話，堅絕不答。他們又不蠢，自然要圖長遠，保住這生財的法子。

「既如此，就和我們一起去拿錢吧！」牡丹微微一笑，這樣的回答可以說在她的意料之中，不是所有人都和鄒老七一般貪錢，和那落腮鬍漢子、劉暢一般不講道理的，絕大多數人還是講究信義二字。

落腮鬍漢子見兄弟二人不答自家的話，猜著價格必是不便宜，便湊過去和牡丹套近乎，「小娘子，我看妳檢查花根的樣子也不像是不懂花的，妳買這株牡丹去做什麼？」

因著先前此人與張氏爭買牡丹，牡丹對此人的印象差得很，自然不會實話實說，「各花入各眼，我喜歡它的香味，也喜歡它的高大。」

劉暢見牡丹與落腮鬍漢子答話，心中異常不喜，閃身到牡丹面前惡聲惡氣地道：「妳還要鬧到什麼時候？和我回家，我就再也不計較從前的事情，饒妳這一回。」

眾人聞聲，都覺得奇怪，既是一家人，為何又要競價？

我呸！無藥可救的自戀狂，大渣男！

牡丹只作沒有聽見，回頭望著張氏道：「五嫂，我記得咱們家在這附近就有香料鋪子的，是四哥管著的吧？」論暴躁程度，如果說何家大郎是鞭炮，那何四郎就是大炮了，而且他手下的夥計各個都五大三粗，不是好相與的。雖說生意人和氣能生財，但何家的珠寶、香料生意是需要經常出海買賣的，遇到水盜那更是要操刀子拼命，所以養成了何家人不怕事的性格。她不知道劉暢的武力值究竟有多高，但她知道只要他敢動手，何四郎一定不懼怕。反正何大郎已經打過劉暢，結下仇了，也不差這一頓。

「我早就讓人去喊四郎了，應該快來了。」

孫氏則笑道：「劉奉議郎，事情已經到了這個地步，您又何必糾纏不休呢？依我們看，一日夫妻百日恩，好聚好散，對誰都有好處。郡主我們也見過的，其實真的和您十分相配。郎才女貌，家世相當，堪為良配，您就放過我們丹娘吧！」

多管閒事！劉暢凶惡地瞪了孫氏一眼，他豈能不明白何家人話裡話外的威脅奚落之意？想到何大郎的拳頭，他更是氣憤，他不見得就打不過何大郎，不過當時不想還手而已。今日不叫何家人知道他的厲害，他就把劉字倒過來寫！

當下冷笑著去抓牡丹的手，「妳不就是仗著自己有幾個蠻橫不講理的哥哥，家裡有幾個臭錢麼！叫他來呀，正好叫妳家知道我劉暢也不是風一吹就折了腰的，更不是那任人宰割想怎樣就怎樣的孬種！」

牡丹火冒三丈，皺眉躲開，冷笑著低聲道：「你說對了，我就仗著我有幾個哥哥，家裡有幾個錢怎麼了？是我偷了還是我搶了？難不成我有錢要裝窮，有哥哥要裝孫子才叫好？倒是你這個好種，人家不要還一定上趕著去，是想做什麼？就是為了證明你其實是個好種？有本事別把脾氣發到我身上，你要真自尊自重，想要我說你還算個男人，便不要如同狗皮膏藥一般地糾纏不休，叫人鄙薄輕視。」反正討好賣乖，求饒講道理都是沒用的，不如怎麼解氣怎麼說。

她的話說得雖不大聲，卻如同鋼針一般刺進了劉暢的耳朵裡，真是又痛又恥辱啊！他什麼時候落到這個地步了？

一時之間劉暢覺得周圍所有人都在鄙視地看著他，不由血往頭上沖，扭曲了一張俊臉，死死瞪著牡丹，本是想撂幾句狠話把面子扳回來，出了口卻是，「妳別以為我不知道妳心裡想著誰！」

牡丹一愣，知他是莫名其妙懷疑上了李荇，隨即鄙薄一笑，「別以為旁人都和你一樣齷齪。」真是好笑，旁人對她好，肯替她出頭，就一定是那種關係嗎？這是要往她身上潑髒水了？

齷齪？劉暢血紅了眼睛，指著遠處匆忙趕來的一群人，「妳怎麼說？會有這麼巧？」牡丹回頭一看，只見六、七個綁著細布抹額，穿著粗布短衫，胳膊露在外面的壯漢簇擁著兩個人快步奔過來，其中一人穿灰色圓領缺胯袍，目露凶光，正是何四郎；另一人穿雪青色圓領箭袖衫子，行動之間，腦後兩根襆頭腳一翹一翹的，神色嚴肅，緊緊抿著唇，正是李荇。

李荇幫忙也就算了，又怎能拖累了他？牡丹忍住心頭的火氣，望著劉暢正色道：「我進你家後，就只見過他兩次。往我頭上潑髒水，你面上也好看不到哪裡去。兩敗俱傷，你這又是何必呢？我們本就不是同路人，為了一口氣，值得一輩子互相耗著嗎？」

她對李荇的維護之意不言而喻，劉暢哪有心思去細想牡丹的話，只恨恨瞪著李荇，新仇舊恨一齊湧上心頭，殺機頓現，手緩緩握上了腰間的佩劍，骨節發白。

好漢不吃眼前虧，而且看劉暢這個表情似乎是要出大事了，在一旁看熱鬧的潘蓉見勢不好，忙衝上去一把抱住劉暢，示意惜夏和身邊跟著的人上前幫忙，「子舒，你莫犯糊塗，不值得！是我不好，我不該多嘴。」

何四郎也看出情形不對，揮手讓其他人將周圍看熱鬧的人驅散開，擋住李荇，皺著眉頭看向劉暢，「奉議郎從哪裡來？正好家父過幾日要帶我兄弟上門商議丹娘的事，既是今日碰上了，便去喝杯酒如何？我那裡有上好的波斯美酒。」

劉暢被潘蓉死死抱住，苦勸一會兒後，看到牡丹微蹙的雙眉，明顯不耐煩的表情，突然心頭一冷，覺得索然無味。不值得，當然不值得，可是叫他怎麼甘心？他的手慢慢從劍柄上鬆開，僵硬地挺起背脊，指著正關懷地看著牡丹的李荇，大聲喝道：「李行之，清華前兩日送到何家的帖子是不是你搞的鬼！你要是個男人，就說真話！」

此話一出，何家人俱都把疑惑的目光投向李荇。

李荇輕輕一笑，隨即挺起胸膛坦然道：「沒錯，是我。丹娘沒有任何過錯，我不能眼睜睜看著她被你們活活折磨死。是男人，就要敢做敢當！我敢，你敢嗎？」

聽他這樣說，何四郎等人的臉色從震驚迅速恢復到正常，隨即若有所思，牡丹卻憂慮起來。難怪劉暢會懷疑她和李荇，如此痛恨李荇，原來中間有這一節，她倒是出了狼窩，李荇這回卻是把自己賠進去了，她欠下的人情大了。

我敢，你敢嗎？李荇的這句話充滿了挑釁意味，劉暢神色晦暗不明，從牙齒縫裡擠出幾個字來，「你有種，我記住你了！」

潘蓉則指責李荇，「行之，你過分了！這事又缺德又陰險，是你不厚道！」

李荇認真地看著潘蓉，朝他一揖，「潘世子，你是最清楚不過的，請你告訴我，我要怎麼做才不缺德？既然合不來，便該另行婚配，各自成全才是，非要折磨死對方，難道是有父仇？」

「有父仇哪裡能做親？你壞人姻緣實在是要不得。」潘蓉拒絕回答李荇的問題，轉而回頭看向牡丹，「我從來小看了妳，妳有出息！」又笑咪咪地看著何四郎道：「見者有份，波斯美酒我改日再來叨擾，你別不認帳。」說完命周圍的人跟上，將劉暢拉走了。

牡丹默默不語，看人果然不能看表面，潘蓉自有他一套生存方式。嬉笑之間，便替他自己和何家日後交往留下了餘地。他改天腆著臉來尋何四郎，難不成何四郎還能把他趕出去？這樣的人，貌似和誰都不親，其實又和誰都有點瓜葛，留有餘地。

至於李荇，更是個乾脆俐落，見縫插針的。這裡剛求上他，巧遇上清華郡主那件事，他片刻工夫就尋了有力的辦法出來，這份心機，不是常人能比的。

而鄒老七在一旁忙跟上去問惜夏，「我的花還要不要了？」

這個時候誰還有心思買什麼花？真是不會看眼色！惜夏厭煩地揮著袖子趕他走，「去去去！沒事添什麼亂？」

鄒老七叫苦連天，「哪有這種道理？可不能壞了我的生意又說不要啊！」

「惜夏，領他去咱們家的鋪子裡拿錢。」劉暢頓住腳步，回頭淡淡地掃了鄒老七一眼，眼角掃過牡丹，但見牡丹靜靜地立在那裡，淡藍色的牡丹捲草紋羅衣裙隨著初夏的風輕輕拂動，人卻是望著天邊的，也不知在想些什麼，看都沒看他一眼。劉暢狠狠回頭，他不會便宜這對狗男女的。

張氏擔心牡丹心情受到影響，便建議道：「丹娘，這會兒正熱，不如咱們去吃碗冷淘再回家吧？」

牡丹心情確實不好，本想立刻歸家，可看到那兄弟二人舔嘴垂涎的樣子，便改了主意，「也好，我今日煩勞了大家，沒什麼可謝的，就請大家吃碗冷淘。」

何四郎本是領著夥計在下香料，聽到家人報信，就急匆匆地趕了過來。聞言便道：「我那邊香料才下了一半，還要接著幹活，妳讓店家送過來。」又特意安排了兩個精壯的漢子送牡丹等人回家。

牡丹應了，又問他店裡還有多少人，記下數後方牽著馬去了張氏強烈推薦的那家冷淘店。

不大的店面，門口竟然拴著許多佩飾華麗的馬匹，還有青衣童子在照料！

張氏笑著介紹，「他家的水花冷淘非常有名，富貴人家子弟來吃的極多。」

冷淘其實就是暑熱天食用的涼湯麵，張氏推薦的這家冷淘店極其有名，冬天賣熱湯餅，夏天賣冷淘，有好幾種口味。其中有從成都傳來的槐葉冷淘，也有水花冷淘。

當門放了麵案爐灶等物，一個二十多歲，又黑又瘦的廚子就立在案板前握著菜刀，俐落地切著麵片，切出來的麵片又薄又均勻，刀功之好不亞於當初蔣長揚的飛刀魚膾。切好的麵片有人將其放到冷水盆中去浸泡片刻，然後又撈出猛火煮熟，撈出過冷水後裝碗，加入肉汁湯、香菜上桌。

張氏笑指著那泡麵片的冷水盆，「裡面是酒，這就是他家和其他家不同的地方了。」

孫氏也補充道：「還有就是他們家這師傅了，別家已經用上了刀機，他家還是他一個人切。」正說著，那廚子抬起頭來木木地掃了眾人一眼，絲毫不見熱情地道：「今日被人包店了，客人明日請早。」

牡丹想到門口那許多佩飾華麗的馬匹，知道所言不虛，便拉了張氏和孫氏回身要走。才剛轉身，就見一匹紫騮馬停在店口，馬上的灰袍男子嫻熟地翻身下馬，看也不看就將轡繩扔給一個迎上前的青衣童子，大步流星往裡走。經過牡丹身邊時，頓住腳步「咦」了一聲，掃了一眼那株紫斑牡丹，笑道：「夫人來買花？」

原來是他！牡丹沒有想到蔣長揚會主動和自己打招呼。蔣長揚的打扮一如上次見面時一般，穿得樸實無華，那把橫刀仍舊掛在腰間，唯有表情要比上次生動了許多。他的笑透著一股羞澀，也讓不說話時顯得有些過分生硬的臉部線條一下子柔和起來，很容易就拉近了距離感。

大概是個不太擅長和女人打交道的人，牡丹思及此，便正兒八經朝他行了個禮，「正是。」

蔣長揚往眾人身上一掃，便明白他們是來吃冷淘卻沒吃著，「你們稍候。」言罷往裡去了。

牡丹莫名其妙，張氏忙問，「丹娘，妳認得他？」

「前幾日在劉家見過，說過幾句話的。」

孫氏便一臉期待道：「那他必是去和包店之人商議，好讓咱們也吃上冷淘的。」

張氏笑她，「妳就光記著吃。」

話音未落，就見蔣長揚和一個身材矮壯，穿胡服著六合靴，佩金銀裝飾蹀躞帶的男子出來。

那男子只打量了牡丹等人一眼，就爽快地吩咐店家，「安置好這些客人，都記在我帳下。」

牡丹看男子眉目之間自有一股沉凝之氣，不怒自威，又觀其蹀躞帶，知道不是普通人，不禁暗忖人家包下整間店，自是有其不便之處，蔣長揚此舉固然是他有禮周到之處，自己也不能不知好歹的給人添了麻煩。當下鄭重行禮道謝，彬彬有禮地拒絕。

那男子也不多話，只微微一笑，往裡去了。

蔣長揚笑道：「妳太客氣了，不過一碗冷淘而已，既然來了就吃了再走吧！要是真覺得不便，可以自己付錢，他家最有名的是水花冷淘。」

不過點頭之交，也不知他為何殷勤至此？牡丹遲疑地看向蔣長揚，不期然地，從他眼裡看到了一絲憐憫和可惜。她恍然大悟，原來人家以為她可憐得很，難得出門一趟，今日沒吃成這有名的水花冷淘，以後就不知何年何月才能吃上了？當下微微一笑，「沒事，我明日再來。」

蔣長揚聞言，倒有些意外，又見牡丹笑容燦爛，雨荷也滿面笑容地和身邊一個侍女說話，孫氏、張氏之流對牡丹親熱體貼，情勢與當日完全不同，心想大概是發生了自己不知道的其他變故，便不再勉強牡丹，朝牡丹抱了抱拳，「既如此，請自便。」

牡丹上馬前行十餘丈，方又想起一件事來，她忘了問蔣長揚住在什麼地方。當初是通過潘蓉認識此人的，因他解圍故而答應送他幾株牡丹，可是如今她已與潘蓉、劉家翻臉，他日就算是想兌現諾言也不好去問潘蓉。但此刻再折回去問，卻是有些多事了。也罷，只要他人還在京城中，總有機會再遇到的。

一行人回了宣平坊，孫氏和張氏爭著要給花錢，牡丹堅決阻止了，讓門房倒水給送自己歸家的夥計和那兄弟二人喝，厚賞那兩個夥計，打發他們回去時另行買了吃的去犒勞鋪子裡的其他人，又讓林媽媽拿出十緡錢交給那兄弟二人。

銀錢到手，那兄弟二人高興得差點兒手舞足蹈，「夫人不必替俺們操心，這就去換了米油鹽回家。」

哥哥左右打量一番何家的門頭，自我介紹道：「俺叫章大郎，他是俺弟弟章二郎。下次如果俺們再碰到這種花，夫人還要嗎？」

「尋常的我不要，必須是像這種，與眾不同的，比如說生在野地裡，花瓣更多，味道香濃，顏色也不一樣的，總之越稀罕越好，只要你們送來，我必收。」

「俺想起來了，俺家後山的崖下有棵牡丹長得有些古怪。」

「怎麼一個古怪法？」

章二郎比劃著，「俺記得俺小時候就看到它了，一直就長不高長不大，到現在也就是一尺半高左右。」

「是開花之時有一尺半高，還是其他時候也有一尺半高？花大朵嗎？開得可多？什麼顏色？」她隱隱覺得自己大抵是遇到了一株微型牡丹。

牡丹花在民間有「長一尺縮八寸」之說，實際上並非如此。牡丹春季萌發，一個混合芽抽生的初步是莖的延長，然後生葉，頂端形成花蕾，花蕾下面有一段相當長的花梗，花期後殘花與花梗相連乾枯而死。原來抽生的莖，只有基部三分之一或者二分之一連續形成次年開花的混合芽或者葉芽，並逐漸木質化。所以在春季開花前後，由於花梗延長，植株顯現增高，花期後花梗萎蔫脫落，好像植株又變短了。

從她這些日子的觀察結果來看，株型高大挺拔、花朵豐滿、開花繁茂是京中人士對牡丹觀賞的基本要求。但他們就沒有想過，株型小巧低矮，年生長量小，根系細、短而多的品種更適合做盆栽乃至盆景，用於室內裝飾佈置會取得意想不到的效果，也是她今後育種的方向之一。

假設這株野牡丹真如同章二郎說的一般，就是開花之時也只有一尺五寸高，便是將來培育微型牡丹的好材料。王公貴族之家，案頭几上若放上這麼一盆牡丹與其他花石組合而成，寓意吉祥的盆景，可以想像得到會是怎樣的效果。

章二郎見牡丹發問，想了很久，方傻傻地道：「花是白色的，不是很大朵，還多吧？俺沒注意到底是啥時候有多高，只知道它矮小就是了，難不成還不一樣？」

「當然不一樣，不管如何，你去挖了送來給我就是。千萬小心不要傷了根鬚。假如果真如同你說的，還是給你一萬錢，就算不是，也不叫你白辛苦這一趟。」牡丹一時半會兒跟他解釋不清楚，只能是見到花再說。

章家兄弟聞言，再三保證最多三天後就挖了送來，又記了一遍何宅的具體位置，方歡歡喜喜地走了。

送走兄弟二人，牡丹進去看何夫人，遠遠就聽到眾人歡快大笑的聲音和甩甩諂媚無比的聲音，「好阿娘呀！」

林媽媽解釋給牡丹聽，「當初牠最愛學妳這一句，去劉家三年已經忘了的，今早起來聽到眾人和夫人請安問好，孩子們叫娘撒嬌，就又想起來了。夫人倒被牠弄得傷感，過後卻又叫人拿南瓜子賞牠。」

牡丹聽得好笑，「這臭鳥見風使舵倒是挺快的，才回來就抱上了我娘的大腿。」

「不是奴婢誇口，牠肯定是鸚哥中最聰明的。那日還多虧了牠，奴婢不過教了牠幾回，竟就記住了。」

牡丹沉吟道：「回去交代寬兒和恕兒都注意些，要緊話不要當著牠的面說。」雨荷小心應下，住在這家裡，目前也不能說誰不好，看著倒是大家都挺疼牡丹的，但人多口雜，要是不注意說了不該說的話，又叫甩甩傳出去了，便是給牡丹增加煩惱，給何夫人惹麻煩，自然得萬般小心才是。

何夫人午睡剛起身不久，正歪在廊下的涼榻上納涼，周遭圍著何家的女人和小孩子們，喝茶的喝茶，說閒話的說閒話，聽孩子們背書的聽背書，其樂融融。見牡丹進去，盡都笑咪咪地給她挪地方，讓她在何夫人身邊坐下。

何夫人握了牡丹的手，「幸虧今日妳們帶的人多。」

牡丹見孫氏和張氏都圍在何夫人身邊，心知剛才的事情她二人一定已經和何夫人說過了，便笑道：「若是人少，我也不敢隨便出門。」

何夫人點點頭，「妳李家表哥做的那事是真的？」

牡丹猶豫片刻才道：「似乎是真的，劉暢問他，他承認了。得罪了那二人，他以後怕是不好過了。」

劉暢之所以敢問李荇，多半也是找清華郡主問過，清華郡主不認帳才會懷疑到李荇身上去。其實以清華郡主那個性格來看，做這種事情是遲早的。李荇就是不認，劉暢也未必就能完全斷定是他，他這一認帳，倒是把劉家和清華郡主都給得罪了，他以後的日子只怕會難過許多。

「這孩子呀……妳欠他的人情大了。」何夫人嘆了口氣，叫她怎麼說才好？見牡丹垂著眼，心情似是很沉重，便不再多語，只催牡丹，「不是買了花，趕緊去栽呀？」

牡丹起身去栽花，幾個姪女姪兒忙七嘴八舌地和自家母親請假，跟著牡丹往後院去了。

張氏方道：「娘，我看今日劉暢是動了真怒，把所有氣都撒到行之身上去了，只怕後面會更加刁難。」她和孫氏都是女人，自然明白劉暢和牡丹說的那幾句話是什麼意思。只是作為兒媳，是怎麼也不能當著婆婆說小姑私情的，只能是很隱晦地提一提。

何夫人沉著臉道：「該怎麼來往還怎麼來往，身正不怕影子斜。」

張氏和孫氏對視一眼，齊齊應了一聲是。

第十二章 姑嫂

牡丹帶著一群尾巴入了後院，在遠離其他牡丹花的後院角落裡找到一個地勢高燥，寬敞通風，又能遮陰，土層深厚肥沃的地方，做這株紫斑牡丹的新家。

林媽媽笑指了假山旁，「丹娘，將它種到那裡去，和其他花做伴豈不是更好？」

牡丹搖頭，「這裡就不錯。」

林媽媽打量了一番周圍的環境，「是了，這裡空著不如種這裡好。」

牡丹只是笑，新買的花是不能立刻將它與家中原有的花木放到一處去，原因是它若自身帶了病蟲害來，便會傳染給其他花木。妥當的法子是將它別置一處，仔細觀察一段時間，確認它健康後，才能讓它和其他花木放到一處。

選好地點後，牡丹見那枝頭上開得正豔的花就這樣扔了可惜，便叫寬兒取了修花專用的大剪子、花瓶、裝了清水的銅盆來。挽了袖子把盛開的花和可能開放的花苞按著鮮切花的要求壓入水中剪下，遞給幾個姪兒姪女插入瓶中。

幾個孩子從前見人摘花，都是一剪子下去了事的，就沒見過牡丹這種壓入水中再剪的方式。

十歲的芮娘好奇道：「姑姑，為什麼要將它們壓入水中才剪下？還有妳剪的口子怎麼是斜的？」

壓入水中再剪，那是為了不讓空氣侵入枝莖導管內，阻礙吸取水分；切成斜口更是為了增大它的吸水量。但這個道理牡丹和孩子們說不清，只能含糊道：「這樣做花插瓶的時間會更久一些。」

幾個孩子似懂非懂地「哦」了一聲，個個蹲在一旁遞東西，七嘴八舌地問問題。

「姑姑，妳改天還要上街嗎？可不可以帶我們去？」

「姑姑，妳教我種花好不好？」

「姑姑，妳今天買的這個花沒其他好看，只是要香些。妳是喜歡它香才買的嗎？」

「姑姑，妳們去吃冷淘了？為什麼不給我們帶點回來？」

牡丹一邊微笑著回答他們各式各樣奇怪的問題，一邊拿了剪子認真地修剪紫斑牡丹，將過密枝、弱枝剪除，留下外芽，使枝量少於根量後方才罷手，吩咐婆子挖坑。

本來該先在土壤裡施撒氨基甲酸鹽或辛硫磷之類的殺蟲劑，防治地下害蟲和根結線蟲，再用甲基異柳磷和甲基多保淨的混合液浸蘸整個植株，消除植株所帶病蟲的，但這是古代，她去哪裡找這些東西？

少不得按著古法，指揮婆子用白蘞末和細土混合防蟲，又在坑底放了碾碎的豆餅做基肥，方將紫斑牡丹按著原來枝條的陰陽面栽種下去，因為牡丹栽深易爛根，並不敢栽深，只將泥土掩埋到原來的種植線上，然後踩實泥土，又用木樁子固定好。

牡丹正要叫人取缸子裡曬過的井水來澆花，方發現身後圍了一大群看熱鬧的人，個個的表情都稀罕得很。

何志忠的揚州美人楊氏穿著寶藍印花絹裙，描斜月眉，點石榴嬌唇妝，白如凝脂的圓臉上堆滿了甜膩的笑容，「哎呀呀，丹娘這是大出息了，親自動上手了呢！看看這花種得，比咱們家老張頭還要像樣子。」

老張頭是何家專門伺弄花木的花匠，何夫人聽楊氏這樣形容，就不高興，什麼大出息了還和個花匠比？當下便道：「養花怡情，她從前就愛伺弄這個，那時候身子不好，自然是只能指著別人做。現在身子好了，有精神了，自然要親自動手。」

眾人見何夫人這毫不掩飾的偏愛，俱都微微一笑。

楊氏也不生氣，「其實婢妾一直都覺得，丹娘這次回來，精氣神很好，所有的病氣都一掃而空，說明這是苦盡甘來，要享福了。」

這話何夫人愛聽，一邊張羅著叫人取水給牡丹洗手，一邊笑道：「妳這話說對了。」

牡丹只是笑，因著移栽後澆水是成活的關鍵，並不敢放手讓人去做，自己拿了水瓢認真將水一次澆透灌足，方放下水瓢洗手。

洗淨手後，竟然是吳氏親自遞了巾子過來給她擦手，不由嚇了一跳，「姨娘怎麼這般客氣？」

吳氏溫和地笑道：「不過順手而已。」堅持親熱地拉著她的手替她擦乾。

楊氏在一旁瞧著，拿扇子搧了搧，古怪一笑。

見自家男人的親娘如此著意討好牡丹，甄氏臉上閃過一絲不悅，把臉側開去和張氏說話。

牡丹將眾人的臉色盡都看在眼裡，卻不能拒絕吳氏的好意殷勤，認真道謝。

吳氏雖然是妾，但在何家的地位很不一樣。她得到何大郎幾弟兄真正的尊重，特別是何四郎，對待她更是不同的。

相比何夫人和楊氏，吳氏並不美貌，只因她是何夫人的陪嫁，深得何夫人信任倚重，年紀大了，這才做了何志忠的妾，生了何三郎。多年來，無論何志忠外出跑貨還是在家中，她都一直跟在何夫人身邊端水持巾，幫著料理家務，恭順溫和，很得家裡上上下下的喜愛和尊敬。

但真正讓她受到何夫人和何志忠看重，何大郎等人尊敬的原因卻不是這個。牡丹並不是這家裡的獨女，她上頭本來還有一個姐姐，名叫棻娘，正是吳氏生的，只比何三郎小一歲。那個時候，何家遠沒有今天這麼興旺，也沒這麼多人手。何四郎出生的時候，何夫人難產，何志忠不在家，她全心全意撲在何夫人身上。待到何夫人脫離危險，母子均安後，人們才發現棻娘不見了，最後是在井裡發現的。

從那以後，何夫人和何志忠對她就有一種虧欠感，凡事總是會替她和何三郎多考慮幾分，何四郎更是記著她的情分，要求李氏一定要尊重吳氏。李氏果然做到了，卻也因此和吳氏的親兒媳三郎媳婦甄氏結了怨。

吳氏和從前的牡丹相處得不錯，但換了芯子的牡丹對她和楊氏一直就是敬而遠之的。不是說記憶中吳氏對何牡丹兄妹或是何夫人有過什麼不好的地方，而是一直都太好太好了，關注度甚至超過了何三郎和甄氏。她想不通，是什麼原因會讓一個人做到這個地步。

何夫人見牡丹不自在的樣子，又看到楊氏和甄氏的不自在，便笑道：「阿吳妳別管她，讓她多動動，對她身子有好處。」

牡丹趁機從吳氏手裡抽出手來，微微帶了幾分嬌嗔笑道：「我已經是大人了，姨娘這樣孩子們都要笑話我了呢！」

吳氏微微一笑，自動退到何夫人身後去。

楊氏就瞟一眼吳氏，「姐姐還當丹娘是小孩子呢！我十六時就生了六郎，丹娘很快就滿十八歲啦！」

吳氏只笑不語。

何夫人的臉色卻難看起來。

甄氏見狀，心裡越發有氣，暗想牡丹擺什麼譜？又怪吳氏遇事總先就矮人三分，在何夫人面前小心翼翼也就算了，在楊氏面前也這樣子，在所有人面前都這樣子！何三郎也是這樣一個溫吞脾氣，成日裡就跟在何大郎、何二郎身後討好賣乖，生生叫自己在幾個妯娌中低人一等。

雨荷在一旁見甄氏臉色不好看，忙捧了兩枝紫斑牡丹遞給她，賠笑道：「三夫人，您看這花可香了，與其他又是兩種樣子。」

誰耐煩要這扔了不要的花？甄氏抿唇笑道：「我就是粗人一個，哪裡懂得這些花花草草的？天不早了，得趕緊把事做完。」也不接雨荷手裡的牡丹，逕自牽了獨子何洌往前頭去，「你還沒背完書呢，咱們繼續去背。」又問兩個女兒，「妳們的字都寫好了？眼看天就要黑了，再不做完，待爹爹回來，看我不叫他收拾妳們！」唬得蕙娘和芸娘慌慌張張地趕去追她。

楊氏立即命人接了雨荷手裡的牡丹去，「看看三郎媳婦這脾氣，說風就是雨的。正好，我沒見過這樣香的牡丹，就給我了唄。」

雨荷趕緊遞過去，其餘人等藉機將剩下的紫斑牡丹竟分了個乾淨，沖散了甄氏莫名發脾氣帶來的不快。

薛氏自前面來喊眾人，說是何志忠父子回來了，於是女人孩子們俱都歡歡喜喜地往前面去。

吳氏瞅了空到牡丹跟前悄聲道：「妳三嫂是生我的氣呢，妳別和她計較。」

「自然不會。」大家庭就是這樣子，誰突然生氣了，又突然高興了，都很正常，她有心理準備。

當夜李荇又跟了何志忠父子回來，談笑自若，坦坦蕩蕩，也沒覺得他騙了何家人有什麼難為情的，彷彿就是天經地義一般。

何志忠卻也沒什麼特別的表現，飯後反而留李荇在書房裡商量了許久，出來後宣佈，中人已經找好，讓大郎和二郎第二日同他一道去劉家，先禮後兵。

而劉夫人最近心情很不好，那何家的病秧子在她眼皮子底下整整三年，她就沒想到竟會是這樣一個翻臉無情的人，看到自家夫君被打，眼睛也不眨一下，走得更是頭也不回，弄得她又恨又惱又羞又疼。雖然盛怒之時，她巴不得那短命折壽的病秧了一去不復返才好，但事後她卻是有些後悔的。

怕何家用那件事情來威脅自家是一個原因，另一個原因卻是，這關口何家兒媳婦的位子不能空缺著，免得給清華郡主可乘之機。所以她完全贊同劉承彩的「拖」字訣。誰怕誰呀？她孫子孫女都是有的，還可以繼續生，將來拖得她何牡丹人老珠黃之後，再一腳踹了，劉暢還是翩翩郎君一個，就憑他們這樣的家世，照舊娶好人家的女兒。

但事情的發展有些出乎她的意料，何牡丹走後的第二天，清華郡主就聞風而動，進了她家的門，美其名曰來看望她，卻又讓人將劉暢給截住。

劉暢也是個不讓人省心的，虛與委蛇，哄哄拖拖不就好了？偏生幾句話不和，竟就不管不顧地和清華郡主大吵起來，氣得清華郡主差點兒把屋子裡的東西都砸了。

她怕出大事，上前去勸架，反被清華郡主一巴掌推出老遠，閃了她的老腰。可她也顧不上了，勸住那魔頭才是正事，只是到底沒勸住，清華郡主撂下幾句狠話後怒氣衝衝地走了。

她想起清華郡主那臉色和那幾句話，始終覺得不安得很，眼皮子不停地跳，似乎是要出大事的感覺。

劉暢卻是無所謂，甩甩袖子也走了。傍晚時分方帶著一身酒氣回家，臉色難看得嚇人，弄得一屋子姬妾鬼哭狼嚎的。她看著不像話，把惜夏叫來一問，才知道劉暢差點兒和人動了刀劍，都是為了那不知廉恥的何牡丹！

好不容易等到劉承彩歸家，她忙抓住劉承彩的袖子，「老爺，這還讓不讓人活下去了？一個何牡丹就把咱們家攪得天翻地覆的，我不管，你趕緊把這事給我弄明白了！」

劉承彩熱得要命，中午時分光顧著應付政事也沒吃飽，餓得前胸貼後背的，對已經不嬌的老妻撒潑就有些厭煩，但礙於雌威又不敢發作，只得耐著性子道：「熱死了，好歹讓我先將官服換下再說，廚下有什麼吃的弄點來！」

念嬌見機忙遞上紗袍，要伺候劉承彩換衣服。

念奴則道：「夫人見天熱，特意讓廚房給老爺備了清風飯，放在冰池裡鎮著的，奴婢立刻就去取來。」

劉夫人見他果然熱得滿頭大汗，難得賢慧地問他，「有剛煮好的蒙頂石花茶湯，你要嗎？」

「怎麼不要？給我倒一大甌來！」劉承彩換了輕鬆涼爽的紗袍，方愜意地往躺椅上一倒，翹起腳來讓念嬌脫靴。

不想他熱得腳脹了，平時又不喜穿大靴，就比往常有些難脫，念嬌急得出了一身香汗，又怕弄疼了他，又怕在他面前待的時間久了引得劉夫人疑心，越急越難脫。

劉承彩本來心裡有些煩躁想罵人的，嘴巴一張就看到念嬌臉頰上那層猶如清晨花瓣上露珠的細汗，還有紅潤飽滿的嘴唇和雪白的脖頸，碧綠的抹胸……於是忽如三伏天裡被一陣涼風吹過，全身的燥意都消失無蹤。也不說話，就翹著腿給念嬌脫，甚至故意勾著腳脖子了，叫她脫不掉。

念嬌是做慣活的人，怎會不知老爺這是故意刁難？飛快地偷偷瞄一眼，但見劉承彩斜眼看著她，臉上的表情高深莫測，不由嚇得魂飛天外，全身都冒出一層濕膩膩的冷汗來，顫聲喊道：「夫人！」

劉承彩一聽大為敗興，一腳就踹在念嬌的胸口，罵道：「妳個吃閒飯的蠢東西！脫個靴子都脫不好，伺候妳們夫人倒上心，我就不是妳的主人嗎？」

念嬌被踹得一屁股坐在地上，隨即爬起只是磕頭，含著淚不敢發一聲。得罪老爺只是受氣，得罪夫人卻是要丟命！

劉夫人端茶過來，見狀冷笑一聲，將茶甌往劉承彩旁邊的桌子上使勁一放，滾燙的茶湯濺出燙得劉承彩縱身躍起，鬼哭狼嚎。她也不管，冷著臉將念嬌趕出去，一口啐在劉承彩臉上，咬著牙恨道：「不要臉的老東西！惹了禍事倒叫妻兒替你承頭，日子這才好過一點，你就又起了那腌臢心思！禍事轉眼就要到頭上了，遲早叫你劉家香火無存，你自己看著辦吧！」

劉承彩心裡的怒火一簇一簇地往上拱，咬著牙好不容易才把火氣壓下去，忍氣吞聲地用袖子擦了臉上的唾沫，「又怎麼了？」

劉夫人出夠了氣，方將今日的事情前後說了一遍，「你再不想出個好法子來，不是那病秧子引得你兒子殺人，就是那淫婦滅了你劉家的香火！」

劉承彩心中早有計較，偏故意讓她急，「事已至此，妳待要如何？」

何家吃了秤砣鐵了心，難不成他能上門去把那病秧子搶回來不成？只要何家肯把那東西拿出來，又不要他還錢，那就大善，日後他就不信何家敢和他這三品大員對著幹！

至於郡主，劉暢不是喜歡嗎？郡主比有些真正的公主還要受寵，她真要嫁給劉暢，也不是什麼大事，又不是不能生，怎會斷了香火？

劉夫人聞言，一雙眼睛瞬間睜得老大，上前去揪劉承彩的耳朵，「你是男人嗎？我嫁你何用？我待要如何？好，好，你問得好，咱們這便當著兒子的面去說個清楚！」

劉承彩吃痛，又見簾外似乎有人影閃過，不由大為惱恨，扒住劉夫人的手使勁摔下，「婦人之見，何至於如此！他何家區區一個商戶，就算是有幾個錢，識得幾個權貴，又算得什麼？怎比得我三代簪纓之家？他若是乖乖低頭認輸，我便罷了！若是要和我對著幹，我必叫他好看！妳少一口一個淫婦地掛在嘴上，當心禍從口出！她真想進這個門，是妳我擋得住的嗎？妳無非就是怕她身分高，失了妳婆婆的威風罷了！」

劉夫人被他說得臉一陣紅一陣白的，卻不甘心就此認輸，待要將從前的事情扯出來說，劉承彩已經拋了她自出去了。

見劉承彩走得頭也不回的，她心下又有些著慌，又拉不下臉叫人去看劉承彩到底去了哪裡？直到留在劉暢院子裡盯著劉暢的朱嬤嬤著人來說是去了劉暢的院子，方才鬆了一口氣。念嬌上來伺候，她就怎麼看都不順眼，盤算著是不是要將念嬌打發出去？

正盤算間，就聽外面來報，「舅夫人來了。」

是她的娘家兄弟媳婦裴氏，不過她正在心煩意亂間，就有些不耐煩，「天都要黑了，她這個時候來做什麼？」卻又不能不見，只能是任著念嬌伺候好衣服髮飾，才懶懶地迎了出去。

裴氏年輕，不過三十六、七歲，髮上插著金鑲玉蜻蜓釵，繫著五彩印花的八幅羅裙，披著天青色的燙金披帛，踏著一雙金絲百合履，滿面春風地走進來，「阿姐，我前兩日就要過來的，偏事多，來不了。今日好不容易有了空，趕緊跑過來尋您。」

劉夫人淡淡地請她坐下，先問了家裡人好，方問起她的來意。

裴氏見劉夫人懶懶的，明顯是不高興，倒不忙說自己的事，關心地道：「可是天氣太熱了，身上不舒爽？妳別太操心了，兒子兒媳婦別太慣著。」

她不提還好，一提起這個來劉夫人的鼻孔就差點兒往外噴火，哼了一聲，「別提那個病秧子，說起她我就一肚子氣！」

「這到底是怎麼了？快說給我聽聽，我去幫您出氣！」何家從劉家搬東西那麼大的動靜，早就從坊間傳到官署裡了，她其實是知道的。今日過來就是為了打聽清楚這件事，就得裝不知道引出劉夫人的話來才好。

劉夫人說起當日的情形還是氣得發抖，「那何家當真是粗鄙之人，一家子都目中無人，全無半點教養……」

裴氏靜靜地聽她說完，方道：「我聽二娘說，那日子舒和人動了手，就是讓人表演舞馬的，似乎也是他們何家的什麼人？」

「就是那病秧子的遠房表哥，寧王府長史家那個不做官偏跑去做買賣的崽子李行之！一個沒腦子的蠢貨，被病秧子挑唆兩句就動了手！今日又險些動了刀劍，老天要保佑，叫他一個個的莫落到我手裡！」

裴氏陪著她說了一會兒狠話，方佯作不在意地道：「我聽大郎說，端午節，皇后娘娘壽誕之日，寧王府要敬獻兩匹舞馬給娘娘賀壽，屆時會在勤政樓前獻舞。不知您和姐夫可聽說這事了？」

劉夫人不由一滯，皇后育有兩個皇子，長子封了太子，沒想到英年早逝。皇后娘娘悲痛萬分，聖上為了讓她排解憂思，這才趁此機會特意下旨命百地獻藝。先太子薨了兩年多，賢明有才的成年皇子一大串，卻仍未另立太子，可見是聖眷深厚。而這寧王，不巧正是皇后的幼子。

思及此，她狠狠拍了一下桌子，罵道：「怪不得李行之有恃無恐，何家如此目中無人，原來是靠上好靠山了！」

裴氏垂頭不語，人家李家做寧王府長史，又不是一天兩天的事了，她怎麼現在才回過味來？難道真是享福享多了，人變傻了？

劉夫人想了片刻，卻又笑了起來，「我才不怕他！」

裴氏聽劉夫人如此說，又見她胸有成竹的樣子，想到來時自家夫君的叮嚀，便笑道：「您當然不用怕他，想他李家從前不過商家出身，到了李元這一輩，方才僥倖做了官，熬到如今，也不過一個從四品親王府長史罷了。」

她這話要反著聽，親王府長史，雖然只是總管王府府內事務，比不得劉承彩這樣的三品尚書威風八面。可那是寧王身邊至信之人，寧王如果沒機會上位那倒也罷了，偏這寧王身分非同一般，自來多有聖眷，出身低微的李元能鑽營到這樣一個官職，能說他笨，能小覷他嗎？不能。

偏偏劉夫人只是微微一笑，「妳可知為何五姓女那麼難求？朝廷為何又專門下了詔令不許五姓子孫自行婚配嗎？」

「自然是知道的。」

本朝有自前朝年間就形成的五姓七家，乃是一流的高門大族，分別為清河吳氏、范陽白氏、滎陽王氏、太原秦氏、隴西蕭氏、博陵吳氏、趙郡蕭氏。他們透過與皇室和自身之間相互聯姻，形成一個權勢地位很高的集團。到了本朝，這五姓在朝堂上的勢力雖大不如從前，在社會卻仍有極高的影響力，官員權貴，乃至皇室，無一不以與五姓結親為榮。隨便舉幾個例子，五姓女的蹤跡無處不在——皇后出自滎陽王氏，寧王妃出自太原秦氏，楚州侯世子潘蓉之妻也出自范陽白氏，其他的更是不一而足。

對於男人來說，娶五姓女這種榮耀，甚至超過了尚公主。偏這五姓之人還要自抬身價，輕易不肯與其他人結親，越發顯得奇貨可居。朝廷為了打破這種局面，特意下了詔令不許他們自行婚配。在這種情況下，許多新興貴族權臣總算是如願以償。

「既然知道，便該明白，似我等這種人家，雖比不過五姓七家那般顯赫，卻也不是那商戶出身能比的，何況妳姐夫是國之棟梁。就算是將來……那位尊貴了，還能為了這種小事來找我們的麻煩嗎？何況又不是李家的至親，不過是八竿子打不著的遠親罷了。他若是連這種事都要管，只怕是要忙不過來。」她嘴裡說得硬，心裡卻暗想，是得悄悄叮囑劉暢，莫要與李荇再結仇。

「那假如李家鐵了心要為何家出頭呢？」這個道理裴氏怎會不明白？但她更明白一個道理，諸人為何千方百計要與五姓結親？趨利之心，人皆有之，圖的不過就是聲名和更大的權勢利益。就如同劉家為何會答應娶何牡丹一樣，圖的就是保住自家的榮華富貴。她完全贊同自家夫君那句實在話，能與五姓結親的畢竟是極少數，不如找個實在的才是真。這李家，將來富貴少不了！

劉夫人被她問住，半晌才不高興地道：「他不講道理，插手我們家的私事，我家也沒必要和他客氣！」

裴氏心裡微微一沉，「那子舒這件事你們是怎麼考慮的？清華郡主不是個好惹的……」

劉夫人聽她提起清華郡主，立時「噌」地一下站起來，怒氣衝衝地道：「我平生最恨一件事，就是有人壓著我，強迫我做不喜歡的事，總有法子的。」

裴氏見她發怒，立時改了原本的來意，這麼大的脾氣，還是等自家夫君明日自己來和他姐姐說吧！於是顧左右而言他，「怎不見姐夫和子舒？」

「子舒喝醉了，他爹看他去了，妳有事找他們？」

裴氏搖頭笑道：「我要有事，還不直接和您說呢！」

「莫哄我，我還不知道妳？這個時候上門到底有什麼事？趕緊說！」

裴氏只是推脫，「不就是和您說舞馬和李家的事嘛！」

劉夫人冷笑一聲，「妳對李家這麼上心，莫不是看上那小子了？」

裴氏驚訝道：「這是從何說起？阿姐莫開這種玩笑啊！」

「既然不是，上次宴會下來，你們覺得誰好？」劉夫人見裴氏不語，冷哼道：「是不是妳都聽我一句，那小子靠不上。」

「阿姐您著實多慮了。」裴氏不敢多言，隨口打哈哈。

而另一頭，劉承彩進了劉暢的院子，見劉暢躺在窗下的軟榻上，酣睡正甜，身邊圍著一群衣著光鮮，貌比花嬌，殷勤得不得了的姬妾。碧梧、玉兒、纖素，甚至大著肚子的雨桐都在，兩人執扇，給他送去幽幽的涼風，一人在給他捶腿，一人則拿了帕了在給他拭汗，好不快活！

想到自己剛才的窘樣，劉承彩忍不住羨慕嫉妒恨了！當下將一群女人轟出去，從矮几上拿了一盆水，兜頭給劉暢澆了下去。

劉暢正在做美夢，夢裡他將李荇打得落花流水，把何牡丹折磨得欲生欲死，連連哀告討饒，他卻不肯饒她。正在高興處，忽然被清華郡主一腳踹進了湖裡，透心的涼，氣也喘不過來。他驚慌失措地翻身坐起，方才發現自己頭上臉上、身上都在滴水，不由大怒，正要罵是哪個不長眼的東西將他弄成這個樣子，忽見劉承彩放大的臉驟然出現在他面前。

他淡淡地掃了劉承彩一眼，往下一躺，瞪眼看著頭頂的雕花橫梁和在空中亂轉的銀香球，「又要做什麼？」

劉承彩看他一副要死不活的樣子就來氣，狠踹他一腳，罵道：「做這副樣子給誰看？還不是你自己作出來的！」

劉暢冷笑一聲，並不答話。

劉承彩知道他的脾氣，越逼越上火，也就不再打罵，自尋一個乾淨的地方坐下來，「你母親說你今日要和人動刀子拼命？你倒是真出息了啊！招惹上一個郡主還不算，又要去招惹寧王府？」

劉暢哼了一聲，「她自己願意尋不自在，怨得了我嗎？至於寧王府，那父子二人也就和寧王府的一條狗差不多，何懼之有？」虛與委蛇，面面俱到什麼的，他都知道，只是奪妻之恨，不共戴天！

劉承彩突然哈哈一笑，「你是仗著郡主捨不得把你怎麼樣吧？」從前清華郡主一心想嫁劉暢，卻沒能嫁成，嫁了人之後也是一直念念不忘，還很討厭她那死去丈夫的軟脾氣，看來就是專愛劉暢這種調調的。思及此，他的心情又好了幾分。

劉暢聞言，不承認也不否認。

劉承彩起身背手在屋子裡踱了幾步，才沉聲道：「她此時和你情濃，自然捨不得把你怎樣。但到底她也和我們不是一樣的人，真叫她寒了心，恨上了你，你是要吃虧的！這件事你不要管了，由我來處理就好。從明天開始，你再不許出去晃悠，老老實實地給我待在家裡，把學問撿起來，過些日子再給你謀個差事，你也該上進了，成日這樣廝混著不是個事。」

劉暢一怔，隨即猙獰了面孔，「你休想！」翻身下榻，轉頭就要往外走。老東西，之前賣了他一次，這次又要賣他了嗎？

劉承彩冷冷一笑，「來人，好好伺候公子，沒我同意，不許他出門。」言罷一甩袖子走了，他身後幾個家丁彬彬有禮地將劉暢攔在了院裡。

第二日，恰逢休沐，劉承彩夫婦剛吃過早飯，就聽人說戚長林來了。劉承彩看看天色尚早，便自言自語似的問自昨晚起就沒和他說過一句話，給過一個好臉色的劉夫人，「這樣從早到晚，一趟趕一趟的，是要做什麼？」

聽見他這樣說，彷彿是嫌棄自己娘家人太過討厭似的，劉夫人大怒，將手裡的鎏金銀把杯子狠狠放在桌上，「你要不想見，可以不見！」

劉承彩撇撇嘴，也不理她，自出門去見戚長林。

二人寒暄過後，戚長林方道明來意，原來他就是何家請來的中人。

劉承彩先飲了一大甌蒙頂石花茶湯，方慢吞吞地道：「這麼說，是寧王的意思咯？我記得他不是個愛管閒事的，怎麼就管起這種小事來了？是李元求他的？」

戚長林對著這個姐夫，卻是沒裴氏對著劉夫人那般小心翼翼，只笑道：「誰知道呢？反正兒子和老子誰說的都一樣，不都是一家人嗎？」

劉承彩哂笑，「那兩匹舞馬好大的面子啊！」雖然寧王只是略略一提，並沒有要求一定要怎樣，但那意思應該都明白，況且是讓內弟來勸自己，也算是考慮得比較周到了。清華郡主那裡遲早都要發作，不如現在就承了寧王的情，當下回轉臉來笑道：「我知道了，但也要何家拿出誠意來才行。」

「那是自然，這事總拖著也不是個事，耽擱外甥的前程，待我這裡著人去和他們說，立時就過來。」

劉承彩微微頷首，用教訓的口吻道：「我聽說你最近和寧王府走得極近？」

「不過是恰好有一些公務上的事情罷了。」戚長林不承認。

劉承彩按住他的肩頭，意味深長地道：「現在情勢還不明朗，不要操之過急。」

戚長林點了點頭，但不要對著幹，也是應該的吧？

未正時分，何家父子三人一道進了劉家的大門。

兩家的溝通並不順利。

劉承彩開口就是一句，「子舒說了，丹娘三年無出，妒忌，不事姑舅，撥弄口舌是非，攛掇李荇當眾打了他，論理該出。」

被休與和離可是兩個完全不同的概念，此話一出，不要說何家父子臉色難看，就是戚長林都大吃一驚。剛才不是都說好了的嗎？怎麼這般不客氣？倒似要撕破臉一般。何家人脾氣暴躁，若是鬧將起來，這事又辦不成了。到時候劉承彩倒是往何家人身上一推就乾淨了，自己卻是要被看成是辦事不力。寧王難得開口找人辦事，好好的機會就這麼叫劉承彩給攪和了，當下戚長林便不高興起來，拿眼※著劉承彩，只是使眼色。

劉承彩卻無動於衷，只裝作沒看見，沉臉看著何家父子三人，坐得四平八穩的，擺出了官威。

「好不要臉！拼著我這條命不要，義絕！」何大郎氣得七竅生煙，立時就將手邊的茶甌砸了個粉碎，跳起來就要發作。

眼看著何大郎蒲扇似的鐵掌就要來抓自己的領子，劉承彩的眼皮子直抽搐，一顆心亂跳個不停，卻強自穩住心神，保持面癱，把眼睛瞪得大大的，一動不動地死熬。

一見面劉承彩就給下馬威，無非就是想把過錯都推到牡丹身上，將那一大筆錢賴掉而已。何志忠早有準備，與何二郎一道按住何大郎，給何二郎使了個眼色後，何二郎淡淡地望著劉承彩道：「劉尚書是官，自然比我們平頭老百姓更知道七出三不出到底是怎麼回事。律法裡是怎麼說的？妻年五十以上無子者，聽立庶以長。丹娘還沒滿十八歲。丹娘新婚不滿一個月，我那好妹夫就有了兩位姨娘，不過半年，庶長子就出世。前些日子更是歌姬什麼的都抬回家，把丹娘的陪嫁都弄去了，若是丹娘妒忌，不知那兩個孩子怎麼生出來的？還有一個快生的孩子又是從何得來？」

何志忠咳嗽了一聲，制止住何二郎，罵道：「你個不懂事的兔崽子，你如何會有尚書大人懂？其他的事情就不要說了，不過浪費口舌。尚書大人說是怎樣便怎樣，反正鬧到這個地步萬難回頭，暫且不忙殺人，寫來休書，咱們去京兆府一聽分辨就是了。縱然萬般理由皆可由人捏造，但我家丹娘自來乖巧懂事，想來也無明過可書，咱們不怕。」

從前吏部尚書蕭圓素捏造事實休妻，不就是遇上了個不怕事的岳家，和蕭圓素打了一場官司，硬生生叫他又賠錢又被皇帝責罰了嗎？他這是明明白白地威脅劉承彩了。

縱然婚姻的主動權都在夫家手中，但萬事就怕認真，這休書並不是隨便能寫的，七出也不是隨便捏造就能成的。要休妻，就得有明明白白的過錯可以說出來。何家不怕事，還拿著劉家的把柄，鬧到公堂上，誰會更吃虧，大家都明白。興許他劉家將來是可以報復回來，但若是此時不讓步，劉家先就要吃個大虧。

戚長林見事情突然鬧到這個地步，雖然暗怪劉承彩多事討打，卻不得不起身周旋，「別急，別急，我姐夫不是還沒把話說完嗎？這樣喊打喊殺的傷了和氣，對誰也沒好處，姐夫，是吧？」

劉承彩驚魂甫定，暗想這何家果然粗蠻，一言不合就喊打喊殺的，果然做不得長久親戚。但他也知道，亡命之徒其實真正招惹不得，便慢吞吞地喝了一口茶，維持住三品大員的風度後，再將手裡的茶甌往桌子上一放，「就是，親家急什麼？我剛才說的那是子舒的意思。你們也曉得，子舒那孩子是個心氣高的，受不得氣。他和我說了，雖然丹娘做了這些事情，但他一點都不怪她，他不肯休妻的。過些日子還要去接了丹娘回家，好好過日子呢！」

戚長林聽得暗自翻白眼，一直以來都知道，他這個大姐夫翻臉比翻書快，臉皮甚至比那城牆還要厚，卻是從沒親自看到過，今日總算是見識到了，不但臉皮厚，而且還不要臉。這般拿捏人家，無非就是想多爭點錢財罷了，多虧阿姐有手段，拿捏得住他，否則真是不知會成什麼樣子？

劉承彩卻半點臉紅的意思都沒有，坦然自若地看著何志忠道：「當然，丹娘不想和他過日子了，也不能勉強。你我都是做父親的人，無論如何總是為了兒女好的。我的意思和你一樣，既然感情不和，就不要再拴在一處了，他們打打鬧鬧，搏的卻是我們這些老不死的性命。你說是吧？」

何志忠心頭恨死了這個不要臉的東西，想像著劉承彩就是滿嘴蛆在爬，面上卻是不急不躁，只淡淡地道：「你說得對，與其相看兩相厭，被人凌辱致死，還不如成人之美，也全了自家的性命，省得白髮人送黑髮人。」

劉承彩面色如常，咳了一聲，「好好好，自家孩子總是沒有錯的，誰是誰非咱們就不說了。那日您和我怎麼說的來著？好聚好散是不是？」

何志忠點點頭，「只要尚書大人言出必行，何某人也是一諾千金。我何某人做了一輩子生意，就從來沒有做過失信之事。」

對於他這樣的生意人來說，信義第一，算是間接地給劉承彩作了保證。可劉承彩要的不是這個，而是要實惠的，見他裝糊塗，心中暗恨，眼珠子一轉，便道：「好說，好說，人無信不立嘛，我做了這許多年的官，也是最講究信義的。這事我允了，咱們好聚好散，只是……」他看了看戚長林等人。

第十三章 狡詐

戚長林知道是有私密的話要和何志忠說，便邀約何家兄弟二人一道出去。

屋裡只剩下何志忠和劉承彩二人後，劉承彩方苦笑著朝何志忠行了個禮，「前幾年，多虧老哥哥幫了我的大忙。丹娘是我們沒照顧好，我對不起您……本來我真是想讓他們小倆口好好過日子，可是這事，您看，也不知怎地就驚動寧王殿下了……我心裡忐忑啊！」

何志忠見他裝腔作勢的，便也嘆了口氣，萬分難過地道：「罷了，姻緣天定，他們註定無緣。不提這個，把和離書給我，從前的事情就不要再提了。」

劉承彩見他關於寧王之事半點口風都不漏，暗罵一聲老狐狸，愁眉苦臉地道：「那筆錢倒是小事，過些日子就可以籌了給你們送過去。只是子舒是個死心眼，昨日我才勸過他，他死活不肯寫和離書，我這個父親卻也不好強他所難，這種大事還得他認可才行的，不然將來他又去糾纏丹娘，來個不認帳……」邊說邊拿眼覷著何志忠，果見何志忠臉上露出不耐來，他方又笑道：「不過你放心，給我些時日，讓我勸勸他，定然好聚好散的。我才一聽說昨日那件事情，立刻就狠狠教訓了他一頓，禁了他的足，以後定然不會再給丹娘添麻煩的。」

彼此都有把柄在對方手裡，比的就是耐心和臉皮厚。只要何志忠一日不鬆口，他就一日不拿出和離書，反正現在說到這個地步，和寧王那裡也說得過去了。不是他不辦，只是遇到個任性的孩子，需要時間呀！看看，自家孩子都關起來了，夠誠意吧？

何志忠聽說他把劉暢關了起來，倒有些意外，但也明白他這樣拖，打的是什麼歪主意。當下在屋子裡轉了一圈又一圈，方閉了閉眼，肉痛地咬牙道：「既然好聚好散，你我之間還談什麼錢不錢的？」

等的就是這句話！那可是好大一筆錢呢！劉承彩大喜，卻道：「不成，不成，人無信不立，說過的話要兌現。」

何志忠按捺住胃裡的翻滾，滿臉誠摯地道：「這不是見外了嗎？丹娘的病好了，是謝禮。好歹一場情分，就當是為丹娘好，也不要再提了。」

劉承彩嗯嗯啊啊地遮掩過去，也就不再提這事，只道：「子舒那裡，勸好，我就派人去府上傳信？」

何志忠心裡一沉，錢也答應給了，契書也答應歸還了，卻還是拖著，這是個什麼意思？費了那麼大的功夫，這事若是不借著寧王這股東風一次辦妥，只怕後面還會生出瓜葛來。思及此，少不得與劉承彩商量，既是已經答應了，不如就一次辦妥了。

劉承彩只是高深莫測地笑，「你放心，我說過的話一定算數，你們幫過我大忙，丹娘好歹做過我幾年的兒媳婦，也是極孝順的，我不會為難她。」

人無信不立，世人真正有信義的又有幾人？商人的信義更不過是廁紙罷了！他要光憑何志忠一句不會說出去他就信了，他也就不會是劉承彩了。風風雨雨幾十年，坐到如今這個位子上，並不是只憑運氣好膽子大就夠的。被人拿住把柄不要緊，要緊的反過來同樣抓住對方的把柄。還沒拿著何家的把柄呢，怎能輕易放手？

何志忠不知劉承彩心裡在盤算什麼，只是憑著直覺知道不妥，便咬著牙要劉承彩給他一個實在的保證。

劉承彩也不為難，笑道：「你真是太疼丹娘了，一心一意就為她打算，可惜我是沒個女兒，不然也是一樣的寵。這樣，我給你寫個文書，保證一定叫他們好聚好散。到時候你拿它來換和離書，你看如何？」

何志忠想想，老東西不買寧王的帳，又拿住了自己心疼女兒的軟處，知道自己拉家帶口，除非是迫不得已，不然不會輕易和他硬拼。看來今日再逼也沒意思，做得過了倒讓老東西在寧王那裡有說辭，左右都是準備了第二條後路的，也不怕他耍什麼花樣，便沒拒絕劉承彩的提議。

看著劉承彩把保證書寫了，取出私印蓋妥，又仔細研讀一遍確認無誤後，方吹乾墨跡，小心收進懷裡，辭別劉承彩，謝過戚長林，領著兩個滿臉不甘之色，目露凶光的兒子先離去了。

戚長林不知事情辦到什麼地步了，便問劉承彩，「姐夫，事情辦得如何了？我好回去覆命。」

劉承彩認真地道：「都談妥了，你去回話，就說我們兩家和和氣氣的言定要好聚好散。只是子舒後悔捨不得，需要時候緩緩，待我和你姐姐好生勸解他一番才好。把他說通了，也免得日後又去糾纏丹娘，大家臉面上都難看，這樣才妥當。」

雖然這話說得實在有理，可那始終還是沒辦妥呀！戚長林為難道：「只恐說是敷衍呢！

姐夫您不如趁熱打鐵，好好勸勸子舒，大丈夫何患無妻，他何必硬要想不開？」

喲，他倒比何家還急？劉承彩不高興地道：「什麼敷衍？看看何家父子那麼精明凶悍的樣子，能敷衍得了嗎？我剛才給他寫了保證書，還蓋了印鑑的。我那保證書難道不值錢的？不過需要些日子罷了。你放心，咱們是什麼關係？我能騙你、害你？我可沒做過對不起親戚的事情。」

既是寫了保證書，那自然不會再賴。見劉承彩說得義正詞嚴的，想想也是真沒對不起過自家，戚長林不由汗顏，不敢再多話，匆匆交差去了。

劉承彩翹著腳獨自坐了一會兒，在腦子裡把即將要做的事情逐步演練了一遍，確定不會發生任何差錯了，方道：「把惜夏給我找來。」

何家父子做生意向來小心謹慎，自有他們的一套，插不得手，那便只好從牡丹那裡下手了。

劉承彩摸著鬍子默默地道：何牡丹，妳沒對不起過我家，可我卻要對不起妳了，誰叫妳不老老實實的，偏要唱這麼一齣呢！

何家父子出了劉家大門，翻身上馬，放鬆韁繩，任由馬兒緩行。

何大郎一改剛才的暴躁不平模樣，輕聲問何志忠，「爹，本來他就是衝著那錢財去這才故意刁難咱們的，為何不一開始就答應他？平白浪費這許多功夫，倒叫娘和丹娘在家等得焦急。」

何志忠耐心地解釋道：「我若是一開始就太過捨得，他豈不是要起疑心？越是不容易得到的，他拿著心裡越是安穩，越是以為咱們怕了他。以後遇到什麼，也不會懷疑到咱們頭上來，最多就是怪運氣不好罷了。」

這就和做生意一樣，若是買家一還價賣家就應允了，買家反倒要懷疑其中有貓膩。若是賣家不肯，和買家使勁地磨，買家最後就算是再添點錢也覺著值得。

大郎呵呵地笑了，「這口氣憋在心裡實在難受，等丹娘的事情一了，咱們就趕緊出了吧，叫那對狗父子吃個大虧！」

何二郎則道：「爹，您把老東西寫的保證書給我瞧瞧？」

何志忠從懷裡取出遞給他，何二郎認真研究一遍之後，笑道：「就憑他這保證書，丹娘的和離書是一定能拿到的了。」

「給我瞅瞅？」何大郎仔細看過一遍後，小心翼翼地摺好，遞還給何志忠，「果然還是二弟的法子妙，要請個比他更貴重的人出面，這事才能了，不然還不知要和咱們拖延到什麼時候呢？」

何二郎卻不以為然，「其實他根本沒把寧王放在眼裡，此事不過順手推舟而已。日後少不得要另外尋了法子找咱們的麻煩，咱們都得小心一些。」

「劉承彩的脾氣我知道，死仇是不敢結的，要人命的事也輕易不會做，但總會叫我們日子過得不爽利的，是該小心一些。」

「多虧了行之，那麼貴重的兩匹寶馬，就換了寧王一句話。爹，您不能虧待了他啊！」

「那是自然。」何志忠側頭滿意地看著自己的長子和次子。這對兒子，一文一武，這些年來幫了他不少。像他們這種做珠寶和香料生意的，光憑眼力好，識貨，能說會道是不夠的，得有膽有識，到處都去得，保得住自家的貨。

大郎豪爽有力，不怕事，別人狠他能做到比別人更狠，就是拿著刀子在自家腿上刺窟窿比狠，他也能面不改色心不跳，談笑自若。二郎則和大郎、四郎、五郎不同，一樣都是一奶同胞，其他幾個長得膀大腰粗，偏他和牡丹一樣，怎麼養都養不胖。在這個武力絕對佔優勢的世道，他從小就知道不能和其他人硬碰硬，凡事總多了幾分思量，小心謹慎，也更愛舞文弄墨，看《孫子兵法》之類的。偏他二人關係又好，走到一處簡直就是絕配，所向披靡。

再過幾年自己老了，也可以放心地把事情交給大郎和二郎。下面幾個孩子們也各有各的出息，四郎就更是一個有勇有謀的，將來把牡丹的婚事安排妥當，就沒什麼可操心的了。

父子三人興高采烈地回到家，才扔下韁繩就被孩子們簇擁了進去。一眼看到坐在廊下的牡丹，便高聲笑起來，「丹娘，成一半了！」

牡丹自早上起來就一直提心吊膽，做什麼事都沒心思，將那二十多棵牡丹打理好之後就坐在何夫人門前的廊下，一邊看幾個年長些的姪女在裙子上用金線壓鷓鴣、雙鵝、鸂鶒，一邊眼巴巴地等著何志忠他們回家。其間她想了好幾種可能，既抱了美好的景況，也做好了被打擊，萬里長征的準備。就是沒想到會是這樣一種結局——成了一半！

「這是怎麼個說法？」牡丹還未開口，何夫人已經起身迎了上去，「成就成，不成就不成，什麼叫做成了一半？」

何志忠把那保證書拿給她們看，也不說劉承彩如何刁難，只笑道：「劉暢不肯，所以需要點時間才能完全弄好。劉承彩這裡卻是都說好了，我不放心，逼著他給我寫了這個。丹娘，劉暢被禁足了，待我讓人去打聽打聽，若他這幾日果真不曾出門，妳就能自由自在地出門了。」

大郎和二郎只是憨憨的笑，都沒提那筆錢要不回來的事。何志忠父子三人不提，是早就商量好的，若是那筆錢最後要回來，便給牡丹，若是要不回來，便要以這個名義瞞著眾人再補貼牡丹一些，此時若是當著眾人說得太清楚了，兒媳婦們難免會有想法，索性不提。

何夫人沒問，是覺得何志忠既然沒當著大家的面說，必是有他的道理在裡面。

牡丹沒問，是怕他們誤會自己惦記那筆錢。

可是幾個兒媳婦中，卻有人熱心地問了，「那丹娘剩下的那一大筆嫁妝他們家什麼時候還？他們家不會想賴了吧？」

何志忠和何夫人同時抬起眼淡淡地掃過去，出聲的是最年輕的六郎媳婦孫氏。這倒是出乎兩人的意料，不過何夫人這種時候一般是不會發言的，何志忠淡淡地道：「什麼時候和離就什麼時候還，賴不掉。」眼睛卻是惡狠狠地朝臉色大變的楊氏瞪了過去。

這一大筆錢的來龍去脈，家裡多數人都不是很清楚，只知道是牡丹的嫁妝，劉家是衝著嫁妝豐厚才娶牡丹的，具體有多少，是不知道的，只有何夫人、吳氏、大郎、二郎、薛氏、白氏知道得最清楚其中的彎彎繞繞，楊氏則是因緣巧合，恰好聽到點首尾。事後他曾鄭重警告過楊氏，不許提一個字。牡丹這次歸家，也只是說還有些東西在劉家沒拿回來，其他的可沒仔細提過。這孫氏如今問得如此清楚，不是聽了楊氏嚼舌頭，又是什麼？何志忠有心想狠狠教訓楊氏一頓，卻又怕反而引起其他人的注意，只好暫時忍下，淡淡地回了孫氏的話。

孫氏話一出口，就發現氣氛不對勁。幾個平時表現得對牡丹很親熱很關心的妯娌，此刻都屏聲息氣，甄氏則是用一種古怪的眼神看著自己，公公婆婆的臉色都不好看，楊氏則滿臉不安，只有吳姨娘和牡丹神色如常。雖然不明白為什麼，她也敏感地發現自己問錯了話，卻不高興起來，她不過就是關心才多了這句嘴，難不成她還能打牡丹嫁妝的主意不成？成，以後再不過問就是了。

牡丹察言觀色，見有些不妙，忙上前拉著何志忠撒嬌，「爹，昨日五嫂和六嫂領我去吃冷淘，沒吃著，孩子們也都說想吃。難得您今日回來得早，您買給我們吃吧！」

何志忠這才把眼神從楊氏身上挪開了，楊氏鬆了一口氣，感激牡丹的同時卻又暗道晦氣。她真是冤枉死了，她真沒和旁人提過此事。她哪裡鬥得過連成一條心的何夫人和吳氏，還有她們的五個兒子？何況她不是不知道好歹的，這些年六郎過的什麼日子，她清楚得很，那是真的沒虧待過，何志忠將來也必然不會虧待六郎和她，她又何苦去得罪何志忠和何夫人？也不知道六郎媳婦這個糊塗的，到底是被誰攛掇著說了這個話？是誰這樣害她和六郎，她必然饒不了！

何志忠自是知道牡丹在和稀泥，他心中雖然暗恨小妾和兒子、媳婦貪心不省心，但想到牡丹向來善良大度，總擔心旁人為她操勞受累，又想到她說過她不要那筆錢的話，若是因那錢在家中生了是非，只怕她到時候更是不要，在家中也會過得不愉快。便不想要當著牡丹的面再提這事，順著牡丹的意思笑道：「我道是吃什麼了不得的東西！不過一碗冷淘而已，趁著天色還早，要吃大家一起去吃。」

於是眾人俱發出一聲歡呼，各自收拾東西準備出門。

吳氏卻不去，溫溫柔柔地道：「老爺和夫人自領了孩子們去，婢妾在家準備晚飯。」

楊氏剛招惹了何志忠，雖然也很想出門，見狀也只得笑道：「婢妾也留在家裡幫吳姐姐的忙。」又朝孫氏使眼色，孫氏心不甘情不願地表示自己也不去了。

薛氏卻也來湊熱鬧，「家裡事多，我也留下來。」

何夫人也不勉強她們，只問她們要吃水花冷淘還是槐葉冷淘？然後命身邊的人記下，稍後給她們捎回來。餘下何家眾人歡天喜地的出了門，直奔東市而去。

今日去得晚了，吃冷淘的人不算多，何家一群人吃得心滿意足，眼看著天色將晚，離擊鉦散市不遠了，索性一家人一道往何四郎的鋪子裡去，準備接了何四郎一起歸家。

何家的香料鋪子在平准署的左邊，臨著大街，和許多錦繡彩帛鋪子並列在一起，鋪面規模不小，足有尋常商鋪的四、五間那麼大，看上去很是氣派。

何志忠很得意，拉著牡丹輕聲道：「看看，這一排的十幾間鋪子都是咱們家的。」

這個牡丹有數，何家在東市西市都有鋪面，除去自家用的就盡數高價賃了出去，每年的租金不少。只不知為何，作為商人之女的何牡丹嫁妝裡卻沒有鋪子，牡丹心想，大概是因為她的嫁妝太過豐厚，一次拿出太多，何志忠為了平衡，所以才把這生財的留給兒子兒媳吧？子女太多的人，想要協調好這中間的關係，的確是太過勞心勞力。

牡丹正想著，忽見何家香料鋪子門口走來一個身材高大，粗眉豹眼，滿臉凶橫之色，年約二十來歲的男子。他的扮相很是吸引人眼球，頭上綁著條青羅抹額，穿綠色缺胯袍，著褐色錦半臂，袖子高高挽起，露出兩條刺了青，肌肉發達的胳膊。左臂上刺著「生不怕京兆尹」，右臂上刺著「死不怕閻羅王」，看著就是個市井惡少。

牡丹愣了一愣，隨即莞爾一笑，這人也太囂張太有趣了，一次挑戰古人心目中的兩大權威——活著時的官府，死了後的官府。

那人狠狠剜了牡丹一眼，直接向著牡丹走過來。

牡丹心裡一緊，糟了，招惹惡霸了！正要往何志忠身後藏，卻見那人在三步開外站定，對著何志忠和何夫人規規矩矩行了個禮，問好道：「世伯、伯母、幾位哥哥、嫂嫂從哪裡來？」

何志忠和何夫人都笑，客客氣氣地道：「賢姪今日得閒？我們來尋四郎一道歸家。他在裡面嗎？」

「在，小姪才跟他說完話，他正在讓人收拾攤子算帳準備散市呢！世伯、伯母先忙，小姪另有要事，先行告退了。」

看不出來，這人說話行事還彬彬有禮的。牡丹正想著，那人一邊與何大郎、何二郎打招呼，卻又狠狠地看了她一眼，不是瞪，不是剜，而是看。

何志忠見狀，不露聲色地將牡丹掩在身後。

甄氏拉著牡丹搶先進了鋪子，啐道：「張五郎看人那眼神像狼一樣，不是個好東西，妳以後遇到他躲遠些。」

原來叫張五郎，牡丹應一聲，因見何四郎迎了出來，使纏著他要看各種傳說中的香料。誰知一看下來，把她嚇了一跳，何家鋪子裡的香料之多，種類之齊，品級之細，完全出乎她的想像。光是沉香一種就分了六品，品中卻又細分了級別；另有檀香、乳香、雞舌香、安息香、鬱金香、龍腦香、麝香、降真香、蜜香、木香、蘇合香、龍涎香等多從海外來的貴重香料。至於本土的各種香花香草，更是多不勝數。

除了奢華的用大塊天然香料堆砌雕琢成假山形狀，描金裝飾，散發出氤氳芬芳的香山子擺設外，何家只賣原材料，並不賣成品香和焚香用的香爐、香罐、香筒等物。

何四郎見牡丹目不轉睛地盯著香料看，呵呵一笑，「妳從小也是跟著我們一起學辨香的，怎麼這會兒倒覺得稀罕起來了？」

牡丹不過是好奇，便隨口道：「忘得差不多了，想重新學起來，四哥空了教我？」

「這有何難？妳閒著也是閒著，學了這個，再去和二哥學製香，可以開間成香鋪子玩，妳只管製香，哥哥們幫妳打理。種花雖然好，但也太悶了，又不能拿來換錢花用。」

何家妯娌幾個早就想開一家成香鋪子，他們父子兄弟堅絕不許，更是不肯教她們製香祕術。如今倒是上趕著拿去討好自家妹子，這嫡親的骨肉果然不一樣！將來再嫁了人，可不是要和自家搶飯碗了？甄氏在一旁聽著，臉色立時變了，回頭看向白氏等妯娌，果見幾人臉色雖然淡淡的，但明顯都不是很高興。她默默想了一想，迅速盤算起來。

牡丹也沒注意幾個嫂嫂的表情，只道：「我才不要開成香鋪子呢！我只和二哥學製香，有事做不至於那麼閒。」

只是她說了真話，人家不見得相信，只是暗想，學了辨香，學了製香，又有爹娘偏疼，哥哥們幫襯，佔著天時地利人和，不開鋪子大把掙錢是傻子吧？哄誰呢？都說她一向老實軟善，如今看來也是個心口不一的。

甄氏朝自家對頭李氏飛了一個眼神過去，那意思是，看看妳男人對他妹子多好呀！

李氏淡淡地把眼睛撇開，垂頭不語，只想著，回去後是不是也趁這個機會讓自家芮娘跟了牡丹一道學點本事？一樣都是何家的女兒，何家父子總不能厚此薄彼吧？

牡丹自是不知自己無意之中的一句話就惹了這許多官司，高高興興地拉著何四郎在鋪子裡轉了一圈，聽見散市的鉦聲擊響了，方才戀戀不捨地跟著家人歸家。

回到家中，楊氏和吳氏、薛氏都在，卻不見孫氏，何夫人問起，楊氏臉色怏怏地道：「突然不舒坦，頭暈，躺著去了，說是晚飯不想吃了。」

「請大夫了嗎？」

「不是什麼大毛病，已經服了藥丸，睡一覺就好了。」

多半是挨了訓，心裡不舒服吧？何夫人也就不再多問，只讓人將給孫氏帶來的冷淘送過去。倒是甄氏，擠眉弄眼地頻頻朝薛氏使眼色，薛氏垂著頭只是不理。

這一夜，刮了一夜的風，吵得何家好幾個人都睡不著。

李氏幾次三番想向何四郎提出讓芮娘跟了牡丹一道去學調香的事情，話到嘴邊好幾次，終究不敢說出來。輾轉反側到四更，方下定主意，等到牡丹真的去學了，再說不遲。

甄氏則在床上打滾撒潑，哼哼唧唧地拿著何三郎折磨，一會兒掐他的腰一把，一會兒又咬他的肩頭一口，含著兩泡淚，只是哽咽，「你不疼我，不疼我們的孩兒。」

何三郎背對著她一動不動，不還手，也不理睬。

甄氏鬧了一會兒，覺得沒意思，便一腳朝何三郎踢過去，罵道：「你個活死人窩囊廢，嫁給你真是倒了大楣了，誰都可以踩我一腳，你那個姨娘成日裡就巴不得……」

何三郎不防，險些跌下床去，當下也惱了，翻身坐起，將手握成拳頭，恨聲道：「誰踩妳了？妳莫要不知好歹，若不是看在姨娘的面子上，妳以為誰會像現在這般讓著妳？妳自己也有兒有女，怎麼就容不下一個可憐的丹娘？哥哥們要教她製香，就是知道妳們容不下她！難道不教她，別家就不會賣香，這世上就再無人會製香了？再呱噪，妳就給我滾出去！」

黑暗裡，甄氏看不清何三郎的臉色，只知道他很生氣。他平時難得發威，偶爾發威一次倒叫她心裡有種異樣的感覺，當下往他懷裡鑽，一把抱住他的腰，哼唧道：「誰容不下她了？她吃的用的又不是我出錢。可和她比起來，我還是更疼你和孩子們，我們才是最親的呀！現在爹爹活著還好，那將來呢？將來我們怎麼辦呀？」

何三郎心裡一軟，伸手掩住她的嘴，不甚堅定地道：「休要亂說，別讓人聽了去。娘和姨娘情分不同尋常，大哥、二哥、四郎待我們也不一樣，不管怎麼說，他們對我們總會比六郎更有情分。妳別和他們對著幹，我在外面做事情心裡也踏實些。」

甄氏恨鐵不成鋼地道：「你爭氣些！跟著大哥二哥學了那麼久，還是高不成低不就的，膽子沒大哥大，眼力沒二哥準。這麼多年，老五都可以獨自出門去進貨了，你還是不行，只能跟著別人跑，又不會像老六那般慣會討爹的歡心。」

一席話又說得何三郎心煩意亂起來，將她一把推開，背過身悶頭睡覺。

第二日變了天，天空陰沉沉的，間或颳著些小風，吹得衣著單薄的行人身上一陣寒涼。宣平坊街上的人比平時少了許多，六、七個人簇擁著一頂四人肩輿在何家門口停了下來。

潘夫人從肩輿裡探出頭問侍女，「碾玉，是這家嗎？」

牡丹接到通報時，簡直不敢相信，潘夫人竟然來看她！她以為從劉家走出來後，什麼世子夫人、什麼清河吳氏十七娘，都再和她沒有任何瓜葛了。就算是路上遇到，人家也不見得就會和她打招呼，當然，她也不會主動拿熱臉去貼人家的冷屁股。

林媽媽皺眉道：「丹娘，她莫不是來勸和的？畢竟他們就是一夥兒的。」

雨荷卻不這麼認為，「潘夫人不是那樣的人吧？上次花宴她對丹娘很好的。」

「不管是不是，都要認真接待。」牡丹心中也沒底，只隱隱覺得潘夫人不會是那樣的人。

上次花宴，那麼多人對她的遭遇熟視無睹，甚至抱著看熱鬧的態度，只有潘夫人毫不忌諱地表達了對她的關心和同情，也許人家真的只是好心來探望自己。不管潘夫人來的目的是什麼，就衝著上次她那樣對自己，今日也要認真接待她。

何家的中堂裡，潘夫人由薛氏陪著說話吃茶。薛氏是個穩重大方的，見了潘夫人這樣的貴夫人不見任何慌亂失措，言辭得當，舉止有度。

潘夫人和薛氏寒暄了幾句，發現她是個有內涵的，識文斷字，待人處事不卑不亢，又見何家房屋陳設自有格調，傢俱雖然半舊，做工用料卻極精緻，並不見時下流行的金框寶鈿等裝飾，唯一引人注目的陳設就是一座用極品糖結奇楠香堆砌雕琢而成的香山子，品格幽雅，滿室生香。下人規矩有禮，不聞喧譁之聲。絲毫不似外間所傳，何家粗鄙不通風雅，自以為有錢就了不起之類的傳言。於是態度也真正和藹起來，連帶著對牡丹的印象又上了一個層次。

待牡丹趕到中堂，寒暄過後，薛氏命婢女小心伺候，便彬彬有禮地告退了，只留下牡丹與潘夫人敘話。

潘夫人見牡丹裝扮得極清雅出眾，象牙白的短襦，翠綠的六幅羅裙，裙角撒繡著幾朵白色的牡丹花，碧色天青紗披帛，烏亮的頭髮綰了一個半翻髻，只插著一把時下剛流行起來的寶鈿象牙梳，膚色如玉，笑靨如花，倒似一朵半開的玉版白。不由暗自讚嘆了一聲，感嘆劉暢無福，然後開門見山地道：「劉子舒求了我家那位，托我來與妳說和賠禮。只要妳肯，他親自上門來同妳賠罪，風風光光接妳回家。」

牡丹心中猶疑，不是說被關禁閉了嗎？怎麼還能上躥下跳地托人？面上卻是不顯，只溫和一笑，「謝夫人好意，只是開弓沒有回頭箭，丹娘不想再叫人鄙薄踐踏一次。」

潘夫人這樣直來直去的人，原也沒必要同她說那些無緣之類的虛偽客氣話，是怎樣便怎樣。

潘夫人見她笑得雖然溫和，但眼神卻是極其堅毅，便點點頭，「知道妳是個有主意的，我本不肯來，奈何昨日惜夏跑去苦求世子爺，言道劉子舒為了妳的緣故，吃了劉尚書一頓好打，又被關了起來。他們是自小的朋友，不管怎樣這一趟我都必須來，還望妳莫嫌我多事。」

「我明白。」心中卻是對劉暢這些話不屑一顧，哄誰呢？騙她回去好日後再接再厲地凌辱她，陷害她，待到她無還手之力時再休棄她好出氣？

潘夫人卻又笑了起來，「好了，剛才是潘蓉的妻子同妳說話，現在是白馨和妳說話。榮華富貴不過過眼雲煙，咱們做女子的，若是不能也就罷了，有了機會還不盡力護著自己，那才是傻的。妳有真心待妳好的父母家人，自當惜福。憑妳這樣的容貌品性，絕不該受那樣的對待。就算是沒有劉子舒的請托，我也會特意來看妳過得好不好？」

牡丹聽到此，臉上方露出一絲真心的笑容來。

潘夫人又問了牡丹和離的情況，聽到劉承彩推脫，劉暢不肯寫和離書時，沉吟片刻，道：「這樣拖下去不是事，端午那日，我派人來接妳，假如妳運氣好，遇到貴人，妳去求她，她若答應幫妳，這事一準就成了。」

有這樣的好事？牡丹愣了愣，遲疑道：「這樣不好吧？若是世子怪罪您，那可怎麼辦才好？您別為我擔心，再等等看，總有人會等不得的。」她看得出潘蓉夫妻倆的感情其實不太好，若是潘夫人為了她的事情得罪了潘蓉，只怕夫妻感情會更生疏。

「妳雖想得周到，卻是不知道劉子舒的脾氣古怪著呢！還有那位，她不順心，遲早要把氣出在妳身上，所以還是早解脫早好。妳放心，我會把事情都安排好，只要妳不說，誰會知道是我把妳接過去的？他又怎能怪上我？就算是怪上了，我也不怕。」

牡丹只是不答，潘夫人就笑問，「妳還有什麼不放心的？」

牡丹猶豫良久，方抬頭認真地看著潘夫人道：「謝謝您的好意，按說您這樣幫我，我應該非常感激才對。但我們相交到底時日尚淺，我難免有些疑慮，您為什麼願意這樣不計較的幫我？還請您與我分說。」

沒有無緣無故的好，也沒有無緣無故的惡，若是舉手之勞，言語上的好意，她倒也能放心接受，但這明顯有可能威脅到夫妻感情，就不是一般的情分了。牡丹不想把別人想得太壞，但問清楚緣由總是好的。

潘夫人聽她這樣問，有些發懵，隨即輕笑了一聲，自嘲道：「我難得主動想幫一個人，倒叫妳生了疑心。」

牡丹的臉發燙，仍然堅持，「您知道，我不過是個普通女子，若是沒有父兄，自身尚且難保，更不要提幫助旁人。我不想平白承了您的情，害您受了累，之後卻無能為力，眼睜睜看著您因為我的緣故惹了麻煩，又不能報答您。」似她這樣的人，欠了人家的大情，拿什麼去還？

潘夫人嚴肅地道：「其實妳是多慮了，我不過看不慣一個好姑娘就此毀了。明明什麼錯都沒有，偏要因為旁人的過錯受這種無妄之災。我做不到也就算了，明明做得到，偏偏裝著不知道，又或者助紂為虐，那我和我看不起的那些人又有什麼區別？」

說到此，潘夫人的語氣微微有些激動，身後的侍女忙安撫地遞了茶湯給她，她飲了之後，才又恢復了先前的平靜，苦笑道：「不過也怪不得妳，任誰吃了那麼大的苦頭，都很難相信旁人會莫名其妙對自己好的。不過妳倒也坦蕩，能當著我的面說出來。妳要真過意不去，那事成之後，今年秋天接一棵玉樓點翠送我吧！」在牡丹的心目中，自己只怕也只是比那些人稍微好上一些些吧？

牡丹的臉越發紅，垂頭道：「謝謝您理解。」大概她是多慮了。

「機會只有一次，妳自己決定要不要來。」不等牡丹回答，便指著身邊的侍女，「妳還記得她吧？她叫碾玉，上次就是她領妳去找我的，她是我身邊最信任的人。五月初五，開夜禁，我家在勤政樓附近設有看棚，妳戌時到東市常平倉、放生池之間的那道門去候著，我讓碾玉去接妳，該怎麼做，她會告訴妳。光我幫妳還不夠，還得看妳的造化。」

牡丹心想，到時候反正何家人都要去看熱鬧的，就讓大郎、薛氏他們陪自己走一趟就是了。

這時雨荷進來稟道：「那章家兄弟二人來了，奴婢讓他們等等，他們卻是不肯，說是路遠天氣不好，想早點歸家。」

牡丹便跟潘夫人解釋道：「我請人從山裡挖了野牡丹來，他們都是實在人，只怕是懷疑我騙他們，故而不肯多等。請夫人稍候，我去去就來。」

「我也該回去了。」潘夫人也就順勢起身，認真地看著牡丹，「不管妳來不來，我都讓碾玉在那裡等妳半個時辰。」

牡丹見她目光清澈，自有一股傲然出塵之氣，便咬了咬牙，「我去！」

潘夫人一笑，「好。我等妳。到時候妳可以讓妳家人陪妳來，只是見到貴人時，得回避一下。」

牡丹聽到此，幾乎完全相信潘夫人是真心想幫助自己的。

送走潘夫人，牡丹自去見章家兄弟二人。章家兄弟二人蹲在何家門房裡，凳子也不肯坐，一人捧著一個大瓷甌拚命往肚子裡灌茶湯。雨荷的娘封大娘橫眉怒目地叉著腰站在二人面前，罵道：「喝死你個小短命的，喝這麼快也不怕肚子疼。」

章大郎低著頭，章二郎紅著臉，卻全都裝作沒聽見，使勁地喝。

「這是怎麼了？」

封大娘回頭看到她，笑道：「丹娘，適才他二人閒得發慌，一個勁兒的要見您，我想著他們沒喝過茶湯，給他們嚐嚐，他們一喝倒像渴死鬼投胎了。」又伸腳去踢那兄弟倆，「還不快把東西拿過來？」

牡丹不由失笑，封大娘嘴裡說得凶，實際上是最心軟的，分明是看這兄弟二人可憐，特意請他們喝東西罷了。

章大郎和章二郎忙將茶甌放了起身，從角落裡小心翼翼地提了只竹筐過來，放在光亮處請牡丹看，「小娘子，就是這個了。」

牡丹上前仔細觀察，但見那株野牡丹，論高度果真少見，連著花梗花朵算，也堪堪不過一尺半，乾皮帶褐色，有縱紋。小葉五裂，裂片具粗齒，上面無毛，下面被絲毛。花瓣十枚，稍皺，頂端有幾個淺殘缺，白色，部分微帶紅暈，基部淡紫色，花絲暗紫紅色，近頂部白色。

牡丹立刻確認了這是矮牡丹，又稱稷山牡丹。她細細撫摸著枝葉，不勝感慨，作為栽培牡丹的原植物，因其根皮入藥，在現代已經是瀕危物種，不得不專門保護起來。沒有想到，她在這裡不經意間竟就得了一株，而且是矮化程度比較高的，十多年就長這麼一點點，真是難得。

章大郎見牡丹只是沉吟不語，有些發急，「小娘子，您覺得可還滿意？」

章二郎悄悄拉了拉他的袖子，低聲道：「哥，你莫催人家，等人家慢慢看嘛！」

牡丹這才回過神來，仔細查看了根部，見這次與上次又稍微不同，根上還帶著大團泥土，倒不用疏花葉了，便笑道：「我很滿意，還是按著咱們上次說好的，給你們一萬錢，可使得？」

章家兄弟倆眉開眼笑，「使得，使得。」

牡丹又指給他們看，「你們這次這個就弄得極好，以後若是還有這樣的，便要如此用土護著才好。」

兄弟倆似懂非懂地應了，歡歡喜喜地拿著錢離開。

牡丹叫了個粗使婆子過來，將那只筐子提著往後院去，才剛進了院門，甄氏和白氏就迎了上來。

甄氏往筐子裡瞟了一眼，「丹娘又買花呀？到了明年春天，娘這院子裡只怕到處都是牡丹花了，多少錢呢？」

「還和上次的一樣。」

「這花可真值錢，妳確定沒買貴吧？丹娘真要是喜歡，不如去道觀寺廟裡買花芽更划算一些。」甄氏緊緊跟在她身後，「妳打算種在哪裡？」

「還沒看好呢！」貴不貴這個界限怎麼定呢？就看自己怎麼想了。

甄氏目光閃爍，「這次還是要露天栽嗎？」

「它帶了泥土來的，本身也不算大，用個盆子就可以栽上了。」

「是呀，是呀，能往盆子裡栽的最好往盆子裡栽，否則將來不好移動的。」想得這麼長遠？牡丹一愣，忍不住抬眼看向甄氏。這是最客氣隱晦的說法吧？怕她長久在這家中住著不走，所以提醒一下她？

甄氏臉上還在笑，卻是有些不自然地撇開了眼。

白氏狠狠瞪了甄氏一眼，忙道：「丹娘，娘讓我出來看看，那位世了夫人尋妳到底有什麼事？是不是和劉家有關？」

牡丹垂下眼去，淡淡一笑，「是。」

甄氏忙藉機掩飾過去，「她來幹什麼？是不是勸妳回去的？我跟妳說，千萬莫要聽她的鬼話！好馬不吃回頭草，爹娘哥嫂又不是養不起妳，回去做什麼？」

過分的殷勤不過是為了掩蓋心中的不愉快而已，牡丹有些堵心，但又不想和她鬧得不愉快，只淡淡地道：「我心裡一直記著哥哥嫂嫂的好，須臾不敢忘記的。」

甄氏還想說什麼，白氏察言觀色，見牡丹表情淡淡的，說的話細品起來也有點意思，便堵住甄氏，「好不好的，妳說這些做什麼？丹娘要怎麼做，她自有分寸。」

「我先進去和娘說說剛才的事情。」牡丹朝兩位嫂嫂行了個禮，逕自進了何夫人的屋子。

何夫人正在和薛氏一起看帳本，見她進去忙朝她招手，「過來，和我們說說，那位夫人都和妳說些什麼了？」

牡丹把原話一字不漏地複述一遍。

何夫人聽完想了想，「這麼說來，她是個好人？妳信她了？」

牡丹點了點頭，如果說先前她還有幾分猶疑，此時她是下定決心一定要去試試了。如果可以，她是不想靠著任何人生活，也不想輕易給任何人添麻煩的。這件事越早結束，她越能早點過上她想要的生活。

「知人知面不知心，當初劉家不也……」當初想著劉家好歹也是知書達禮，有頭有臉的人家，人口也簡單，又有契書保證，加上丹娘也著實不行了，所以才會走那步棋，誰想那家人卻是連普通百姓該有的骨氣和臉面、信義都不要，真正的翻臉無情。

牡丹忙道：「您別難過，好歹我的病好了。我先前只是擔心潘夫人幫我是另有所圖，怕給家裡惹上不該惹的麻煩。她既然說不圖回報，想來也是如此。難不成她還會幫劉暢把我綁去不成？大嫂也見過潘夫人的，妳覺得她可信嗎？」

薛氏安撫地拍拍牡丹的手，「我覺得那位夫人不像是個壞人。」

牡丹眼睛一亮，「大嫂也這樣覺得？我也是覺得她沒有害人之心。」

何夫人掃了姑嫂二人一眼，心想薛氏平時四平八穩，從來不輕易發表這些看法，如今開了口，那位潘夫人必是有其過人之處，便嘆了口氣：「去試試也好，到時候讓妳大嫂和封大娘、還有林媽媽、雨荷牢牢跟緊妳。妳大哥、二哥他們也不許走遠，就在附近看著，想來也不會怎樣。」

晚間何志忠歸家，聽說此事，特意派人去打聽了一番白氏的為人，傳回來的消息都說此人平時看著孤傲，脾氣修養卻極不錯，沒什麼惡名，家裡的下人們也誇其寬厚。何志忠仔細思考一番後，決定那天還是讓牡丹去試試。

第十四章 催化

接下來的日子，何志忠每隔兩天就派人去劉家催問一番，得到的答覆都是劉暢還關著，還在死磕。派人打聽了，得知劉暢果然是沒出過府門，又聽說其間清華郡主上過一次門，得到了劉家的熱情款待，走時她非常高興。

雖然種種跡象都表明，劉承彩果真是做好和離的準備了，但總是這樣不上不下的吊著，不得進一步的舉動，何家男人們的心情也隨著氣候越來越熱，變得焦躁起來。

男人們心裡不爽快，女人們也跟著煩躁，經常在何夫人看不到地方為了一些瑣事吵嘴。

牡丹眼看著牡丹花的花期就要過了，劉暢也真沒出門，便放心大膽地求了何志忠，領她去城北曹家的牡丹園看花。何志忠卻是沒有空，只叫何五郎夫妻倆領牡丹去。

何五郎與張氏感情甚篤，聞言先就望著張氏竊喜了一把。

張氏白了他一眼，卻也忍不住抿嘴笑起來，轉過頭問牡丹，「咱們吃了早飯就走？」

曹家的牡丹園不在城裡，而是在光化門外。園子佔地約有五十畝左右，果然如同外間傳言的一般，一個狀如半月形的大湖在正中，湖邊太湖石假山樓閣草木錯落有致，湖心亭臺樓閣草木繁盛。四處遍植芍藥與牡丹，牡丹的早花品種俱都已經謝了，晚花品種也即將謝落，芍藥卻是正在盛放的時候。

牡丹遊了一圈，暗暗將其格局佈置記在心上，又仔細分辨牡丹品種。

何五郎見她盯著一些已經花謝，只餘枝葉果實的牡丹看，笑道：「丹娘，這個有什麼好看的？看那邊才是。」

「五郎莫要笑話她，我聽雨荷說過，丹娘就是光看葉片不看花，也知道一株花的好壞，開的什麼樣子的花呢！」

何五郎眼睛眨了眨，驚奇地道：「真的？妳還和咱們二哥一般，人家調製的香，他只需聞上一聞，便可分出其中用了些什麼品種。」

牡丹呵呵一笑，「哪有那麼神？我最多就能知道是什麼品種罷了。」至於能開出什麼樣子的花來，她倒是沒那個本事。牡丹花容易異變，她哪能知道？

恕兒倒是牢牢記著當初惜夏和牡丹說過的話，拉了牡丹的袖子輕聲道：「丹娘，您將來也可以弄這麼一個院子的。您瞧，咱們今天一共來了十個人，他就收了咱們五百錢，租船又收了五百錢。」

牡丹只笑不語，和離，建女戶，買地，建莊子，種花，修園子，要見成效，怎麼也得是兩年以後的事情了吧？

船還未行完一周，張氏就有些支持不住，面色蒼白地捂著嘴，示意自己不行了。五郎嚇得叫曹家撐船的小子趕緊將船撐回岸邊去。

牡丹拿了隨身攜帶的水壺餵張氏，張氏只是搖頭，連話都不敢說。

好不容易到了岸邊，張氏才下了船就一個踉蹌倒在了何五郎懷裡，隨即將頭往旁邊一側，控制不住地吐起來。

何五郎一邊給她拍背，一邊道：「她不暈船的啊，這是怎麼啦？莫不是病了？」

「咱們趕緊收拾回去，請個大夫來瞧吧！」牡丹賞了那撐船的小子，抱歉道：「對不起，汙了你們家的地方，我這裡有一百錢，請小哥幫忙請打掃院子的來收拾一下。」

那撐船的小子忙伸手去接錢，將錢牢牢貼身放好，方笑道：「小娘子不用擔心，只管放心的去，這裡有小的們收拾就是了。」

「這是怎麼了？」一道男聲從不遠處傳來，那撐船的小子嚇得退到一旁，束手束腳地行禮，「見過老爺。」

牡丹回頭看時，不由吃了一驚，來人正是那日和她們爭買牡丹花的絡腮鬍漢子，不曾想，竟然就是這曹家花園的主人！

絡腮鬍漢子看到牡丹一行人也有些意外，隨即露出一個大大笑容來，朝著幾人行了禮，「原來是小娘子，在下曹萬榮，是此間主人。」

何五郎忙還了個禮，疑惑地看向牡丹，她怎麼會認得這人的？

不待牡丹回答，曹萬榮已經主動賠禮道歉，「上次的事情真是對不住了，還請不要和我這個粗人一般見識。」

「沒事沒事。」牡丹有些疑惑，這曹萬榮上次一副凶神惡煞，討厭不講理的樣子，這次怎麼這般客氣？

曹萬榮已然把目光投向張氏，「這位夫人身子不適，這裡離城也遠，幸好附近就有個極不錯的大夫，不如就到那邊的軒閣裡歇歇，派人請大夫過來瞧瞧？」

何五郎見張氏臉色如同金紙一般，有氣無力地半靠在自己懷裡，不由一陣心疼，又看天色還早，便應了下來，「給您添麻煩了。」

「不麻煩，還指望著你們下次再來遊玩呢！」曹萬榮叫個小童過來，陪著何家的僕從去請大夫，他自己殷勤地在前面引路，將眾人領到附近一間臨水的軒閣裡。又叫人上茶上果子的，好不殷勤。

何五郎有錢，也沒覺得他殷勤得過了頭，只當他是做生意的，等一下把這些花銷付給他就是了。

少頃，大夫來了，一把脈之後，連聲恭喜何五郎，原來張氏是有喜了，沒什麼大礙。何五郎眉飛色舞的，給那大夫謝禮格外大方。眾人是騎馬來的，現在張氏這馬是不能騎了。

那曹萬榮遠遠立在一旁，見縫插針地道：「我家備有肩輿，可借你們用。」

何五郎笑著道了謝，拿了錢出來要算茶果錢，雇肩輿錢，曹萬榮只是擺手，堅絕不要，「我是看著郎君一表人才，有心結交，請朋友喝杯茶，送朋友的家眷歸家，哪兒就能收錢了？」

當初為了賤買鄒老七的一株花，他就能守在放生池邊幾天，看到有人買了，不顧道義爭買，又是個膽子大的，敢和劉暢競價，競價不成又威脅鄒老七。可見這樣的人就不是什麼好鳥，現在這樣大方示好，不知又在打什麼鬼主意？

牡丹頻頻朝何五郎使眼色，示意他這個光沾不得。何五郎會意，堅決要給。

曹萬榮怒道：「你這人怎地就這麼婆媽！我曹萬榮難道就缺這幾個錢使嗎？瞧不起我也

就罷了，何必這樣糟蹋人？要給錢，肩輿就不借了。」

此時的男人最怕人說自己婆媽，何五郎的臉上有些掛不住，索性直截了當地道：「無功不受祿，老哥的好意我們心領了。何況你本就是開門做生意的，開了這個先例著實不妥。不知我們可有什麼效勞的地方？」

曹萬榮掃了牡丹一眼，臉上露出萬分為難的樣子來，「不瞞諸位，在下是嶺南人，聞說世人皆愛牡丹，天下萬花，唯有牡丹才是真花。慕名到了京中，汲汲營營六、七年間，方才建了這樣一座園子。平生最大的希望便是將天下名花都收入這園子中，然而有許多稀罕的品種，想方設法也尋不到，聽說府上有許多珍稀品種，可否讓兩棵給我？」

牡丹到此已經完全明白他所求為何了，也不知他是從哪裡打聽得來的消息，當下便委婉地表示，「正好我也是個愛花之人，那些花也是家父家母所贈之嫁資，是不打算賣的。」

「那秋天的時候，可不可以賣幾個花芽給我？我的價格一定比市價要高。」

牡丹心想，雖然將來自己也要賣花芽的，但這人就是自己最有力的競爭對手呀！自家條件還未成熟，此時貿然賣給他，到時候自己還靠什麼維持牡丹園的開銷，打響自家的名頭呢？不能賣！於是只是搖頭。

曹萬榮萬分失望，還想再說，何五郎已經道：「老哥不用再說了，我這妹子愛花如命，捨不得的。」

曹萬榮眼珠子轉了轉，「既是喜歡花，那我這裡正好有幾株牡丹極不錯，保證比那日的大胡紅更要好上許多，小娘子可要去看看？咱們交換？」

牡丹有些意動，但思及此時最要緊的是把張氏送回家，便拒絕道：「今日有事，改日再來吧！」

「我那花是真的極好，虧得是晚花品種，不然早就謝了，妳再過兩日來，只怕是看不到花了。要是擔憂病人，讓他們給妳留幾個人，先回去好了。」

到底是花重要，還是親人更重要？而且這是城郊，明知道這人人品不好，她哪兒能獨自留在這裡？牡丹堅決地拒絕了曹萬榮的提議：「也不急在這一時，以後再說。」

見牡丹軟硬不吃，曹萬榮的臉色難看起來，勉強忍著沒有發作。

牡丹見他突然翻了臉，不由暗暗嘆了一口氣，接過何五郎手裡的錢，輕輕放在桌上，向他道了謝，轉身往外走。

曹萬榮這次沒有再攔，只是臉色著實難看得可以，不過那肩輿到底還是備下了。

出了曹家的牡丹園，何五郎嘆道：「這人脾氣可真怪，一言不合就勃然變色，似這等生意人，倒也少見。」

「他就是上次我們去買花，和我們搶著買花的那個人。」

何五郎聽了撇撇嘴。「難怪。」說著上前使錢打賞輿大，打聽到曹萬榮的出身來歷，然後又打馬奔到牡丹身邊，「妳猜他原來是做什麼的？」

見何五郎眉眼滿含笑意，牡丹不由生了幾分好奇之心，「你就別賣關子了，快說給我聽吧！」

五郎歡快地學了一聲鴨叫，笑道：「此人厲害著呢！嶺南江溪間出產麩金，又有金池，有人宰鵝、鴨時，從其腹中得到麩金。他呢，就養了無數的鵝鴨，專門收集鵝屎、鴨屎，然後細淘，多時一天可以得到一二兩麩金，少時也能得到半兩。他在那邊養了十多年的鵝鴨，成了當地有名的富豪。後來大概是羨慕京城風流，所以才來了這裡改為種花。妳別小看了他，他今年向宮中進獻了四盆牡丹花，一紅一白一紫一黃，都是千葉牡丹。旁人是獻花發財，他卻是費了不少的力氣和錢財才進獻去的。之後，就有許多權貴來他這裡遊園、買花，賞賜不少。」

牡丹聽得神色凝重，看來各人有各人的兩把刷子。她將來把花培植出來，怎麼打開市場，還是一個艱巨漫長的過程。

張氏有孕的消息讓何志忠夫婦很是歡喜，其他人也紛紛恭喜張氏，只有楊氏和孫氏黯然神傷，孫氏進門一年多了，還是沒動靜。

牡丹見孫氏難過，便主動陪她說話，又想到這些日子何夫人有意冷落她和楊姨娘，這樣其實也不太好，不過無心的一句話，倒弄得家庭不和睦了。便約她到自己那裡去玩，拿了松子仁逗甩甩說話。

孫氏一邊餵松子仁給甩甩吃，一邊望著牡丹輕聲道：「丹娘，上次我是真的關心妳，沒有其他意思。」

「我一直知道六嫂是關心我呀！」

孫氏嘆了口氣，苦笑道：「你們出門以後，我被姨娘狠狠罵了一頓，說是我惦記著妳的嫁妝。晚上妳六哥回來，又狠狠罵了我一頓。」

孫氏邊說邊打量牡丹的臉色，見牡丹一臉的懵懂，便咬咬牙繼續道：「其實我不過就是聽人說，劉家想佔了妳的嫁妝不還，生怕妳將來手頭不寬裕。我很是替妳擔心，同時也是……想討好公婆的意思。妳知道，我進門這麼久，身上遲遲不見動靜，心裡不安得很，總巴不得和所有人都把關係處好。妳明白我的意思嗎？」

本以為是討好的事情，誰知卻是圈套！楊姨娘罵她的話猶在耳邊——既然是好事，可以出頭露臉，叫全家都認得妳最關心丹娘，那個人為什麼不自己問，反而把這個機會留給妳？讓妳去出這個風頭？妳用點腦子行不行？

牡丹卻是不管這許多，只溫柔地握住她的手，「六嫂，你們都想多了，我知道妳是關心我。妳也別擔心，孩子總會有的，妳只比我大一歲呀，正是好年華呢！」

孫氏見牡丹不問到底是誰和自己提起嫁妝的事情，微微有些失望，很快又笑了起來，「我就怕妳心裡也認為我是那樣的人，這些天就沒睡好過覺。姨娘和妳六哥都要我來和妳解釋道歉，妳千萬別誤會。」

如果是自家一奶同胞的，哪裡會這樣小心過了頭？牡丹嫣然一笑，認真地道：「真的沒什麼，我不是那樣小心眼的人，心疼我關心我，我高興還來不及，怎會無中生有去想那些有的沒的？你們真是想多了。」

孫氏見牡丹說得誠懇，想到這些天她對待自己確實也還和以前一樣，便也放了心，覺著牡丹真是可親，不是那種討嫌多事的。只是想到害得自己被公婆討厭，姨娘被罵的那個人，心裡就是不平衡，便道：「是呀，他們也不想想，妳的嫁妝，我能打什麼主意？說得難聽一點，無論如何都輪不到我。再說了，雖然是庶出，但有誰虧待了我們嗎？沒有！我和六郎向來都是最知足的。」

一扯到這個複雜的問題，牡丹就有些頭大，她不想再繼續這個話題，便把話轉開了。

孫氏也就識相地不再提起此事，「多虧妳當時給我解圍，謝謝了。」

雨荷一直在旁邊伺候，待孫氏走後，方悄聲問牡丹，「丹娘，您剛才怎麼不問到底是誰和她說那件事的？六少夫人分明就是被人算計了。」

牡丹起身往屋裡去，低聲道：「問她做什麼？她若真的告訴我是誰，我又該怎麼應對才好？和她一起說那個人居心不良？還是說她多想了？都是家人，怎麼都顯得我無聊多事。妳只注意看著，看她最近突然疏遠了誰，楊姨娘又總針對誰，不就知道是誰了。」

雨荷搶前一步，替牡丹撩起琉璃珠簾，細細想了一回，忍不住笑了起來，「您說得是呀！」

「左右我們不在這裡長住的，知道是誰不是誰都沒什麼意思。不過就是以後遠著那人一點而已，旁的事情，什麼都不要做，也不要說。」以她目前手裡的錢來看，已經夠用了。劉家那筆錢，如果能回來，她打定主意是不要的，也不曾想過要從何家父母那裡額外多弄些錢，既然不貪財，又哪裡來的那許多矛盾和算計？

雨荷有些感傷，「不管您去哪裡，奴婢總跟著您的。」雖然現在家裡多數人都對丹娘很好，但到底是應了那句老話，女兒就不算是自家人，是替外人養的，嫁出去的女兒潑出去的水，不管怎麼好，始終不能和傳宗接代的男子相比。

牡丹抿嘴一笑，反握著雨荷的手，「我知道的，妳們幾個都是真心待我。」沒有林媽媽、雨荷、寬兒、恕兒，她在劉家的日子會更難。

「說什麼呢？」林媽媽用個紅羅銷金帕子包了一包東西笑咪咪地進來，一眼就看出屋子裡的氣氛不一樣。

「六嫂怕我多心，適才和我說了好一些話。媽媽拿了什麼？」

林媽媽將帕子打開，捧了只水晶桃形粉盒與一只錫盒來，「是表公子派人送來的。」

牡丹剛伸出去的手又縮了回來，「還送給誰了？」

林媽媽暗嘆一聲牡丹太過謹慎，仍是認真答道：「夫人、少夫人、姨娘、榮娘她們都有的。不多不少，一共十七套，裡面的東西都一樣，唯有盒子的花式不一樣。」

牡丹這才拿起那只水晶桃形粉盒來瞧，打開一看，卻是肉色的香粉。

林媽媽在一旁解釋，「這是利汗紅粉香，說是宮內調製的，娘娘們最喜歡用的。是用滑石一斤，心紅三錢，輕粉五錢，麝香少許研製而成，和那尋常的香粉不一樣，說是香肌、利汗，端午節那日正好用呢！」

夏天多穿輕羅紗衣，就是穿上幾層仍然能看到膚色，所以大家都流行在身上撲粉，以便旁人隔著衣料就能看到自己雪白粉嫩的肌膚。牡丹卻是從來不喜歡搞這一套，總覺得本來就熱，出了汗更是黏乎乎的，難受。剛才看到這粉是肉色的，能利汗，尚感幾分興趣，此時聽說竟然有從水銀裡提出的「心紅」，立刻滅了那心思，將盒子放到一旁，轉而去看那只錫盒。

錫盒做得極其精緻，盒蓋上鐫刻著一枝盛放的牡丹和一隻意態悠閒的鷺鷥，寓意一路富貴。牡丹打開盒蓋來瞧，裡面裝的又是專供佩帶在身上的牡丹衣香，正是自己常用的，只是稍微又有一點點不同，味道更甜一點，也不知裡面加了什麼，不由就有些發怔。

林媽媽和雨荷對視一眼，都有些心領神會。

良久，牡丹微不可聞地嘆了口氣，用那帕子把兩只精美的盒子包了起來，遞給雨荷，「收起來吧！」

到了晚飯時分，李荇已經告辭，何家的女人們還在興奮地討論剛才他送來的利汗紅粉香，還有那衣香。

牡丹細細聽下來，原來每個人的衣香味道都不一樣，但只有她一人的是牡丹香。

孫氏見牡丹坐在一旁只是笑，並不參與討論，有心示好，便問牡丹，「丹娘，妳的是什麼香？我的是芙蕖衣香。配得可真不錯，聽說行之也是個調香高手。」

這話牽動了一撥人的心，看這情形，將來牡丹只怕是要嫁去李家的。若是她再學了何家的調香祕法去，將來何家的成香鋪子怕是永遠都不要開了吧？這許多人，怎可能永遠只做珠寶和香料原材料生意？少不得要做點旁的，例如成香鋪子、首飾鋪子等等才能養活人。所以牡丹什麼時候再婚，嫁給誰，都很關鍵。

甄氏掃了一眼眾妯娌，見個個都低頭不語，一邊暗自鄙視她們沒本事，敢想不敢做，一邊笑道：「還用問？定然是牡丹衣香。大家都不過是沾光罷了，行之這人真是不錯。是不是呀，丹娘？」

牡丹抬眼看向甄氏，落落大方地承認，「表哥為人的確不錯，如果沒有他相助，我的事情沒那麼容易。說到沾光，我倒是有些不明白這其中的因由，三嫂說來聽聽？」

自那日劉暢當眾質疑她與李荇有私情後，家裡人就非常注意，不叫她與李荇單獨接觸，更注意不說任何有可能引起誤會的話。畢竟一個尚未和離成功，一個尚未娶妻，什麼都談不上。風氣再開放，女子的名聲總是最要緊的。旁人倒也罷了，自家嫂子也當著孩子們開這種玩笑，是什麼意思？

甄氏以為牡丹會嬌羞，會回避，就是沒想到她會坦然面對，還明知故問地當著全家人追問自己。意外之餘，只是乾笑一聲試圖敷衍過去，語意含糊地開玩笑，她敢叫她當著全家人說這個，她倒是沒那個膽子。

牡丹見她不敢再說，也就低頭吃飯，不再逼問。

何志忠卻沉著臉道：「什麼沾光不沾光的？誰沾誰的光？這是回禮，妳娘剛派人送了禮去他們家。」

「哦。」甄氏討了個沒趣，狠狠瞪了一眼埋頭吃飯的何三郎，又掃了一圈幾個幸災樂禍，或是面無表情的妯娌，暗自咒罵幾句，將饆饠使勁咬了一大口，狠狠地嚼著。

眾人不敢再多言，這頓飯吃得很安靜，就連孩子們都規矩了許多。

何志忠一放下碗筷，其他人也跟著放了碗筷。

何夫人抬眼冷冰冰地看向甄氏，「三郎媳婦，妳隨我來。」

甄氏第一次看到何夫人用那種眼神看自己，只覺得後背涼颼颼的，心知不好，硬著頭皮乞求地看向吳氏，吳氏卻是沉著臉看也不看她一眼。再看何三郎，何三郎正笑咪咪地拉了大女兒蕙娘的手送到牡丹跟前，說是讓蕙娘幫著牡丹種花，蕙娘也果真親親熱熱地伏到牡丹肩上撒嬌。

甄氏吸了一口冷氣，垂頭垮肩地跟著去了何夫人的房裡，一直待到天黑才出來。

次日清早，去何夫人房裡請安，她是第一個到的。經過此事，她對牡丹倒是客氣了許多，再不敢亂說話。

接下來的日子，牡丹又出了幾次門，好幾次本是想去香料鋪子的，結果每次都沒能如願，不是被甄氏纏著，就是被李氏和芮娘纏著，又或者被白氏託付了去買東西。漸漸地，她也就輕易不再出門，看著院子裡的牡丹花一盆盆的謝了，結了種子，索性成日專心搗鼓那些花，一看到有生蟲的跡象和葉子變黃的跡象，就要守在旁邊小半日，有蟲捉蟲，不能捉的就用硫磺滅蟲，倒也自得其樂。

而默默觀察下來，孫氏疏遠和楊氏針對的人，不是旁人，卻是薛氏。這是牡丹和林媽媽、雨荷所想不到的。牡丹的心情很複雜，似乎她還沒回家之前，何家沒這麼複雜的。她的到來，就像是催化劑，將一些往日沉澱在下面，看不清的東西催化之後，漸漸浮出水面。而這些事情，都是她無力控制的，她只能和林媽媽一道，嚴厲管束雨荷、寬兒、恕兒，不許她們參與到何家下人間的派系鬥爭中去，多做少說，不許生事。

因為孫氏和楊氏做得太過明顯，導致不只是牡丹等人注意到了，就是其他人也注意到了這三人之間有問題。

先前薛氏還想著以和為貴，百般忍讓著孫氏和楊氏，幾次三番被挑釁後也忍不住了，抓了楊氏和孫氏的把柄，當著全家人給了她二人一個難堪，充分維護了自己作為長媳應有的威嚴。漸漸地，三人發展到見面也不說話的地步。

大家都知道是怎麼回事，但因薛氏是長媳，幫著何夫人理家的時日太久，地位輕易不可撼動，也沒誰敢輕易就和她唱反調，或者是去質問她，只敢在私下裡猜疑，傳出老大媳婦等不得了，私心太重，不但容不下小姑子，也容不下公爹的小妾和庶出的兄弟和弟媳等等之類的傳言。

為了家庭和睦，吳氏和白氏來來回回地做和事佬，卻不起任何作用。

何夫人的態度也很讓人疑惑，不聞不問，仍然十分倚重薛氏，假裝不知這事。她這態度落在其他人的眼裡，似乎又是太過偏袒長媳，就是女兒也不能比，於是大家看向薛氏的目光又多了幾分複雜。

作為當事人的薛氏卻是猶如被放在火上炙烤一般，她隱約知道這和上次孫氏被罵的事情有關，卻不知道這二人為何就懷疑到了她頭上，而且是不容辯駁。背地裡哭了好幾場，又不敢說給何大郎知道，只是咬著牙硬撐著。

相比較孫氏和楊姨娘的態度，她更在乎何夫人和牡丹的態度，何夫人不鹹不淡的，看不出什麼來，似乎還是如同以往一樣的倚重她。剩下的就是牡丹了，她幾次想和牡丹拉開了明說，卻總是在看到牡丹蹲在牡丹花旁默默忙碌的背影就轉了身，以嘆氣告終。如果牡丹本身並不知道這件事，自己和她說了，又惹得她多心生病，或者要搬出去怎麼辦？事情就更加無法收場了，同時也就如了背後搗鬼的那個人的意。

到了端午節前夕，牡丹和薛氏一起準備全家人佩帶的長命縷時，牡丹看著薛氏這些天來驟然消瘦下去的臉頰，主動道：「大嫂，明日咱們什麼時候出發？」

薛氏的手停了停，「家裡的事情太多，不然請妳二嫂陪妳去吧？」

「好嫂嫂，我還是覺得妳陪我去最好。咱們早就說好了的，妳賴帳我可不依妳。」這樣親熱的口氣，就和小時候纏著自己時是一樣的。薛氏愣了愣，抬眼看向牡丹。

牡丹則坦然地看著她，輕聲道：「這些天我看到大嫂瘦了，也似乎是有話想和我說，我等著，卻總是等不到。雖然我幫不了妳什麼忙，但是我能體會大嫂的不易。我不是小孩子，也不是從前病弱的丹娘，有什麼，大嫂完全可以和我直說。咱們是親人，不是外人。」

牡丹的眼神清澈，表情柔和，語調溫柔平靜，讓人看了不知不覺就跟著她放鬆下來，薛氏眼眶控制不住地紅了起來。受了委屈的人，還有什麼能比得到其他人的理解更讓人感動的呢？作為最佔優勢的長媳，她完全沒有必要做這種得罪公婆、丈夫、小姑，給旁人抓把柄的事。更何況，當初給牡丹那筆錢做嫁妝時，她也真沒眼紅過。

薛氏到底掌事多年，很快就平靜下來，探手握住牡丹的手，「丹娘，妳放心，我和妳大哥是真心疼惜妳的。不管將來如何，我們都會照顧妳。」

雖然她不是要靠著人生活的人，但薛氏這句話非常難得。牡丹這些天來想了很多，最後覺得判斷一個人的品行好壞，不能單憑一件事去斷定。她不知道事實真相，也不知道到底是誰非，但透過這些天的冷眼旁觀，她看到了眾人平時看不到的一面。

林媽媽和雨荷為她不平，但她覺得他們就算是有千百個心眼，接她回家的那一刻都是真心的，面對劉家時戰線也是統一的，他們把她藏在身後保護她時，也是毫不猶豫的。親情可貴，值得用心去維護，怎能因為一句話，就引起這許多的官司呢？

晚飯時何夫人看出了薛氏和牡丹之間的不同，很是欣慰。便在飯後將牡丹叫到房裡，揮退左右，「是妳大嫂找的妳，還是妳找了妳大嫂？」

「她找過我幾次，什麼都沒說。我見她憋得厲害，索性主動開了口。原來您什麼都知道，卻不管，倒浪費了我一片心，不敢和您說，怕您傷心。」

何夫人嘆了口氣，愛憐地摸摸牡丹的頭，「我什麼不知道？我不過是想看看，她們到底想怎麼蹦躂，能蹦躂出多大的風浪罷了。妳大嫂是個吃得虧顧大局的，妳日後可要記著她和妳大哥的好。」

牡丹聽何夫人這話似乎話中有話，皺眉問道：「您知道是誰嗎？」

何夫人微微一笑，不答牡丹的提問，轉而拉了她的手去後面廊屋裡，「讓娘看看，我的丹娘明日穿什麼呢？既是去見貴人，又是去求人，便不能穿得太過豔麗或是太樸素，得好好挑挑才行呀！」

何夫人的手保養得宜，溫軟順滑，暖意順著手掌傳到牡丹身上，引得她也跟著懶散嬌憨起來，「娘，我有點緊張。不知道那位貴人是誰？脾氣好不好？肯不肯幫我的忙？您陪我去好不好？」

「娘老了，擠不動，就留在家裡和妳五嫂一道看家。」何夫人從雨荷手裡接過一件象牙白繡豆綠牡丹含銀蕊的窄袖羅襦來，對著燈光瞇著眼睛看了看，「配什麼裙子？」

恕兒極有眼色地遞上一條六幅翡翠羅裙和一條雪白的輕容紗披帛。

「對對，就是這樣。」何夫人很滿意，「髮飾簡單一點，我記得妳有對蝴蝶紋金翹，就插那個好了。」

定下衣裝後，恕兒和寬兒忙去隔壁備下熱水、熏籠，給牡丹熨衣熏香。

第十五章　貴人

為防止牡丹與潘夫人約定之處被人佔去，也為了讓家裡人到時候有個好地方看熱鬧，第二日一大早，坊門剛開，何四郎就帶了幾個孔武有力的家人，匆匆抓了幾個胡餅，佔地方去了。

待到辰時，牡丹裝扮完畢，捧出五彩絲線做成的長命縷來，挨個兒給何志忠、何夫人、侄兒侄女們繫在手臂上，待她這裡繫完，薛氏也指揮著眾人將每間屋子的門上懸上了長命縷。

待到早飯上桌，何夫人威嚴地掃了眾人一眼，「今日過節，誰都不許惹是生非。」眾人互相對視一眼，齊聲應是，滿臉堆笑，其樂融融起來。

何志忠吩咐兒子們，「一年到頭也難得幾次休息，分兩個人出來去鋪子裡看著，其他人吃了飯收拾好便出門。」

話音剛落，何三郎、何五郎、何六郎俱都主動表示自己願意留下來看管鋪子。確定好留守人員，眾人的興致愈發高漲，孫氏最貪玩，迫不及待地宣佈從下人們那裡聽來的最新消息，「聽說今日開夜禁。」

白氏笑話她，「這個大家早就知道了，妳現在才知道呀！」

孫氏急道：「哎呀，我還沒說完啦！聽說太常寺向民間借婦女裙襦五百多套，方便給散伎用呢！也不知道到底來了多少人，要怎麼個表演法，有多熱鬧呢？」

楊氏不禁感嘆，「要是在我們揚州，是要競渡的。州府出錢請了樂伎，還會在江邊搭上許多彩棚，鼓鳴人呼，揮槳飛舟，好不熱鬧，可惜我這輩子是再也看不到咯。」

何志忠掃了她一眼，沒好氣地道：「妳要想回揚州去，也不是不可以。若是覺著京城不夠熱鬧，就留在家裡伺候夫人。」

楊氏立刻想到自己這些天的所作所為只怕都被他看在眼裡，這是在找機會好修理自己，當下委屈地垂下頭，不敢再多語。

眾人歡歡喜喜地出了門，但見人們三五成群，摩肩擦踵，滿大街都是人。牡丹跟在父兄嫂子身後，卻又發現自己幾天沒上街，今日又與往日有所不同，戴帷帽的女子沒有以前多，多數人都露髻而行，衣著鮮豔，神采飛揚。男子們的襆頭腳果然如同李荇所預言的一般，多數都翹了起來。

待到眾人行至東市附近時，早已聽得喧囂滿天，是歌舞表演要開始了。何大郎、何二郎帶著幾個孔武有力的家丁，護著家眷，直奔何四郎事先佔好的地方去。

眾人才剛到，就聽得勤政樓上一陣疾風驟雨似的鼓響，於是俱都安靜下來。

牡丹站在何四郎事先命人備好的矮凳上，翹首望去，但見勤政樓上旌旗飄飄，華蓋如雲，只看得見有許多人在上面，有個人站在樓上大聲說些什麼，具體是什麼樣子卻是看不清楚，只知道眾人全都跪拜叩首，三呼萬歲。少頃，那人說完了話，眾人又呼萬歲，起身立在一旁，這麼多的人，全都拼命喊出來，果然氣壯山河。

片刻後，鼓樂之聲傳來，眾人俱都歡呼起來，牡丹伸長脖子一瞧，呆了。原來這個時候就有花車遊行的，但見從春明門開始，一溜來了十二輛彩車，拉車的牛或是蒙上虎皮，或是扮作犀牛、大象，千奇百怪，彩車上有許多盛裝麗人拿著各種樂器吹拉彈奏。而後又有錦繡裝扮的大象姍姍來遲，歡快的舞獅，身著錦繡衣裙，男扮女裝的歌舞伎，統一服裝的各種百戲伎人列隊而來。

到了勤政樓下，這些人便開始表演，離得太遠，牡丹看不清楚，眼睛看酸了，也只能勉強看到大致是在做什麼，真是可惜，沒有望遠鏡。再看周圍眾人，明明看不清楚，卻是個個都把脖子伸得老長，眼睛都不眨一下，無比的專注。

牡丹嘆了口氣，達官貴人們早把觀賞的最佳地點佔了，剩下的這些地方中，他們這裡還算是比較好的位置。也不知更遠地方的那些人又怎麼看？難道個個都是千里眼，順風耳不成？

忽聽人群一陣喧譁，萬頭攢動，紛紛往勤政樓邊湧去，牡丹踮起腳一瞅，許多金燦燦的東西與日光交相輝映，從勤政樓上雨一般地灑下來，眾人瘋了似的搶。而身邊的何大郎、何四郎二人早就不見了。

「怎麼了?怎麼了?那是什麼?」牡丹急得跳腳。

薛氏和白氏等人也在伸長脖子看，誰也顧不上回答她的問題。

李荇穿了一身松花色的窄袖圓領袍，不聲不響地擠過來，含笑看著牡丹，「那是聖上高興了，拋撒金錢作為賞賜呢！」

「表哥也來啦？」牡丹在記憶裡搜尋了一遍，好奇地問道：「是金通寶嗎？」這金通寶不在市面上流通，而是專供賞玩的，都從宮裡賞賜得來，官宦人家多少都有些，劉家也有，只不過何牡丹是沒那機會近前玩賞的。

「是金通寶。」李荇微微一笑，示意牡丹將手掌打開，牡丹依言伸手，李荇手一鬆，兩枚滾燙的金通寶就落到了牡丹的手裡。

牡丹看看還在亂成一團的眾人，吃驚地指著他，「你怎麼先就有了？」他衣飾整潔，怎麼都不像剛和眾人搶過錢的樣子。再看看，他戴的襆頭竟然沒有腳了，「你的腳怎麼沒了？」

李荇反手摸摸腦後，輕描淡寫地道：「個個都翹著腳走，我便無腳飛著走唄！」

牡丹讓他轉過頭去一瞧，卻是被剪掉了，果然與眾不同。牡丹不由大笑起來，陽光下，她粉腮櫻唇，年輕的臉上細細的一層絨毛透著金色的光，象牙白的窄袖紗羅短襦配上翡翠色的長裙，緋色繡纏枝紋的裙帶將纖腰繫得纖不盈握，顯得修長俏麗，活潑可愛，一種說不出的情愫自李荇心中生起，猛烈地撞擊著他的心臟。他握緊了拳頭，好不容易才將目光自牡丹身上移開，微笑著看向遠方。

牡丹細細賞玩了一回金通寶，又遞給何志忠、薛氏、雨荷等人看了一回，方還給李荇。

李荇卻又不要，只輕聲道：「給妳玩了。」

牡丹看看何志忠，面露猶豫，李荇微微不耐煩地皺起眉頭來，「不過就是兩個金錢，妳哥哥們跑那麼快，人群裡那麼去擠，不就是想搶兩個給妳們玩的？妳不要這個，可是想等會兒和其他人爭呀？還是，妳是嫌棄不是聖上御手撒下來的？」

「丹娘，喜歡就接著吧！」

老爹發了話，何況自己也確實想要，牡丹便朝李荇微微一笑，「謝謝你啦。」小心地打開腰間的花開富貴荷包，裝了進去。

不多時，樓上停止撒錢，人群也四散開來，表演繼續，何大郎、何四郎擠得滿頭大汗，緊緊攥著拳頭，有說有笑地並肩歸來，得意洋洋地伸手給眾人看，兩人仗著身體強壯，一共搶了六個金通寶，相較其他人而言，已經是極大的收穫了。

約莫又過了一個時辰左右，先前遊行的花車已經順著街道往金光門那邊去了，所過之處歡呼一片。

李荇告訴牡丹，「現在看不清楚不要緊，他們在那邊都搭有高臺，在這裡御賞之後就會去那些地方表演。有劍舞、琵琶、馬伎、羊戲、猴戲、竿戲、繩伎、禽戲、鬥雞、踏毬、魚龍漫衍、吞刀吐火、瓦器種瓜、空手變錢，會一直持續到明天早上，等一下妳可以慢慢去看。」

牡丹聽得大感興趣，敢情古代娛樂活動挺多的，竟還有魔術呀？

「今晚還有更好玩的，可以戴了面具，打了火把到處玩，就和上元節時一樣。我備了男裝和面具，如果妳等會兒有了好消息，一起去？」

上元節，正月十五，各地都會舉行規模盛大的民間集會，開坊市夜禁，人們打起火把，不拘士庶、男女、長幼，混雜在一起，歌舞歡笑通宵達旦，在牡丹看來，相當於狂歡節。從前的何牡丹由於身體的原因，從來就沒能參加過這樣瘋狂的節日，現在可好，她可以參加了。

牡丹興奮地回頭去問何大郎、何四郎、薛氏等人，「哥哥嫂嫂們也要玩的嗎？」

何大郎笑道：「妳若是想玩，我們陪妳就是了。」

忽聽勤政樓前傳來一陣喧譁，接著一片靜寂。很快那邊的情況就傳到了這裡，原來是有魏王府進獻的天竺藝人表演刺肚割鼻，藝人剛拿起刀往身上刺，就被皇帝認為太殘忍，立刻給制止了，並且下令，天竺藝人幻惑百姓，三日內遣發回去，不許在京中久住。

牡丹依稀記得，這魏王就是清華郡主的老爹，當今皇帝的親兄弟。進獻的節目遇到這種事，只怕是很晦氣的一件事吧？她抬眼目詢李荇，果見李荇微笑著點頭，輕聲道：「這天竺藝人，是清華郡主向魏王推薦的。」

清華郡主要挨她老爹教訓了，牡丹幸災樂禍地一笑，忽然聽得一陣悠揚的樂聲傳來，怎麼聽怎麼熟悉，翹首一看，一對穿著五彩錦衣的童兒牽著一黑一白兩匹用五彩瓔珞裝飾的駿馬到了勤政樓前的廣場上，正是李荇那兩匹，看來是輪到寧王府獻藝了。

牡丹心頭一暖，「謝謝你，表哥。」

李荇挑了挑眉，抿唇一笑，「客氣什麼？我本來就是要獻給寧王的。」

牡丹心中有千言萬語，想表示自己的感激之情，終究覺得說什麼都沒用，便索性不說，靜靜站著看向遠方。

李荇悄悄側頭望了望她，突然低聲問道：「怎麼今日換了香？不喜歡那牡丹衣香嗎？」

牡丹心口一跳，抓緊了袖口，面上卻完全不顯，粲然一笑，反問道：「我用的這個千金月令熏衣香不好聞嗎？」

「好聞。」李荇有些失落，抬眼看到那邊舞馬表演將要結束了，忙道：「我得過去了，稍後我來找你們。」說著匆匆朝何志忠行了個禮，快步去了。

不多時，勤政樓那邊傳來消息，寧王府的舞馬拔得今日獻藝的頭籌。只因到了最後，那舞馬竟然用口叼起碩大的金杯，向皇帝和皇后跪下敬獻美酒。當然那酒皇帝和皇后是不能喝的，但是多麼稀罕討喜呀！特別是與先前魏王府進獻的天竺藝人刺肚割鼻比起來，簡直是兩種感覺，於是得到重賞。

牡丹又四處觀看了好一會兒，就快到申時，感覺到有些疲倦，想到晚上還要見人，得養足精神才好，便和薛氏商量，由幾人陪著，一道去了香料鋪子，在何四郎平時休息的地方小憩一覺。醒來就在店子裡用了晚飯，算著時辰差不多了，認真打理了一番，去了與潘夫人約定好的地方候著。

時近黃昏，勤政樓上已經燈火輝煌，街邊搭起的看臺和官宦人家設的看棚四處張燈結綵，樹上掛下一串串的燈籠，將從春明門到金光門這一條寬闊的大街照得亮若白晝。

戌時還差一刻，碾玉就過來了，看見牡丹和薛氏等人早就在那裡候著，不由滿意一笑，上前和牡丹行了禮，招手叫她到一旁說悄悄話，「您運氣好，那位貴人今日來了，稍後還要和我們夫人一起遊玩，清華郡主也在。稍候您只管裝作什麼都不知道，露露臉就好，等到有人來喚您，您就過去，郡主必然給您難堪，到時候您就……」

牡丹聽得連連點頭，拉住碾玉問道：「姐姐可否告知那位貴人的身分？免得我不小心衝撞了。」

「是康城長公主，當今聖上的皇姐，最是仁善，很得敬重。只要她願意幫您，就什麼事都沒了。」

牡丹認真記下，喚了薛氏和封大娘、林媽媽、雨荷一道，和碾玉之間隔著七、八步遠，一前一後地向著勤政樓方向走去。何大郎、何二郎、何四郎帶了幾個人遙遙跟在後面，小心翼翼的，連眼睛也不敢眨，生怕一眨眼牡丹就不見了。

牡丹隨著碾玉穿過熙熙攘攘的人群，一直走到正對著興慶宮勤政樓的道政坊門口，但見人群中戴上各式獸面面具的人已經越來越多，男女難分，人們的情緒也空前高漲，嬉笑玩鬧，肆意張揚。

而興慶宮、道政坊兩邊的城、坊牆下按著爵位品秩高低一字排開許多裝飾華麗的看棚，俱都高出地面約三尺許，寬窄不一，以松木為支柱，桐木為檯面，看棚四周五彩絲綢帳幔低垂，彩燈輝煌，錦衣童僕美婢侍立四周，不及靠近，歡聲笑語盈耳不絕，各種名香、酒菜香味已經撲鼻而來，端的是富貴奢華至極。

牡丹正極目四望，忽被雨荷拉了一下袖口，低聲道：「丹娘，您往右邊看，那是劉家的看棚，您瞧瞧那老虔婆的樣子。」

牡丹抬眼望去，但見劉夫人與戚玉珠盛裝華服地立在看棚門口，劉夫人髮髻約有一尺高，上面插著三品誥命用的七樹花鈿，滿臉寒霜，死死瞪著自己一行人，那目光凶狠得似要撲上來將自己撕來吃了一般。

牡丹沉靜地朝劉夫人福身一禮，沒看到劉暢的身影，心想大概是還沒被放出來，又或者是尋歡作樂去了。

劉夫人見牡丹見了自己，竟然不躲不避，還敢向自己行禮，這不是挑釁是什麼？想到還被關著的劉暢，耀武揚威的清華郡主，不由伸出手來，指著牡丹，咬著牙對左右的人道：「去把那女人給我帶來！我倒是要問問她，她怎麼就這麼不要臉！」

劉承彩聞聲，自看棚裡疾步走出，一把拉住劉夫人往裡拖，回頭抱歉地對著牡丹笑了笑，一臉的老實無奈樣，活脫脫一個遇到妻子撒潑，無能為力的軟丈夫。

人聲嘈雜，牡丹沒聽清楚劉夫人說了什麼，只知道絕對不是好話，但事到如今，她自是不在乎這個的。回了頭，繼續跟著碾玉走，誰想沒走幾步遠，念奴氣喘吁吁地跑過來攔在她面前，朝她規規矩矩地行了個禮，「少夫人，老爺命奴婢和您說一聲，那件事可以了，請府上擇日去府裡拿和離書。」

牡丹一愣，還沒求到康城長公主那裡就可以了？就這麼容易？她反而懷疑其中有詐，於是謝過念奴，繼續往前走。不管劉家要怎麼做，她都要把這事進行到底。

念奴目送著牡丹的身影，輕輕嘆了口氣，逕自轉身去回話。才剛踏上看棚，劉夫人就冷著臉迫不及待地問，「她到這邊來做什麼？是不是來勾搭人，又想攀上什麼好人家的？」

「少夫人什麼都沒說。」

劉承彩歪在一張繩床上，淡淡地道：「她不管怎麼樣，現在也還是妳兒媳。妳這樣說她，對妳又有什麼好處？」掃了戚玉珠一眼，語氣稍微嚴厲了些，「當著孩子的面亂說，實在不像話。」

戚玉珠聞言，立即低下頭，眼觀鼻，鼻觀心。

劉夫人冷哼一聲，白了劉承彩一眼。

「好好，我不說了，我到隔壁閔相那裡去一趟，稍後回來陪妳們遊街。」

此時外面漂亮的女伎可多了，特別是閔相那裡的家伎更多，劉夫人眼珠子一轉，滿臉堆笑地對著戚玉珠道：「珠娘，妳不是和閔相家的三娘子交好嗎？趁著此次機會，讓妳姑父帶妳一道去，如何？」

戚玉珠微笑不語，劉承彩已然皺眉道：「胡鬧！我是去辦正事。」他是真去辦正事，帶著個女孩子去算什麼？

劉夫人卻是越發以為被自己猜中他的齷齪心思，「你領她過去，讓女孩子們自己玩，能耽擱你什麼事了？」

劉承彩太瞭解她了，知道自己若是不答應帶戚玉珠去，只怕是出不得這道門，只能嘆了口氣，道：「走吧！」

劉夫人見他讓步，心滿意足地朝戚玉珠使了個眼色，示意她幫自己看著點劉承彩。

戚玉珠溫溫柔柔地笑，殷勤地跟上劉承彩。

劉承彩立在街頭，一眼就從熙熙攘攘的人群中看到了牡丹的背影，當然也看到了何大郎等人的身影。他低頭想了想，領著戚玉珠走到劉夫人看不到的地方，方溫和地同戚玉珠道：「珠娘呀，姑父有要事，不能陪妳了。我撥兩個得力的人給妳，妳自己去尋閔家三娘子玩，年輕人嘛，玩得高興點。」

戚玉珠懂事地應下，「姑父什麼時候回來？姪女好在這附近等您一道回去。」

要是劉夫人有她這個姪女一半乖巧聰明就好了，劉承彩對戚玉珠的表現非常滿意，默默計算了一下時間，「妳半個時辰以後過來吧！」

說定時間地點，二人分了兩頭，各朝一邊走去。

戚玉珠身邊的侍女道：「二娘，咱們去尋閔家三娘子嗎？」

戚玉珠並不答話，只抬眼看了看遠處燈火輝煌的寧王府看棚，招手叫劉承彩留給她的兩個僕從上來，命侍女遞上一貫錢，「我餓了，聽說東市裡有胡人賣芝麻胡餅，香脆好吃，你們誰去買了來。」

那二人不疑有他，分了一人去買餅，另一人牢牢跟在戚玉珠身後，戚玉珠抓住侍女的手，趁著那人不注意，一頭紮入人群中，三拐兩拐，又躲又藏，很快甩掉了剩下的那個人，充滿憧憬地快步朝寧王府的看棚走去。

眼看著寧王府的看棚就在眼前，忽然有人輕輕拍了拍她的肩頭，一道男聲不悅地道：「妳怎麼到這裡來了？」

戚玉珠一驚，回頭看去，卻見劉暢穿了身青色圓領缺胯袍，手上還拿著個虎頭面具，淡淡地立在她面前。她又驚又慌，左右張望一番，小聲道：「表哥，你怎麼來啦？小心不要被姑父看見，我才和他分開。」

劉暢陰沉著臉哼了一聲，把面具往臉上一套，「妳跟我來。」

戚玉珠萬分惋惜地看了寧王府看棚一眼，無奈地跟在劉暢身後而去，很快二人就淹沒在人群之中。

這時牡丹見前面的碾玉停下了腳步，回身向自己招手，忙快步跟上去。碾玉指著前方一座垂著緋色帷幕的高臺道：「那就是長公主府設的看棚，此時我們夫人和郡主都在裡面。奴婢先進去，您隔一盞茶的工夫再過來。」

牡丹點頭應下，與薛氏等人一道站在路旁的陰影中靜靜等候，到了時辰，薛氏將牡丹一拉，大步往外走，「時候到了。」

幾人慢吞吞地朝著康城長公主的看棚走過去，牡丹、薛氏並不刻意去看那裡，只和周圍的許多庶民女子一樣，好奇地近距離觀看這些達官顯貴家設的華麗看棚，以及觀賞那些顯貴們，還有他們美麗時髦的童僕侍女，充分享受這士庶同樂的時刻。

雨荷不敢到處看，專注地觀察著康城長公主的看棚，忽見一群盛裝華服的麗人從帷幕深處走了出來，其中一個穿了櫻草色寬袖披袍的，正是潘夫人。眼看著潘夫人的眼神往這邊來，雨荷忙拉了牡丹一把，牡丹一回頭，正好和潘夫人四目相對。

潘夫人只從牡丹臉上掠過一眼，便回頭和身邊一個年約四十多歲，高鼻細目，著絳紫薄紗披袍，髮髻上插著九樹花鈿，臉型圓滿如月的貴婦人低聲說了幾句，那貴婦人就掃了牡丹一眼，回頭低聲說了幾句。

不多時，一個頭紮紅色細羅抹額，穿著白色翻領長袍，腰束蹀躞帶，女扮男裝的女官自康城長公主的看棚裡走出，直奔牡丹而來，朝牡丹行了個禮，笑道：「請問小娘子可是劉奉議郎家的寶眷？」

她行禮的動作如行雲流水一般，看著就讓人覺得賞心悅目，臉上的笑容不卑不亢，觀之可親。

牡丹忙還了禮，笑道：「正是，小婦人何惟芳。」

那女官不露痕跡地掃了牡丹一眼，「我姓肖，我家女主人見小娘子風華過人，有心結識，請您移步一敘，不知您可否願意？」說著遙遙指了指康城長公主的看棚。

「既承青眼，恭敬不如從命。」

薛氏等人正要跟了牡丹去，肖女官彬彬有禮卻不容置疑地道：「地方窄小，夫人還是在這裡等候吧！」

雨荷上前一步，賠笑道：「丹娘，奴婢陪您走到那邊吧，等一下您出來，一眼就可以看到奴婢。」

肖女官聞言，認真打量了一下雨荷，沒說好，也沒說不好，只轉身領路。

雨荷見狀，知道是答應了，忙提起裙子，小心翼翼地跟在牡丹身後往前走去。

薛氏有些焦慮不定，回頭看向身後，找到何大郎兄弟的身影，方放心下來，眼看著雨荷被留在了看棚下的街邊，牡丹則跟著肖女官登上康城長公主的看棚，漸漸隱沒在重重的帷幕中，她的心口一陣發緊，總覺得又害怕又擔憂，又隱隱抱了幾分希望，合掌默默祈禱，但願天佑牡丹，叫她從此否極泰來，不要再受苦累。

牡丹進了看棚，香風撲鼻，滿目全是靚裝麗人。

印金銀泥的珍貴絲織品被做成最美麗最時髦的衣裙，拖曳在名貴蜀錦做成的五彩地衣上，高達尺餘的髮髻上戴著形形色色的花鈿、金步搖、結條釵、金絲花冠，珠玉與燭光交相輝映，這就是這個時代最上層的女人們。她們或坐或站，姿態優雅嫻靜，淡淡地看著牡丹這個闖入她們世界的平民女子。

牡丹立在地衣正中，接受著無數目光的打量審視，反而將先前的那一絲緊張拋之腦後，行過禮後，便挺直了背脊。

良久，方聽康城長公主淡淡的道：「妳就是何牡丹？」她的聲音不大，很是溫和悅耳，聽上去卻有一種很特別的感覺，叫人絕對親近不起來。

「小婦人何惟芳，小名牡丹。」

話音未落，就聽嗤笑之聲迭起，有人輕緩但是清晰地道：「嘖，絕代只西子，眾芳惟牡丹。惟芳，牡丹，國色天香，這樣的身分地位人品，也敢稱花中之王？」

「休要胡說，我看花中之王雖然說不上，但的確嬌豔得像朵花兒的。」

「像什麼花？」

「狗尾巴花……又或者，似清華家養的那株蔫不啦嘰的雞冠花？」

「哈哈哈哈……」眾貴女笑得花枝亂顫。

也有不屑於與這幫年輕姑娘們一道，做這種不合自家身分的事的貴婦人，拿了扇子悠然自得地搧著，只看熱鬧，不參與。

潘夫人神態自若地遞了一杯茶湯給康城長公主，似是完全沒聽見這些既無聊，又刻薄的話。

牡丹目不斜視，從容自若，絲毫不露卑怯怨憤之態。先前碾玉已經和她打過招呼，清華郡主也在這裡。不管清華郡主平時為人多麼的讓人詬病，但她始終是皇族，代表著那個超然尊貴的圈子，也代表著這群人多少都有的爛習性。似自己這個什麼都不是，身分低微，偏又和清華郡主作了「對頭」的女子，便是這些皇族貴女們刁難打擊的對象。更何況今日清華郡主吃了虧，心情一定極度糟糕，肯定要加倍刁難自己的。牡丹有心理準備，只當這些不和諧的聲音全都是在放屁罷了。

康城長公主聽著宗室姪女們嘲笑打擊諷刺牡丹，並不制止，只瞇了眼仔細觀察牡丹。但見燈光下，牡丹半垂著眼眸，身姿挺拔如竹，如玉一般的肌膚配著烏檀似的頭髮，白衣翠裙，衣飾簡單卻精緻大方，沒有棄婦的哀怨可憐，沒有身分地位低下者的卑微怯懦之態，也沒有遭遇不公之後憤世嫉俗的仇恨和怨憤。就像一朵靜靜開放的牡丹花，不需要玉盆錦幄映襯，只是靜靜地在那裡立著，就已經將它的幽香和絕美雍容的姿態深深嵌入到賞花之人的心裡眼裡，再也忘不掉。

倒是不卑不亢的，脊梁也挺直，這種姿態可以故意做出來，可是人整體散發出的嫻靜坦然卻是做不出來的。

康城長公主徐徐道：「叫牡丹呀，果然不愧這個名字，是個好女子。妳過來些，讓我好生看看。」

她一發言，所有的喧譁之聲全都靜了下去。康城長公主和聖上是一母同胞的親姐弟，關係又極其密切，平時為人穩重威嚴，她說是怎樣便怎樣，她發了話，誰還敢說不是？

一個穿著茜紅絞纈朵花羅披袍，頭戴金絲花冠，肌膚雪白，媚眼如絲的女子朝著立在一旁的清華郡主抱歉地低笑道：「八姐，對不住，不能幫妳出氣啦。」

「狐狸精！」清華郡主恨恨地將身上那件橘紅色的團花圓領緊袖缺胯袍扯了扯，目光陰沉地瞪著牡丹。

牡丹依言走到康城長公主座前，又福了一福，方才起身站直。

康城長公主握了她的手細看，但見肌膚如雪，掌型美麗小巧，又細細摸了摸她的掌心，柔軟潤滑，溫暖乾燥。又往牡丹的臉上、脖子上仔細打量了一番，微微嘆了一口氣，真是可惜了，身分地位再低，這樣的女子在家中也是如珠似寶的吧？誰捨得給人如此糟踐？

牡丹見康城長公主只是盯著自己瞧，並不提其他的事情，微微有些焦急，卻不敢主動開口，只是一徑地保持溫婉沉靜。

良久，康城長公主方鬆開牡丹的手道：「清華，妳過來。」

清華郡主正瞪著牡丹磨牙，一時想起自己今日倒的大楣，無端挨了一頓好罵，叫府裡的兄弟姐妹們看了一場笑話，一時又想著劉暢的可恨可愛之處，反倒沒聽見康城長公主叫她，還是身邊的人輕輕推了她一把，她才驚醒過來，帶著皇族與生俱來的優越感穩穩地走到康城長公主面前笑著行禮問好，起身時輕蔑地掃了牡丹一眼，看到牡丹沉靜如玉的臉頰，恨不得一爪撓過去，撓花撓爛才好。

牡丹似無所覺，連看也沒看她一眼。

清華郡主也是個美人兒，可她臉上那種怎麼也掩飾不了的驕橫之氣，惡毒的眼神，與沉靜雍容的牡丹兩相一比較，高下立現。

康城犀利地看向牡丹，「牡丹，妳恨清華嗎？」

這麼直接？當然不能說恨呀！牡丹抬眼看著康城長公主，淡淡地道：「沒有抱過希望，所以不存在恨。」

有點意思！康城長公主含笑看了潘夫人一眼，但見潘夫人歪在一旁，似是在聽牡丹說話，神思卻是不知飛到哪裡去了，把眼神收回，又問牡丹，「這話怎麼說？」

牡丹苦笑道：「姻緣天定，何必勉強？心死，無愛所以無恨。更何況，男人做的事，為什麼總是要怪在女人身上呢？」這話說出來，她自己都寒了一寒。

周遭是一片靜寂，好幾個貴婦人都停下搖扇的動作，把目光投到牡丹身上細細打量。

康城長公主似是毫不意外，「妳說得頗有幾分道理，既然如此，我便成全了你們如何？」

等的就是這句話！牡丹立即朝康城行禮下去，「請貴人成全。」

康城長公主笑了一笑，命肖女官，「妳去請劉尚書夫人過來。如此良辰美景，正該成人之美。」

清華郡主如釋重負，那老太婆對自己一直就沒好臉色，這回總不敢公然抗命了吧？自己為這事求了姑母許久，一直也不肯開口，今日總算是肯了。

不多時，劉夫人急匆匆地趕來，滿臉堆笑地朝著康城長公主行禮問好。

康城倒也客氣，請她坐下後，方指著牡丹道：「夫人可識得她？」

劉夫人一看到牡丹，不由大怒，再看到一旁的清華郡主，更是憤怒，雖然不知其中情形，卻已經明白和劉暢的婚事有關，更是自動腦補，就是清華郡主為了進自家的門而搗的鬼，一時恨透了清華郡主，人還未進門，便已經想著要怎麼和她鬥了！

康城遲遲等不到劉夫人回答，不悅地將手裡的茶盅往几上不輕不重地一放。

劉夫人打了一個寒噤，驚醒過來，笑道：「是我家兒媳婦何氏。」

康城笑得溫和，嘴裡的話卻是絲毫不含糊，「我聽說他小倆口不合？」

劉夫人不敢隱瞞，只得怏怏地道：「是。」

「所謂二心不同，難歸一意，強留下去反倒成仇。咱們做父母的，還是應該多顧著點年輕人的心意才是，您說是不是這個道理？」康城手一伸，就將清華的手握在了手裡。

這意思再明白不過，放了牡丹，娶了清華！劉夫人咬緊了牙，沉默不語。

「不知劉尚書可在？我記得劉尚書向來是個寬厚溫和之人，想來他……」

逼得如此急，看來今日不答應是萬難善終了！

全八冊，未完待續

國家圖書館出版品預行編目資料

國色芳華／意千重 著 . -- 初版 .
-- 臺北市：東佑文化事業有限公司，2025.1
冊；　公分 . --（小說 house 系列；680）
ISBN　978-986-467-484-8（第 1 冊：平裝）

857.7　　113019466

小說 house 680 > **國色芳華・卷一**

作者：意千重
美術總監：T.Y.Huang
美術編輯：賴美靜
企劃編輯：江秋阮
發行人：黃發輝
出版者：東佑文化事業有限公司
地址：103022 台北市南京西路 61 號 5 樓
電話：02-2550-1632
傳真：02-2550-1636
E-mail：tongyo@ms12.hinet.net
網址：http://tongyo.pixnet.net/blog
劃撥帳號：18906450
戶名：東佑文化事業有限公司
登記證：行政院新聞局局版台業字第 5360 號
法律顧問：黃玟錡律師
出版日期：2025 年 1 月初版一刷
定價：290 元

書店總經銷：旭昇圖書有限公司
地址：235026 新北市中和區中山路二段 352 號 2 樓
電話：02-2245-1480　　傳真：02-2245-1479
出租總經銷：華中書局
地址：108056 台北市萬華區長泰街 34 號
電話：02-2301-5389　　傳真：02-2303-8494

阅文集团　本書由閱文集團授權出版
原著作名／國色芳華